못난이 목사, 벼랑 끝에서 산다

못난이 목사, 벼랑 끝에서 낫다

박 용 배 지음

매일경제신문사

가난과 슬픔이 나의 팔자이고 운명인 줄 알았다.

어린 시절, 친구들에겐 다 있는 어머니가 나에게는 없었다. 아버지는 늘 소주병을 옆에 끼고 있었다. 매일 열 병 정도는 마셨던 것 같다. 밥그릇 하나까지 전부 술집에 갖다 주었다. 아버지는 늘 혼자 있으면서도 누군가와 대화를 했다. 환청에 시달렸고, 귀신을 보기도 했다. 덕분에 나는 매일 배고픔과 추위에 시달려야 했다.

첩첩산중의 시골에서 자란 나는 겨우 초등학교 과정을 마치고 객지인 대구로 나왔다. 식당 배달부, 그릇닦이, 레스토랑과 맥주

홀의 웨이터를 전전하며 생활을 이어갔다. 명절이 되어도 갈 고향은 없었기에, 외로움을 견디려 신앙생활을 하게 되었다. 방위병 생활을 마치고나선, 한 과수원 농가에 양자로 들어갔다가 그 집의 무남독녀 딸과 결혼을 하게 되었다.

결혼하면 행복할 줄 알았다.

그러나 생각지도 못한 위기를 만나게 되었고, 자살충동을 느끼기도 했다. 그러다가 공부를 결심하고, 스물넷의 나이에 초등학교 교과서를 읽기 시작했다. 검정고시로 중학교 과정과 고등학교 과정을 이수하고 대학교와 대학원까지 마치게 되었다.

나처럼 불우하고 어려운 이웃을 섬기며 살겠다고 다짐하여, 달동네에서 빈민 운동을 했다. 그 와중에 아내가 영양실조로 쓰러져 입이 돌아가 버리는 일을 겪었다. 하지만 나에게 위기는 항상 기회였다.

빈민운동가에서 사회적 엘리트층과 성공적 인생을 위한 세미나 강사로 사역을 바꾸게 된 것이다. 정부종합1청사와 2청사에서 공

무원 신우회를 중심으로 3년간 사역하다가, 현재는 KBS와 MBC, MBN 등 여러 언론사에서 10여 년간 언론인 모임을 인도하며 영적, 정신적 상담과 세미나를 하고 있다. 세계 40여 개 국가와 50여 개 도시를 다니며 인재 양성과 관련된 세미나를 인도하고 있기도 하다.

오늘이 있기까지 눈물의 기도와 후원을 아끼지 않고 사랑을 쏟아주신 나의 장인, 장모께 감사드리며 아내와 아들, 딸 그리고 사랑의 교회 가족 모두에게 감사드린다.

인천 송도 국제도시에서

박 용 배

프롤로그 5

Part1

날개를 펴기 전 새는 새가 아니다
어미 독수리의 새끼 독수리 훈련시키기

보라, 우리에게 날개가 있다 – 지난 얘기를 시작하며 13
가난과 설움과 폭력 속의 어린 날, 그 간절한 기도 21
앞 못 보는 장님처럼, 어둡고 긴 소년의 앞길 36

Part2

기도하며 기적을 기다리며
만두집에서 나이트클럽까지, 고난과 시련의 날들

만두집에서 술집으로 – 끝나지 않는 시련, 그리고 기도 47
술과 폭력이 난무하는 세상 속에서 살아남기 59
굶주림 속에서 기적을 만난 방위병 생활 74

Part3

길은 걷는 것이 아니라 만드는 것이다
목회자의 길로 가는 입구에서

나는 더 이상 고아가 아니다 91
양아들의 운명에서 사위의 운명으로 103
실패한 운명, 실패한 결혼 – 죽음을 생각하며 118

Part4

죽음의 문턱을 넘어 하나님께 가는 문 앞에
자살의 유혹에서부터 신학대학원까지

자살 직전에 주신 하나님의 응답 139
성경학교에서 자신과의 싸움을 시작하다 151
일시에 극복한 못 배운 설움과 동시에 찾은 건강 164

Part5

빈민촌에 교회를 세우고 축복의 시간을 맞이하다
첫 개척교회와 류광수 목사님과의 만남

벽돌을 지고 고물을 파는 신학대학원생 179
빈민촌에 십자가를 걸다 189
고통의 시간이 가고, 축복과 은혜의 시간이 오다 201

Part6

지역을 넘어 국경을 넘어, 은혜가 은혜로 이어지다
공무원에서 탈북자까지, 날마다 새로운 사역의 길

성경에 눈을 뜨며, 세상을 다시 보며 227
공무원에서 언론인까지, 은혜의 기쁨이 이어지다 240
남북이 복음으로 하나 되는 그 날을 위하여 256

Part7

세계를 향해 네 날개를 펴라
자장면 배달부가 목사가 되기까지

스타 앞의 목사 277
내가 꿈꾸는 세상 293
세계를 향해 네 날개를 펴라
– 세계의 주인공, 미래의 주인공인 그대에게 주는 메시지 306

에필로그 336
추 천 사 1 황상무 KBS 뉴욕특파원 340
추 천 사 2 김덕기 KBS 프로듀서(제작본부부장) 345

Part 1

날개를 펴기 전 새는 새가 아니다

어미 독수리의 새끼 독수리 훈련시키기

보라, 우리에게 날개가 있다

- 지난 얘기를 시작하며

낭떠러지 앞에서 비로소 펼쳐지는 날개

강영우 박사.

그는 미국 백악관 정책차관보다. 그러나 직함만으로 그를 다 표현할 수 없다. 그는 자신이 날개를 달고 있음을 알고 있으며, 세계를 향해 그 날개를 펼 줄 아는 사람이다.

강 박사는 시각장애인으로서 온갖 역경을 이겨내고 끝내 자신의 꿈을 이루어낸 입지전적 인물이다. 특히 그는 한국 시각장애인 최초의 정규 유학생으로 알려져 있으며, 그 기적 같은 성공담

은 신체 장애인들은 물론 일반 사람들에게도 용기와 희망을 안겨
주고 있다.

강 박사는 본래 유복한 가정에서 행복한 어린 시절을 지냈다.
그러던 중 중학생 시절 온갖 불행을 한꺼번에 겪게 된다. 그의 고
난은 아버지가 갑작스럽게 세상을 떠나면서부터 시작되었다.

그리고 어느 날, 학교 운동장 어디선가 축구공이 날아와 얼굴에
맞은 후, 양쪽 눈에서 망막이 떨어져 나가는 중상을 입었다. 갖은
방법을 다 써서라도 실명을 면하려 했지만 당시 의학으로는 회복
이 불가능했다. 그리고 그 청천벽력 같은 소식을 들은 어머니가
뇌졸중을 일으켜 숨을 거두면서 그는 졸지에 고아가 되었다.

불행은 이것으로 끝나지 않았다.

부모를 대신한 누나가 맹인이 된 어린 강영우를 비롯해 다른 두
동생까지, 모두 셋을 먹여 살리기 위해 공장에 다니다 과로로 세
상을 떠나고 만 것이다. 이 같은 일들이 불과 3~4년 동안 연속적
으로 일어났다. 짧은 시간에 부모와 누나 등 사랑하는 가족을 잃
은 강영우는, 그러나 절망의 나락에 떨어지지 않고 꿈을 가졌다.

살아남기 위해 동생들을 각각 고아원과 철물점으로 보내고 자

신은 맹인을 위한 재활원에 들어가 점자를 배우기 시작했다. 당시 나이가 18세. 친구들이 대학을 들어갈 나이에 맹인 강영우는 중학생이 되었다. 그러나 그는 이 시절에 인생의 반려자를 얻게 되는 행운도 얻는다. 당시 대학생이었던 지금의 부인이 맹인을 위한 봉사단의 일원이 되어 강영우를 만나게 되었던 것이다.

강영우는 맹인으로서는 최초로 연세대 교육학과에 입학하고 문과대 전체 차석으로 졸업했다. 그의 설명에 따르면 체육을 못했기 때문에 차석이 되었다고 한다. 그는 '자랑스러운 연세인 상'을 받고 꿈에 그리던 미국 유학길에 오른다. 그리고 유학 4년 만에 피츠버그대에서 교육학 박사학위를 취득하고 노스이스턴 일리노이즈 대학의 교수로 임용된다.

대학 교수로서 후학을 기르며 학문에 정진하던 강 박사는 정재계의 유명 인사들과 인연을 맺으며 미국 상류사회에 진출한다. 그리고 지금은 백악관 국가장애위원회 정책차관보가 되어 마침내 주변의 이목을 한 몸에 받는 미국 내 명사가 되었다.

미국 루즈벨트대통령재단에서는 루즈벨트의 정신과 가치관을 숭상하고 인류를 위해 큰 업적을 이룬 사람들 가운데 127명만을 선정해 기념관 안에 명패와 함께 의자를 배치한다. 그 명패와 의자 가운데 하나가 바로 강 박사를 위한 것이다.

강 박사는 말한다. "생각이 바뀌면 희망이 보이며 미래가 보인다"고. 나는 강 박사의 강연과 간증을 듣는 가운데, '생각을 바꾸는 힘'을 생각했다. 그리고 희망과 미래를 생각했다.

강 박사는 또 이렇게 말한다. "하나님께서 날 낭떠러지로 데리고 가서는 뛰어내리라고 명령하셨다"라고. 그리고 이렇게 덧붙인다. "뛰어내리는 순간 나는 창공을 훨훨 날 수 있는 날개가 있음을 알게 되었다"라고.

맹인이라는 시련을 맞고 나서 자신에게 천재성이 있음을 알았다는 강 박사. 그는 끝없는 낭떠러지로 추락하면서 자신에게 날개가 있음을 알게 되었다.

보라, 우리에게 날개가 있다

파리나 매미는 날개를 달고 날아다니기 전, 보잘 것 없는 애벌레일 뿐이다. 그렇게 온몸으로 기어 다니는 시절에 그 곤충들은 자신이 날개를 달 수 있음을 알지 못한다. 그러나 보라. 결국 날개를 달고 저 창공을 훨훨 날아다니는 곤충들을.

나 또한 내게 날개가 있음을 미처 알지 못했다. 그 시절, 나는 구더기보다 더 미천한 존재였다. 아니, 그렇다고 여겼다.

나는 가난하게 태어났고 어린 나이에 적지 않은 불행을 겪었다. 4살 때 어머니가 갑작스럽게 돌아가셨고, 이후 아버지는 방탕한 생활 속에서 눈물과 외로움으로 사셨다.

나는 가난과 실패가 나의 거부할 수 없는 운명이자 타고난 팔자인 줄 알았다. 나에게 나 자신은 영원히 날지 못할 보잘 것 없는 애벌레였다.

그러나 내겐 날개가 있었다. 복음이 정리되고 나서부터 응답과 축복의 길이 열리기 시작했고, 세계를 향하여 나갈 수 있는 길들이 열리기 시작하였다. 복음을 알고 예수 그리스도를 누리면서부터 날개가 있음을 알게 되었고, 세계를 향해 그 날개를 펴기 시작한 것이다.

날개 없는 독수리를 상상해 보라. 두 발로 걷거나 기어 다니는 독수리. 그렇다. 날개가 없다면 독수리는 더 이상 독수리가 아니다. 날개가 없었던 시절, 나는 독수리도, 한 마리의 새도 아니었다. 날개가 없으니 세상을 향해, 세계를 향해 날 수가 없었다. 나는 꿈을 꿀 수 없는, 새 아닌 새였다.

그러나 강 박사는 두 눈을 잃고서야 날개가 있음을 알게 되었다. 하나님이 인도하는 낭떠러지에서 기꺼이 몸을 던지고, 두 날개를 펴 아름답게 비상한 것이다.

나는 배경도 없고 가진 것도 없고 아는 것도 없다. 나는 현재 인천 부평 갈산역 부근에서 사랑의 교회를 담임하고 있다. 아직도 우리 교회는 성도가 수백 명에 불과한 조그마한 교회다.

그러나 나에게는 예수 그리스도에 대한 믿음이 있다. 나에게는 세상을 향해, 세계를 향해 날 수 있는 튼튼한 두 날개가 있는 것이다.

내가 여러분들에게 들려주고픈 얘기가 바로 그것이다. 내가 날개를 달게 된 일, 그 날개를 펴고 높이 더 높이 날게 된 일. 나는 여러분에게도 날개가 있음을 알려주고 싶다. 그 어떤 수 천 길 낭떠러지 앞에서도 당당할 수 있는 아름다운 날개가 있음을.

날개에 관한 나눔의 소식

독수리는 높은 산 절벽 위 바위틈에 서 있는 나무 위에 가시덤 불로 집을 짓는다고 한다. 그리고 그 가시덤불에 부드러운 재료 를 깔아 그곳에 알을 낳고 새끼를 부화시킨다. 새끼가 조금 자라 면 어미 독수리는 그 부드러운 것들을 다 날려버린다. 물론 새끼 독수리는 몸을 찌르는 그 가시덤불에 머물기 싫어한다.

이때 어미 독수리는 새끼를 집어 공중에서 떨어뜨린다. 새끼 독 수리가 비명을 지르며 허공을 가로질러 바닥으로 추락하기 직전, 어미 독수리는 또 다시 그 새끼를 발로 채어서 공중으로 올라간 다. 그리고 다시 떨어뜨린다….

그렇게 시련이 반복되는 가운데 어느덧 새끼 독수리는 날갯짓 을 하기 시작한다. 그리고 피나는 훈련 끝에 마침내 힘찬 비행을 하기에 이른다. 반복된 추락을 견뎌낸 날갯짓, 스스로 비상하지 않으면 안 된다는 절박함을 감당한 날갯짓. 그 날갯짓은 곧 새 중 의 왕이 되었음을 의미한다.

성경 신명기 32장 11절에 보면 이런 구절이 있다.

'독수리가 그 보금자리를 어지럽히며 그 새끼 위에 너풀거리

며 그 날개를 펴서 그 새끼를 받으며 그 날개 위에 그것을 업는 것 같이.'

나는 새 중의 왕이 아니다. 다만 어릴 때부터 하나님의 훈련을 거치며 날개를 얻게 되었다.

강영우 박사의 말을 다시 되뇌어 보자.

"하나님께서는 낭떠러지로 데리고 가서는 뛰어내리라고 명령하셨다. 뛰어내리는 순간 나는 창공을 훨훨 날 수 있는 날개가 있음을 알게 되었다."

지금부터 내가 여러분과 나누고 싶은 얘기는 바로 그 날개에 관한 것이다. 여러분이 갖게 된, 혹은 갖게 될 그 소중한 날개에 관한 이야기다. 그 날개를 펴서 넓은 세상으로 훨훨 나는 아름다운 희망에 관한 이야기다.

어머니, 내 손을 놓다

나는 1958년 6월 15일 경상북도 의성군 춘산면 효선2리 419번
지 산골 마을에서 태어났다. 아버지는 젊은 시절 돈을 벌기 위해
일본에 갔다가 결혼을 하기 위해 귀국했고, 곧 어머니와 결혼을 했
다. 할머니는 다른 자식이나 며느리들 중에서도 특히 아버지와 어
머니를 마음에 들어 했다. 그 때문에 두 분은 고향 마을에서 할머
니를 모시고 살게 되었다고 한다.

어머니는 2남 2녀 중 둘째였고, 외갓집은 우리 마을에서 30리

사랑하는 어머니 영정.

정도 떨어진 마을이었다. 나의 외조부는 신앙심이 깊어 새벽기도를 드리기 위해 매일 산을 넘어 20리 밖에 있는 교회에 다니셨다고 한다. 그 영향으로 어머니도 어린 시절부터 신앙생활을 하셨다.

어머니는 18세에 시집 와서 농사를 지으며 9남 2녀를 낳았다. 그러나 아들 셋과 딸 하나를 사고로 잃는 뼈저린 아픔을 겪었다. 큰 형은 다섯 살 때 어머니가 냇가에서 빨래하는 동안 근처 바위에 앉아 놀다가 이끼가 낀 돌에 미끄러지면서 물에 빠져 죽었다. 또 다른 형은 두 살 때 방에서 놀다가 문 밖으로 넘어졌는데, 마침 물이 끓고 있는 방 앞의 큰 솥에 빠져 숨졌다. 그리고 또 다른 형과 누나는 병으로 죽었다고 한다.

그러한 아픔 속에서도 어머니는 남은 7남매를 정성껏 키웠다. 가난한 시골 살림을 일구어 보겠다는 일념으로 선대 때부터 내려온 밭을 논으로 만들었다. 변변한 연장도 없이 그 밭의 거친 돌을 캐내고 지게에다 흙을 져 나르던 그 고단한 나날들 끝에, 우리 집일곱 마지기의 밭은 전부 논으로 변했다고 한다. 그리고 어머니는 목수였던 친정 오빠에게 부탁을 해서 산에서 좋은 나무를 베어 가져와 마을에서 제일 좋은 집을 지었다.

그러나 이런 어머니의 모습은 단지 고향 마을 분들의 회고와, 그 회고를 바탕으로 한 나의 상상으로만 존재한다. 나는 어머니에 대한 기억이 거의 없다. 내 나이 네 살 되던 해 이른 봄에 세상을 떠나셨기 때문이다. 어머니는 동네 아주머니들과 함께 산에 나물을 따러 갔다가 낭떠러지에서 떨어져 머리를 심하게 다쳤고, 병원으로 옮기는 도중 숨을 거두셨다고 한다.

하지만 나에게는 어머니에 관한 영원히 잊지 못할 기억이 있다. 어머니의 손을 잡고 교회를 오가던 기억이다. 비록 어린 나이였지만 나는 어머니와 함께 걷던 그 산길의 끝에 찬송과 찬양이 있었음을 어렴풋이 기억한다. 그리고 다시 집으로 돌아올 때의 그 평화로움….

아주 오래 전 일이지만, 나를 교회로 이끌던 그 고향 마을의 풍경과 냄새 역시 잊을 수 없다. 영원히 놓고 싶지 않았던 어머니의 그 부드럽고 믿음직한 손은 말할 것도 없다. 그러나 어머니는 내 손을 놓고 그렇게 세상을 떠나셨고, 어린 나는 새로운 손길을 기다려야 했다.

막내였던 나는 어머니를 잃은 슬픔과 허전함이 어느 누구보다 컸다. 나는 매일 아침 눈을 뜨면 엄마부터 찾았다. 그런 내게 아버지는 말했다.

"엄마는 과자 사러 갔다."

나는 울먹이는 목소리로 다시 물었다.

"엄마 언제 와?"

그러면 아버지는 측은한 듯 말했다.

"열 밤 자고나면 온다."

하지만 열 밤을 지나고 나서도 어머니는 오지 않았다. 과자를 사오지 않아도 좋으니 어머니만 왔으면 좋겠다고 생각했지만, 열 밤이 지나고 다시 또 열 밤이 지나도 어머니는 끝내 모습을 보이지 않았다.

그 후 나는 아버지와 떨어지지 않으려 했고, 아버지는 밭에 일하러 가실 때 나를 지게에 지고 가셨다. 아버지가 밭에서 일하는 동안 밭고랑 사이를 따라다니다가 땡볕에 쓰러져 잠들면, 아버지는 나무 밑에 나를 재워놓고 많이도 울었다고 한다.

어머니가 돌아가신 후 아버지는 매일같이 술을 마시기 시작했다. 술 없이는 단 하루도 살 수 없는 사람이 되었다. 하루에 소주 대여섯 병은 보통이었고 때론 열 병 이상씩을 마시는 날도 있었다.

하루는 비가 억수 같이 오는 날 아버지의 지게에 올라탄 채 밭과 집 사이에 있는 냇물을 건너야 했다. 이미 거나하게 술에 취한 아버지로서는 제법 물이 많이 불어난 시냇물을 건너는 일이 수월하지 않았다. 결국 나는 아버지가 넘어지는 바람에 그대로 물에 떠내려갔다가 목숨을 잃을 뻔했다고 한다. 그렇게 아버지는 늘 술에 취해 지게에 나를 지고 다녔고, 시냇물을 건너다가 몇 번이나 넘어지는 바람에 나는 여러 번 죽을 고비를 넘겨야 했다.

아버지가 술에 절어 사는 동안 집안 살림을 돌본 것은 큰 형님과 형수님이었다. 7남매 중 유일하게 고등학교를 졸업한 후 면서기가 된 큰 형님은 결혼을 하고 신혼여행을 갔다 오는 길에 어머니의 사고 소식을 들었다. 큰 형수님은 곧바로 시댁에 와서 시아버지와 시동생들을 챙기며 우리를 키워주었다.

그러나 어머니에 대한 내 그리움은 쉬 가실 줄 몰랐다. 너무 일찍, 너무 소중한 것을 잃었던 것이다.

폭력과 가난 속에서 살아남기 위해

큰 형수님의 보살핌에도 불구하고 우리 집 가세는 눈에 띄게 기울어갔다. 아버지가 도박에 손을 대면서부터였다.

어느 날 이웃 사람들이 우리 집에 들이닥쳐 농기구나 가재도구는 물론이고 심지어 밥을 지어먹는 가마솥까지 가져갔다. 그리고 마침내 우리는 집에서 내쫓겨 조그마한 초가집으로 옮겨가야 했다. 누군가 우리집을 헐고 기둥을 옮겨다 자기 땅에 기와집을 지었다. 어머니가 친정 오빠의 도움을 받아 정성스럽게 지었던 바로 그 집을 송두리째 잃은 것이다.

집안 형편이 그 지경이 되자 이번에는 큰 형님이 문제였다. 어느 날 면서기 일을 그만 두고 아버지처럼 술을 마시기 시작했다. 큰 형님은 술에 취하면 뭐든 닥치는 대로 집어던지며 아버지와 다퉜다. 아무리 술에 취해도 폭력을 휘두르지는 않던 아버지와 달리 큰 형님은 낫과 칼을 들고 닥치는 대로 휘둘렀다.

큰 형님은 한 번 술에 만취하면 2~3일간 두문분출하고 방에 누워 있다가, 다시 나가면 또 만취해서 들어와 행패를 부렸다. 덕분에 우리 집 방문은 늘 떨어져 나갔고 밥상은 늘 내팽개쳐졌다.

난 학교에서 돌아와 큰 형님이 방에 없으면 그날은 밤늦게까지 공포에 떨어야 했다.

한번은 큰 형님이 만취한 상태에서 낫을 들고 나를 죽인다며 협박한 적이 있었다. 나는 급히 도망쳤지만 큰 형님은 계속해서 뒤를 따라왔다. 그날 내가 달아나 숨은 곳, 그 곳은 바로 언덕 위에 있던 교회당이었다. 나는 교회 안 마루 밑으로 숨어 들어가 안쪽 깊이 몸을 숨겼다. 다행히 좁은 마루 밑까지 따라오지는 못했다. 하지만 나오지 않으면 죽이겠다며 계속 서 있었다.

나는 정말 큰 형님이 시퍼런 낫으로 나를 죽일지도 모른다는 공포에 떨며 마음속으로 간절히 어머니를 불렀다. 그리고 교회에 갈 때 내 손을 꼭 잡았던 어머니의 손길을 떠올렸다.

큰 형님이 실제로 가족 중 누군가를 해치지는 않았지만, 누구도 그 지독한 폭력을 견디기는 힘들었다. 어느 날 나는 또 다시 큰 형님의 폭력을 피해 뒷산에 숨어 오들오들 떨고 있었는데, 그 날 내 옆엔 큰 형수님도 함께 있었다. 형수님이야말로 큰 형님의 폭력을 가장 가까이서 감당해야 하는 처지였던 것이다.

그 날 밤, 형수님은 내 작은 손을 꼭 잡고 흐느껴 울며 말했다.

"도련님, 우리 아이들을 잘 돌봐줘요. 난 도저히 맞으면서 못 살겠으니 이 밤에 도망을 가야겠어요."

큰 형님과 형수님은 딸 다섯과 아들 하나, 6남매를 두고 있었다. 그럼에도 불구하고 형수님은 더 이상 견디기 어려웠던 것이다. 난 형수님이 못 가도록 손을 잡고 함께 울었다. 어머니 같은 형수님마저 없으면 살 수가 없을 것 같았다. 형수님은 쌀이나 보리 조금에다 채소를 잔뜩 넣고 죽을 끓여 먹이며 그 가난 속에서도 우리를 지키는 유일한 존재였기 때문이었다.

다행스러운 것은 그러던 어느 날 큰 형님이 경찰 시험에 합격하고 순경으로 발령받아 이웃 군으로 떠난 것이었다. 일단 폭력의 두려움에서는 벗어날 수 있었지만, 큰 형님과 함께 집을 떠난 형수님의 보살핌은 더 이상 기대할 수 없게 되었다.

그때 형님들은 모두 초등학교를 졸업하고 객지로 나간 후였고, 이제 누나와 나만 집에 남아서 아버지를 모시고 살고 있었다. 이미 알코올 중독이 된 아버지는 전혀 일을 하지 않고 늘 옆구리에 술병만 낀 채 낚시를 하러 다녔다. 아버지는 어린 우리 남매에게는 전혀 관심이 없었고, 심지어 밥그릇 하나라도 성한 것이 있으면 술집에 갖다 주고 술로 바꾸어 먹었다.

　그도 모자라 아버지는 부잣집에 가서 돈을 빌렸다. 이미 폐인이 된 아버지에게 돈을 빌려줘 봤자 끝내 받지 못할 거라는 사실은 모두가 잘 알고 있었다. 그런데도 돈을 빌려준 이유는 우리 어린 남매 때문이었다. 바쁜 농번기에 우리 남매가 일을 도와 대신 돈을 갚을 거라는 조건이었다.

　누나랑 나는 아버지가 이미 술값으로 빌려 써버린 돈을 갚기 위해 농사철마다 이 집 저 집을 다니며 순서대로 일을 해주어야만 했다. 일이 끝난 후 끼니거리라도 받을 수 있었다면 덜 힘이 들었을 것이다. 하지만 하루 종일 온몸이 부서져라 일을 해도 우리 남매는 언제나 빈손이었다.

　배가 고팠다. 너무나 배가 고프고 먹을 것이 없어서 가을이 다가오면 새벽에 일어나 이 골목 저 골목을 다니며 이웃집 감나무에서 길바닥으로 떨어진 홍시를 주우러 다녔다. 그나마 조금이라도 아침을 먹은 날은 더 이상 먹을 것이 없어서 점심은 거의 굶다시피 했다.

　학교에 가면 다른 아이들은 점심시간에 엄마가 준비해 준 도시락을 먹는데 나는 밖에 나가서 어슬렁거리거나 우물물로 배를 채워야 했다. 학교에서 며칠 만에 한 번씩 공짜로 주는 빵이 나오는 날은 그 전날부터 너무 좋아 잠을 설칠 정도였다.

그런 배고픔 속에서도 나는 마을 밖 십리 길에 있는 초등학교를 빠지지 않고 다녔다. 낡아빠진 검은 고무신에다 선배들에게 구한 낡은 책, 군데군데 구멍이 난 꿰맨 옷이었지만, 나에게 학교는 반드시 가야만 하는 곳이었다.

학교 수업을 마치면 뛰어서 돌아와야 했다. 이웃집 소를 몰고 산에 가서 꼴을 먹여주어야만 저녁 한 끼를 얻어먹을 수 있기 때문이었다. 배고픔을 달래기 위한 또 다른 좋은 방법은 추석 즈음 마을 사람들이 성묘하는 길에 슬그머니 뒤를 따라 나서는 일이었다. 차례를 마치고 난 후 떡 몇 개를 얻어먹으며 허기진 배를 채웠다.

하루하루를 견디기 힘든 그 굶주림 속에서도 도움의 손길은 있었다. 이웃집과 교회의 장로님 댁에서 틈틈이 양식을 주고 가셨다. 아무리 힘든 고난 속에서도 구원의 손길은 그렇게 존재하고 있었다.

어린 '왕따'의 기도

어린 시절 나는 체격이 유난히 왜소했다. 어릴 때 제대로 먹지 못하고 자란 탓이다. 학교에 가서도 나는 항상 말이 없었다. 더욱이 학기마다 내야 하는 육성회비를 낼 돈이 없던 나는 선생님 보기에도, 반 아이들 보기에도 늘 염치가 없었다.

그런 내겐 어김없이 따돌림이 돌아왔다. 나는 아이들의 놀림감이었고, 이른바 '왕따'였다. 마을에서 십리 밖의 학교를 다니던 나는, 우리 마을과 학교 사이를 오가는 동안 중간 마을을 통과하는 일이 크나큰 곤욕이었다. 나이 든 아이나 또래들은 물론이고 심지어 여학생들마저 나만 보면 공연히 주먹을 휘둘렀다. 그래서 그 마을 앞을 통과하는 게 내게는 항상 공포의 순간이었다.

내 위의 형과 누나와 나는 각각 두 살 터울이었다. 내가 초등학교 1학년 때 형은 3학년이었고 누나는 5학년이었다. 5~6학년 때 누나의 담임을 맡았던 허백 선생님은 큰형수님 친정 마을 출신으로 우리 집 형편을 잘 알았다. 누나가 졸업하자 허 선생님은 형이 5~6학년 때 또 담임을 맡았고, 나의 5~6학년 때에도 역시 담임을 맡았다.

선생님은 간혹 육성회비 등 학교에 낼 돈을 제때 내지 않은 아이들을 불러내서 종아리를 때렸다. 하지만 나는 열외였다. 우리 집 형편을 누구보다 잘 알았고, 또 그것이 쉽게 해결될 수 있는 형편이 아니라는 사실 역시 잘 알았기 때문이었다.

그러나 버티는 데에도 한계가 있었다. 6학년 때는 결국 학교에 잘 나가지도 못했다. 남의 집에 일하러 다니느라 학교 갈 시간이 거의 없었던 것이다.

어느 날 졸업사진을 찍는다는 연락이 와서 겨우 학교에 갔다. '펑' 하는 플래시 소리가 터지며 나는 아주 어두운 얼굴로 졸업앨범 구석에 끼게 되었다. 6학년 들어서는 거의 학교에 갈 수 없었음에도 불구하고 선생님은 나를 퇴학시키지 않았다. 하지만 졸업사진은 사진을 찍는 것으로 그만이었다. 졸업앨범을 살 돈이 없는 나에게 졸업사진은 별다른 의미로 남지 못했다. 다만 사진기 플래시가 터지는 순간, 나는 지난 6년 동안의 일들을 떠올릴 수 있었다.

갑자기 비가 오는 날이면 학교 앞에서 우산을 들고 기다리는 학부모들, 일부러 그 우산 행렬이 다 끝나기를 기다렸다가 고스란히 비를 맞으며 걸었던 흙탕길, 그리고 단 하루도 변함없이 견디기 힘들었던 배고픔….

그 이전의 일들도 하나둘 떠오르기 시작했다.

3~4학년 무렵 새마을운동이 시작되었을 때 한 집에서 한 사람씩 의무적으로 일을 나가야 했다. 건장한 어른들이 나오는 다른 집과 달리 우리집에서는 내가 일을 나갔다. 마을길을 넓히고 지붕을 고치는 일에 어린 내가 할 수 있는 게 없으니 나는 새참을 사오거나 하는 사소한 심부름을 해야 했고, 그래야 마을 부역에 출석했다는 확인을 받을 수 있었다.

제일 서러운 때는 역시 명절이었다. 명절이 다가오면 집집마다 객지에 나간 가족들이 선물꾸러미를 들고 찾아와서 잔치 분위기를 내기 마련인데, 우리집에는 객지 나간 형님들이 아무도 오지 않았다. 설날이 다가오면 나는 마을 입구까지 나와서 오들오들 떨며 혹시나 어느 형님이라도 오지 않을까 서 있다가 그냥 들어가곤 했다. 그때마다 이웃집에서 들리는 웃음소리가 더욱 크게 느껴졌고, 가족 친지들이 사온 과자를 먹고 있는 아이들의 모습이 크게만 보였다.

한번은 대구에서 양복점을 하는 둘째 형님이 왔지만 그건 결코 다른 집처럼 반가운 방문이 아니었다. 둘째 형님은 누나에게 "대구로 함께 가서 바느질 같은 일을 도우라"고 했지만 누나는 그저 울기만 했다. 누나가 "병든 아버지를 그냥 두고 가버리면 돌아가신다"고 하자 형님은 "아버지가 죽든지 말든지 무슨 상관이냐"며 막무가내로 누나의 손길을 끌었다. 하지만 누나는 기어이 버티며 말했다.

"나도 친구들처럼 도시에 나가서 돈 벌고 잘 살고 싶어! 그래도 병든 아버지를 홀로 두고 갈 수가 없어서 이러는 건데 도와주지는 못할망정 어떻게 이럴 수가 있어!"

그제서야 형님은 온갖 험한 욕을 퍼부으며 발길을 돌렸다. 나와 누나는 부둥켜안고 한없이 울었다.

어머니가 돌아가신 후 아버지는 술에 취해 길거리에 그대로 쓰러져 버리는 일이 잦았다. 저녁이 되면 동네 사람들이 우리 집에 와서 측은한 표정으로 "네 아버지가 길 어디쯤에 누워계시더라"고 전했다. 그러면 누나와 나는 옆집 리어카를 빌려서 아버지를 태우고 와 힘들게 방에 누이곤 했다.

초등학교 졸업사진을 찍던 날, 내 머릿속을 스쳐간 지난 기억은 이런 것들이었다. 가난과 배고픔과 설움과 폭력…. 그러나 여기에 더하여, 잊을 수 없는 소중한 기억도 있었다. 그것은 교회와 기도와 찬송이었다.

나는 어릴 때 교회 옆집에서 자랐고, 나의 유일한 놀이터는 교회였다. 여름 성경학교나 성탄절이 다가오면 노래도 부르고 연극도 할 수 있었던 교회, 그곳에 가는 것이 내 삶의 유일한 낙이었다.

그 수많은 배고픈 나날들 속에서도 교회는 유일한 희망이었다. 우리가 먹을 것이 없는 걸 눈치 챘던 교회 전도사님댁 사모님이 잊을 만하면 우리 집에 식량을 주고 갔다. 행여 우리가 부끄러워할까봐 다른 성도들이 눈치 채지 못하게 몰래 하는 일이었다.

어린 시절에는 어머니와, 그리고 초등학교 시절에는 누나와 함께 다니던 새벽 기도를 잊을 수 없다. 나는 분명 무엇인가를 기도했다. 그리고 그 순간 참으로 평안했다.

앞 못 보는 장님처럼,
어둡고 긴 소년의 앞길

아버지에게 다가서고 있는 어두운 그 무엇

가난과 배고픔 속에서 작은 변화가 찾아왔다. 마을에서 50리가량 떨어진 곳에 막내삼촌이 살고 있었는데, 어느 날 지프차에다 낯선 여자 분을 태워 왔다. 바로 새어머니가 될 분이었다.

아버지는 늘 혼자 생활하다가 새어머니가 오니까 좋아하는 눈치였다. 그러나 새어머니가 우리집에 머문 날은 불과 두 달 정도였다. 새어머니가 있는 동안 누나는 이웃집에 다니면서 식량을 빌려 갖다놓았다. 그런데 그 사실을 안 새어머니는 "집안에 먹을 것도 없는 데다 남편은 계속 술만 마셔대니 못 살겠다"고 하며 나가버렸다.

그 후 아버지는 더욱 이해할 수 없는 사람이 되었다. 어느 날인가는 무당을 불러다가 방에서 굿을 했다. 알 수 없는 무당의 말소리와 계속되는 징소리가 내 귀에 아련하게 맴돌았다. 그 날 뭘 태우려다 그랬는지 굿을 하다가 방 안에서 불이 났다. 빨리 꺼서 다행이었지 자칫하면 그나마 있던 초가집마저 다 태워버릴 뻔했다.

아버지는 사람이 죽어 장례를 치를 때 시체 염하는 것을 맡곤했다. 죽은 사람을 묻기 위해 상여를 메고 나가면 앞에 서서 소리를 하기도 했다. 그 순간에도 아버지는 항상 술에 취한 상태였다.

또 집안의 모든 제사는 아버지가 지냈다. 술에 취해도 제사는 철저하게 챙겼다. 아버지는 툭하면 아프다고 끙끙 앓았고 잇몸에서도 늘 피가 보였다. 화장실에 가서 아버지가 앞서 본 변을 보면 항상 피가 벌겋게 보였다.

아버지의 인생은 술과 질병의 삶이었다. 늘 아팠기 때문에 툭하면 신경통약을 사오라고 했다. 그리고 머리에 수건을 두른 채 누워 팔다리와 등어리를 밟으라고 했다.

하루도 빠짐없이 독한 소주를 마셔대니 어찌 건강이 견뎌내겠는가!

누나와 나는 10리 밖에 있는 약국에 늘 약을 사러 다녀야 했고, 심지어 병을 더 키우는 술 심부름까지 해야 했다.

가장인 아버지가 밥도 제대로 들지 않고 계속 술만 마시며 앓아 누워 있으니 집안꼴은 정말 말이 아니었다. 초가집은 비가 샜고, 밥을 지을 나무를 베어오기 위해 나는 겨울철에도 여름철에도 틈만 나면 지게를 진 채 산으로 올라가야 했다.

아버지는 혼자서 술을 먹으면서도 마치 옆에 친구라도 있는 듯이 대화를 나누었다. 지금 누구랑 말을 하는 거냐고 물으면 이렇게 말했다.

"봐라, 내 옆에 있는 사람이 안 보이냐?"

물론 나나 누나는 그 누구도 볼 수 없었다. 누구도 볼 수 없는 그 누군가를 보며 말을 나누는 아버지. 그때 아버지는 이미 보지 말아야 할 것들을 보고, 듣지 말아야 할 말들을 듣고 있었던 것이다.

눈 먼 할아버지의 지팡이를 끌고 길을 인도하다

우리 마을에는 동네의 어르신 되는 할아버지 한 분이 계셨는데, 앞을 보지 못하시는 장님이었다. 어느 날 웬일인지 그 할아버지가 나를 불러 이렇게 말했다.

"일 주일이나 열흘 정도 여기저기 다니는 동안 길 안내자가 되어주면 돈을 주마."

나는 기꺼이 그 일을 맡기로 하였다. 앞 못 보는 어르신을 돕는 일인 데다, 수고비까지 챙겨준다니 굳이 마다할 일이 아니었다. 나는 할아버지가 짚고 다니는 맹인 지팡이를 손에 붙잡고 길을 나섰다.

할아버지는 점을 치는 점쟁이였다. 할아버지는 수도 파이프 같은 것을 든 채 이쪽저쪽으로 기울였고, 그러면 그 파이프 안에서 구슬 같은 것이 이리저리 움직이는 소리가 들렸다. 그 파이프를 움직이며 중얼중얼 주문을 외우다가 어느 순간 점괘가 나왔다면서 점을 보는 사람의 장래나 한 해 운세에 대해 예언해 주었다. 그렇게 이곳저곳을 다니며 점을 봐 주고는 얼마씩 돈을 받았다.

그런데 문제는 앞에서 지팡이를 끌고 할아버지를 모시고 가는 마을마다 학교 아이들이 살고 있다는 것이었다. 나는 가는 곳마다 동창생들, 특히 여학생들의 놀림을 받아야 했다.

“용배 너 봉사하고 같이 다니는구나? 앞 못 보는 봉사하고 함께 다니니까 너도 봉사 되겠다!”

그럴 때마다 나는 쥐구멍에라도 숨고 싶었고, 괜한 일을 한 것 같아 후회가 막심했다. 그러나 이미 떠난 길이라 할아버지를 버려두고 갈 수도 없었고, 결국 가까운 마을을 다 돈 후 이웃 군인 청송군까지 두루 거치고서야 열흘 만에 집에 돌아왔다. 집에 도착하니 할아버지는 수고했다며 100원의 수고비를 줬다. 그때 나는 할아버지께 말했다.

“제 점괘도 공짜로 한번 봐주세요.”

그러자 역시 구슬 파이프를 흔들어 내 운세를 말했다.

“너는 객지에 가서 일하게 될 것이고, 결혼했다가 헤어지게 되어 두 번 장가 갈 팔자다.”

그밖에도 이런저런 점괘가 있었지만 특히 두고두고 기억에 남는 것이 ‘두 번 장가 갈 팔자’ 라는 말이었다. 훗날 나는 결혼을 하고 살면서 어려움을 당할 때마다 ‘혹시 두 번 장가를 가야 하는 것인가’ 하고 생각한 적이 있었다. 물론 지금 생각해보면 어리석은 생각이었지만, 점괘라는 것이 사람의 마음속에 어떻게 깊이 자리 잡는지 깨달을 수 있었다.

나는 지금도 앞을 보지 못하는 그 할아버지를 이끌고 짧지 않은 시간 동안 여러 곳을 다녔던 기억이 생생하다. 그리고 생각해 본다. 나는 과연 누군가를 이끌고 올바른 길로 인도해 갈 수 있는가.

첫 객지 생활, 끝나지 않은 설움

어렵게 초등학교를 마친 나는 중학교에 가고 싶었지만 가난 때문에 엄두조차 낼 수가 없었다. 초등학교에 다닐 때 졸업여행이나 수학여행을 다녀오는 친구들이 더 없이 부러웠는데, 친구들이 중학교를 가게 되자 그 부러움은 더욱 간절해졌다. 친구들의 교복과 모자, 새로 산 운동화가 나에게는 먼 세상의 일로만 여겨졌다.

친구들이 중학교에 다니는 동안 나는 산에 가서 땔감으로 쓸 나무를 지게에 지고 왔다. 간혹 친구들이 교복 입고 나타나면 나는 못 본 체 하고 피하면서 눈물을 삼켜야 했다.

우리 고향 마을에는 산수유가 많았다. 누나랑 나는 겨울이면 밤마다 이웃집에 가서 입으로 산수유를 까 그 씨를 빨아주고, 그 수고비로 식량을 사곤 했다. 그렇게 겨우 겨우 입에 풀칠을 하고 사는 일도 쉽지가 않았다. 이제 뭔가 살 길을 찾아야 할 때가 된 것이었다.

나는 누나의 흰 운동화를 신고 마침내 길을 나서게 되었다. 그 운동화 또한 누나가 다른 사람에게 얻은 것이라서 낡을 대로 낡은 것이었다. 평생 처음 신어보는 운동화였다. 난 항상 떨어진 검은 고무신만 신고 다녔었기 때문에, 비록 낡아빠진 운동화였지만 기분이 좋았다.

나는 취직을 하기로 결심했고, 그 목적지는 인근의 가장 큰 도시인 대구였다. 마침 대구로 이사를 간 큰어머님이 집에 들르셨길래 따라나서기로 한 것이었다. 누나는 처음 객지로 나가는 날 위해 쌀 한 되를 챙겨주면서 "대구 가면 팔아서 비상금으로 쓰라"고 했다.

정든 고향을 떠나던 날, 나는 맨 먼저 교회당을 둘러보았다. 그리고 아버지께는 "돈 많이 벌어서 오겠다"고 인사를 드렸다.

그렇게 나는 대구로 갔다. 태어난 이후 가장 먼 길을 간 것이었다. 대구 수성동의 작은삼촌댁에 가서 며칠 있다보니, 누나가 챙겨준 쌀 한 되를 달라고 하시고는 몇 십 원을 주었다. 장님 할아버지를 따라 여행을 다니면서 받은 돈 100원을 보태자, 내게도 객지에서 살아갈 최소한의 밑천이 생겼다.

며칠이 지난 후 사촌 형님과 함께 태평로에 있는 둘째 형님의 조그마한 양복점으로 갔다. 나는 그때부터 형님 댁에서 심부름을 하거나 바느질하는 일을 시작했다. 형님은 내가 양복점 일 돕는 걸 흐뭇해 하셨지만 자주 술을 드셨고, 형수님 또한 몸이 약해 자주 아파하셨다. 이미 두 조카가 있었지만 내가 형님댁에 있는 동안 또 한 명의 조카가 태어났다. 나는 울어 보채는 조카를 업고 달래며 양복점 일을 도왔고, 그렇게 훌쩍 1년이 지났다.

그러나 객지에서도 설움은 쉬 끝나지 않았다. 형님과 형수님은 내가 잠을 자면 그제야 맛있는 음식을 펴놓고 몰래 조카들을 깨워 먹였다. 나는 그럴 때마다 잠든 체 해야 했고, 소리 없이 울었다.

온갖 심부름과 청소와 바느질은 다 내 몫이었다. 아침 일찍 가게 문을 여는 것부터 밤늦게 문을 닫을 때까지 내가 할 일은 끝이 없었다.

더 이상 형님댁에 머물기는 힘들었다. 일이 고된 것이야 그렇다 쳐도, 방 한 칸에 형님 가족 다섯과 나까지 있기는 서로에게 너무도 불편했다. 결국 나는 형님댁을 떠나기로 결심했다. 내 첫 객지 생활이 또 다른 변화를 맞이한 순간이었다.

그러나 그건 또 다른 시련의 시작일 뿐이었다. 앞을 보지 못하던 고향의 그 할아버지마냥, 내 앞길엔 어두움뿐이었다.

Part2

기도하며
기적을 기다리며

만두집에서 나이트클럽까지, 고난과 시련의 날들

어둠 속에서 빛을 찾아

어린 시절, 고향 마을에 대한 내 기억은 어머니를 잃은 상실감으로부터 시작된다. 그리고 이어지는 기억들은 대부분 어두운 것들의 연속이었다. 단 하루도 변함없던 아버지의 술 냄새, 큰 형님의 폭력, 아이들의 따돌림, 그리고 가난, 가난, 또 가난….

내가 열흘 동안 지팡이를 끌고 길 안내를 해주었던 그 할아버지의 눈에 세상은 어떤 모습일까. 그건 아마도 끝없는 어둠일 것이다.

내 어린 시절도 그랬다. 폭력을 피해 달아나고, 술 취해 길에 쓰러진 아버지를 리어카에 태워 돌아오고, 육성회비를 내는 날마다 가슴 졸이고, 점심시간마다 교실을 나와 학교 근처를 배회하고, 아버지가 술값으로 진 빚 때문에 남의 집에서 일을 하고도 돈한 푼 받지 못한 채 돌아오고, 항상 배가 고파 속이 쓰려오고…. 그것은 분명 끝이 없는 어둠의 긴 터널이었다.

그래도 나를 견디게 한 소중한 기억이 없지는 않았다. 교회에 갈때 내 손을 잡았던 어머니의 그 따뜻한 손, 남의 집에서 산수유 까는 일을 해주며 함께 산수유를 깨물었던 누나의 그 고운 입술, 남몰래 쌀이나 보리를 가져다주던 교회 전도사님댁 사모님의 천사같던 얼굴, 그리고 새벽 예배 때 내 기도에 귀를 기울여주고 말을건네주던 그 보이지 않는 누군가의 목소리….

그것은 어둠 속에서도 때때로 빛을 발하는 밤하늘의 별들과 같은 기억이었다.

나는 또 다른 별을 찾아 길을 떠났다. 누나를 더 이상 굶지 않게할 날을 기다렸다. 더 이상 무당을 부르지 않아도 아버지의 바람을 이루게 될 날을 기다렸다.

하지만 별은 쉽게 찾아오지 않았다. 대구에서 나는 고향에서와는 다른 또 다른 어둠을 만나고 있었다. 어린 나는 항상 고단했고, 사람들은 그런 내게 쉽게 정을 나누어주지 않았다.

둘째 형님의 양복점에서 나가야겠다는 생각을 굳히고 있을 때, 나는 내 바로 위 막내 형을 떠올렸다. 두 살 위의 막내 형은 대구 동성로에 있는 중국집에서 일하고 있었는데, 한 달에 두 번 쉬는 날마다 양복점의 형님댁에 와서 나를 자전거에 태우고 외출을 시켜주었다.

그때 형과 함께 극장에서 본 중국 무술 영화를 잊을 수가 없다. 특히 나쁜 자들을 한주먹에 물리치는 정의로운 이소룡의 모습을 보며, 나는 내 앞의 그 끝없는 어둠을 단박에 깨뜨려 버리는 꿈을 꾸었다.

영화를 보고 나서 형이 사주는 자장면 한 그릇 또한 꿀맛이었다. 너무나 정신없이 바닥까지 한 그릇을 다 비우느라 미처 단무지 먹을 시간도 없을 정도였다.

형과의 달콤한 외출이 끝난 후 어느덧 형의 자전거 뒷자리에 타고 다시 양복점으로 돌아가는 시간은 다시 어둠 속으로 걸어가는 느낌이었다. 형이 잊지 않고 용돈까지 조금씩 챙겨주었지만 그것도 나에게는 위로가 되지 못했다.

나는 어느 날 마침내 막내 형에게 "나도 중국집에 취직시켜 달라"고 졸랐다. 양복점 하는 둘째 형님댁에는 도저히 못 있겠다고 하소연을 하며 계속해서 졸랐더니 막내 형도 잠시 생각을 하는 눈치였다.

그리고 며칠 후, 드디어 막내 형이 나를 데리러 왔다. 둘째 형님에게는 새로운 취직자리가 있다고 말했는데, 둘째 형님은 몹시 기분 나빠하며 소리를 질렀다.

"여기도 일손이 필요한데 왜 의논 한 마디 없이 간다는 거야?"

둘째 형님은 심하게 화를 냈지만 나는 개의치 않고 막내 형을 따라 나섰다. 난 별다른 짐도 없었고 주머니에는 돈도 몇 푼 없었다. 그 동안 양복점에서 온갖 일을 거들었지만 어쩌다 용돈 조금 받은 것 외에는 월급을 받은 적도 없었고 그냥 밥을 얻어먹은 것뿐이었다.

그러나 나는 양복점을 떠나는 것만으로도 이미 부자가 된 듯한 기분이었다. 막내 형의 자전거가 달리자, 상쾌한 바람이 내 얼굴을 스쳐 지나갔다.

중국집 배달부에서 만두집 주방으로

마침 외사촌 형님이 한 만두집에서 일을 하고 있었는데, 그 외사촌형님이 나를 위해 남산동의 어느 조그마한 만두집을 소개해 주었다. 막내 형의 안내로 그 만두집에 취직을 한 후 내 새로운 하루하루가 시작되었다.

만두집에서 주인은 음식 만드는 일을 했고, 나는 주문을 받아 음식을 날랐다. 그런데 부지런히 음식을 나르며 일을 하려고 해도 그럴 수가 없었다. 도무지 손님이 없었기 때문이었다.

20일쯤 지났을 때 주인은 곧 장사를 그만두겠다며 나에게 다른 일자리를 찾아보라고 했다. 만두집에서 내가 한 일이라고는 팔리지 않은 만두를 먹은 것이 다였다. 나는 어쩔 수 없이 다시 막내 형에게 연락을 했다.

그러자 이번에는 봉덕동 미 8군 후문 앞의 기지촌에 있는 어느 중국집으로 나를 데려갔다. 중국 사람이 주인인 그 중국집은 1층과 2층으로 된 제법 큰 식당으로, 직원도 여섯 명이나 되는 집이었다. 식당 옆과 건너편에는 미군들을 상대로 하는 술집들이 즐비했으며, 그 술집들은 밤이 되면 요란한 음악소리와 더불어 미군들과 기지촌 여성들로 붐볐다.

나는 새로운 직장인 중국집에서 배달부로 일했다. 한꺼번에 많은 주문이 들어오면 나무로 된 배달통과 철로 된 배달통을 양손에 들고 배달을 다녔는데, 어찌나 무거운지 양 팔이 빠지는 것 같았다. 게다가 나는 키가 작아서 배달통이 땅에 닿을 정도였다.

주방장에게 혼이 나는 일도 다반사였다. 배달을 갔는데 집을 잘 찾지 못해 음식이 식으면 손님에게 욕을 얻어먹었고, 그 사실이 알려지면 다시 주인과 주방장에게 혼이 나곤 했다. 여섯 명의 직원들은 한 방에서 같이 잠을 잤는데, 이가 많아서 온몸을 긁느라 정신이 없었다. 그래도 아침 8시에 일어나서 밤 12시까지 일했기 때문에 잠자리에 들면 피곤함에 지쳐 곧장 잠이 들곤 했다.

두 팔이 늘어나도록 배달을 다니고, 매일같이 혼이 나고, 밤마다 이와 싸우는 가운데서도 나는 열심히 일했다. 누구보다 성실하게 일을 하다 보니 주인이나 주방장에게 혼이 나는 것도 점점 줄어들었다.

중국집에서 1년쯤 일을 하다가 이번에는 대구 중부경찰서 옆 '선미만두집'으로 자리를 옮겼다. 배달하는 일만으로는 희망이 없어서 이제 음식 만드는 기술도 배워야겠다는 생각이 들었기 때

문이었다. 만두집에서 내가 주로
하는 일은 주방에서 설거지를 하
는 것이었다. 이른바 '주방 시다'
였던 것이다. 그래도 나는 어깨
너머로 만두 만드는 기술을 조금
씩 익혀나갔다.

둘째 형님의 양복점에서 객지
생활을 시작하여 지독히도 장사
가 안 되는 만두집과 꽤 규모가
큰 중국집을 거쳐 다시 선미만두
집에 자리를 잡는 동안, 내 나이
는 열여섯 살이 되었다. 그동안
한 일이라고는 허드렛일이나 배
달 일이 고작이라 특별히 배운 기
술은 없었다. 그래도 어느새 대구

선미 만두집에서 일할 때의 모습.

라는 대도시에서의 객지생활에 조금씩 적응을 하고 있었다.

이제 더 이상 배고픔은 없었지만 몇 가지 아쉬움이 있었다.

우선 고향 마을과 누나가 너무나 그리웠다. 폭력과 배고픔의 기

선미만두집에서 일할
당시 어느 추석날에.

억이 거의 대부분이었지만 그래도 고향은 고향이었다. 특히 그 어려운 나날 속에서 함께 울고 아픔을 나누었던 누나가 너무나 보고싶었다. 그리움과 외로움이 밀려오면 옥상에 올라가 막연히 고향 쪽이라고 생각되는 하늘을 바라보며 눈물을 흘릴 때가 한두 번이 아니었다. 누나와는 가끔 편지를 주고받으며 외로움을 달랬다.

또 한 가지는 너무나 교회에 가고 싶었지만 갈 수가 없다는 것이었다. 일요일은 더욱 손님이 많고 바빴기 때문이다. 고민 끝에 일이 없는 시간인 새벽에 교회에 나가 새벽기도를 시작했다. 그만큼 잠을 줄여야 했기 때문에 피곤해서 매일 새벽기도를 가지는 못했지만, 그래도 기도하는 그 시간이 나에겐 무척 소중했다.

나는 교회에서 어머니의 손길을 되새기고 누나의 얼굴을 떠올렸다. 그리고 잠시나마 고향 마을에서 보낸 성탄절의 가슴 벅찬 시간으로 돌아가보기도 했다.

얼마 후 누나에게서 편지가 왔다. 아버지가 술값이 없어서 정든 초가집을 이웃에게 팔아버리셨다는 내용이었다. 갈 곳이 없게 된 아버지와 누나는 옆집 이 장로님 댁의 헛간을 얻어 살게 되었다는 것이었다.

나는 한 달에 한 번 쉬는 날을 택하여 새벽같이 버스를 타고 고향으로 향했다. 누나와 아버지는 정말 이웃집 헛간을 빌려서 쓰고 있었다. 신문지 몇 장으로 대충 발라놓은 흙벽이 맨 처음 눈에 들어 왔다. 살림이라곤 냄비 하나, 숟가락 몇 개, 간장과 된장을 담은 작은 항아리 몇 개뿐이었다. 도대체 사람 사는 방이라고 할 수 없는 상태였다.

그런 환경 속에서 누나는 남의 일을 해주고 식량을 구하여 아버지의 밥을 지어 드리고 있었다. 나는 누나를 껴안고 엉엉 울었다. 하지만 몇 시간 후엔 다시 걸어 나와 대구로 떠날 수밖에 없었다.

나에겐 불쌍한 아버지와 누나의 어려운 환경을 바꿔줄 능력이 없었다. 완행버스를 타고 대구까지 오는 시간 내내 나의 눈에는 소리 없는 눈물이 자꾸만 흘러나왔다.

술집 웨이터의 새벽기도

선미만두집에서 일하다가 나는 잠시 대구를 떠나 구미로 거처를 옮겼다. 선미만두집에 손님으로 오신 어느 분이 내게 주방장을 구하는 데 도움을 달라고 해서 주방장을 소개해 주었고, 우리 주방장이 다시 친구를 소개해 주었다. 그분이 구미로 가게 되면서 나를 데리고 가겠다고 하는 바람에 따라 나서게 된 것이었다.

하지만 구미에서의 생활은 그리 오래 가지 못했다. 장사가 안 되는 바람에 주방장은 4개월 만에 가게를 그만둬버렸고 졸지에 내가 후임 주방장이 되었다. 몇 달간 주방장으로 일했지만 역시 손님이 없어서 나 또한 그만 둘 수밖에 없었다.

대구로 돌아온 나는 이번에는 생맥주집에서 일했다. 당시 막내형은 대구의 대표적인 술집거리인 향촌동에서 웨이터로 일하고 있었는데, 형이 나를 어느 생맥주집에 취직시켜 주었다. 그곳에서 몇 달간 일하다가 그 업소가 문을 닫게 되면서 또 직장을 옮겨야 했다.

이번에 자리를 옮겨 일하게 된 곳은 대구의 대표적 번화가인 동성로의 2층 카페, '우석레스토랑'이었다. 그 레스토랑 사장은 대구에서 여러 업소를 운영했는데 특히 뛰어난 술집 경영 기술로 이름이 나있는 분이었다. 우석레스토랑에서 나름대로 열심히 일하는 나를 보고 사장이 꽤 기특하게 생각해 주었다.

사장은 포정동에 커피숍을 운영하고 있었는데, 이름이 목마다방이었다. 어느 날 사장의 지시에 따라 나는 그 목마다방으로 자리를 옮겨 잠시 일했다. 그러다가 사장이 향촌동에 '판 코리아'라는 큰 술집을 오픈하게 되면서 이번에는 그곳으로 자리를 옮겼다. 그곳은 유명한 가수와 배우, 코미디언 등의 연예인들이 늘 교대로 출연하는 대형 술집이었다.

다행스러운 것은 술을 파는 곳이라 낮에 아예 문을 열지 않는다는 것이었다. 그 덕분에 나는 모처럼 마음 편히 교회를 다니기 시작했다. 교회를 가면 마음이 평안했고 하나님께 기도하면 마치 엄마 품에 안긴 것 같았다.

나는 그 나이가 되도록 유독 부끄러움이 많았다. 새벽기도에 갔다가도 목사님이 강단에서 설교를 하고 계시면 차마 부끄러워서 못 들어가고 밖에 서 있다가 돌아갈 정도였다. 그래도 내 기도만은 항상 간절했다. 내 기도를 듣고 계실 하나님에게만큼은 절대

부끄럽지 않았다.

"하나님! 아흔 아홉 마리의 양들보다 한 마리의 길 잃은 양을 사랑하신다는 하나님, 길 잃은 어린 양 같은 저의 앞길을 인도해 주옵소서. 저는 아무도 대화할 사람이 없는 고아와 같은 사람입니다. 하나님! 저의 앞길을 인도해 주시옵소서…."

또 다시 폭력을 목격하며 고아가 되다

　'판 코리아' 업소에서 일하던 중 문제가 생겼다. 만 18세가 안
되는 미성년자이기 때문에 유흥업소에서 근무할 수가 없다는 보
건당국의 지적이 있었던 것이다.

　나는 다시 우석레스토랑으로 일을 하러 가게 되었는데, 마침 카
페로 바꾸기 위해 내부수리 중이었다. 그 사이 향촌동의 '판 코리
아' 업소도 문을 닫으면서 그곳에서 일하던 선배 하나가 나와 같
은 동성로 카페로 자리를 옮기게 되었다. 그런데 그 선배의 성격

이 거칠고 고약했다. 걸핏하면 만취가 된 채 통행금지 시간에 와서 온갖 심부름을 시키며 이것저것 트집을 잡았다. 심지어 이유도 없이 죽이겠다고 협박하며 험악한 분위기를 만들기 일쑤였고, 나는 날마다 폭력에 시달려야 했다.

나는 더 이상 참을 수 없었다. 주먹질과 폭력이라면 어릴 때부터 당할 만큼 당했던 나였다. 이제 더 이상 앉아서 당하긴 싫었다. 나는 사장에게 만약 그 선배와 함께 일을 해야 한다면 그만 두겠다고 잘라 말했다. 사장은 그 자리에서 그 선배를 쓰지 않겠다고 약속했다.

그 날 밤 통행금지 직전이었다. 누군가 밖에서 거칠게 문을 두드렸고, 나는 숨을 죽인 채 떨고 있었다. 큰 형님의 주먹질을 피해 몸을 숨겼던 고향 마을의 교회당이 생각났다. 얼마 지나지 않아 문이 부서져 나갔고, 문을 박차고 들어온 선배가 나를 마구 때리기 시작했다. "너 때문에 내가 여기에서 일할 수 없게 되었다"며 밤새도록 계속 때리고 발로 걷어차고 목을 조르며 죽이겠다고 협박을 했다. 너무나 무서웠다. 그는 무릎을 꿇게 해놓고 계속 때리면서 괴롭히더니 아침에야 갔다.

나는 그곳이 싫어졌다. 폭력과 주먹질이 있는 곳은 아무리 많은 월급을 준다 해도 있고 싶지 않았다. 향촌동 유흥업소에서 일할 때 나를 친동생처럼 아껴주던 김인환이란 형님이 새로운 직장을 소개해 주었다. 대구백화점 앞의 지하 유흥업소, '인더무드' 였다. 당시 내 나이는 아직 만 열일곱이어서 여전히 유흥업소에서 일할 수 없었다. 그러나 나는 이것저것 따질 상황이 아니었다.

인더무드에서 일을 시작하고 얼마 후 추석이 다가왔다. 이번 추석에는 반드시 고향에 가서 아버지와 누나를 만나야겠다고 결심하고 있었다.

그때 뜻밖의 소식이 들려왔다. 추석을 며칠 앞둔 어느 날, 아버지가 돌아가셨다는 소식이었다. 비록 술 냄새로만 기억되는 아버지지만 그래도 가슴이 내려앉는 느낌이었다. 나는 소식을 듣자마자 두 살 위의 막내 형과 시골로 달려갔다. 그 때 큰 형님은 고향에서 20리 떨어진 가음지서에 근무하고 있었고, 둘째 형님도 가음면으로 이사 와서 양복점을 하고 있었다. 아버지는 큰 형님댁에서 운명하셨다.

아버지의 운명은 모처럼 온 가족을 한 자리에 모으는 계기가 되었다. 그러나 아버지의 운명에 이어 가족이 모이는 그 자체가 또 다른 비극이었다. 장례를 치르는 며칠 사이에 형님들이 모였는데 첫째부터 셋째까지 세 형님들은 이미 모두가 알코올 중독자였다. 장례식 내내 술을 마셔대던 그들은 때만 되면 주먹질을 하고 피를 흘리며 싸웠다. 서로가 서로에게 잘했느니 잘못했느니 책임 전가를 해대는 통에, 엄숙해야 할 아버지의 장례는 술과 싸움과 폭력의 시간으로 변했다. 그 지긋지긋한 싸움질을 목격하면서 나는 그렇게 고아가 되었다.

다시 대구로 돌아온 지 얼마 후, 큰 형님은 주민등록증도 나오지 않은 내 호적을 퇴거 신고해 버렸다. 뿐만 아니었다. 다른 형님들과 누나도 다 퇴거를 해 보냈다. '너희들 호적은 너희들이 가지고 살라' 는 것이었다. 그렇게 그립던 고향이건만, 이제 다시 고향에 갈 일도 없을 것 같았다.

아버지를 잃고 고향을 잃고 가족을 잃으며, 그렇게 나는 18세가 되었다. 이제 맘 놓고 유흥업소에서 일할 수 있다는 것과 운전면허증을 땄다는 것을 빼놓고, 나의 성년은 별로 달라진 것도 달라질 것도 없었다.

술집에 영업정지를 내리신 하나님

인더무드에 일하고 있을 때 나는 화장실 청소 담당이었다. 화장실은 1층에 있고, 지하에는 남자용 소변기 2개만 있었다. 나는 밤 12시 통행금지가 되어 손님이 거의 돌아갈 때쯤 미리 화장실 청소를 해야 했다.

그때 은행 직원이던 30대 단골손님이 있었다. 어느 날 그 손님이 지하의 소변기 화장실에 들어가더니 문을 안에서 걸어 잠그고 한참 지나서야 밖으로 나왔다. 앞에서 기다리던 나는 바로 청소 도구를 가지고 안으로 들어갔다. 그런데 누군가 소변기에 대변을 잔뜩 봐 놓았고, 방금 그런 것이 분명하게 김이 나고 있었다. 나는 그 손님을 보며 말했다.

"저기는 소변만 보는 곳인데 대변을 보시면 어떡합니까?"

그러자 그는 다짜고짜 나를 때리기 시작했다.

"내가 거기 똥 싸는 걸 네 눈으로 봤어?"

그렇게 소리를 지르며 그는 내 얼굴과 온몸을 마구 때렸다. 나는 더 이상 참을 수가 없었다.

"아니 왜 때리십니까?"

내가 할 수 있는 저항은 그렇게 말하며 주먹질을 피하는 것이 고작이었다. 마음 같아서는 변을 채취한 후 수사기관에라도 맡겨서 확인해보자고 하고 싶었다. 하지만 나에게 돌아온 건 지배인의 호통이었다. 손님에게 무례하게 굴었다는 것이었다. 지배인은 무자비한 폭력을 휘두른 손님에게 사과까지 하며 돌려보냈다.

그날 나는 평소 마시지도 못하던 술을 마셨다. 그리고는 막내 형에게 전화를 걸었는데, 목소리를 듣자 눈물이 쏟아졌다. 그날 나는 밤새 한없이 울고 또 울었다. 그러나 운다고 해결될 일이 아니었다.

또 한 번은 저녁 장사가 시작되기 전 청소를 하고 있을 때였다. 내가 일하는 건물의 지하 술집은 중장년층이 주로 찾는 맥주홀이었고, 건물 2층에는 대학생들이 많이 가는 호프집이 있었다. 오후 4시경 앳된 대학생이 술에 취해 들어와서는 스탠드바의 의자에 앉으며 소리쳤다.

"야 꼬마야, 술 가져와라!"

나는 가급적 좋은 말로 말했다.

"장사는 저녁 6시부터 시작합니다. 그리고 대학생 같은데 혹시 미성년자는 아닙니까? 미성년자에게는 술을 팔지 않습니다.”

하지만 막무가내였다. 게다가 돈은 없지만 학생증을 맡길 테니 술을 달라는 것이었다. 학생증을 보니 나보다 생일이 늦은 동갑내기였다. 나는 내 주민등록증을 보여주며 말했다.

“나이가 같으니까 나보고 꼬마라고 부르지 말아요. 그리고 돈도 없이 학생증으로 술을 달라면 안 됩니다. 더군다나 아직 장사를 시작하지도 않았으니 그만 나가주세요.”

그러자 그 대학생은 내게 할 말이 있다며 지하와 1층 사이의 계단으로 데리고 가더니 마구 때리기 시작했다. 덩치 큰 대학생의 주먹질 앞에 몸무게가 45kg 정도밖에 나가지 않던 나는 속수무책이었다. 그는 마구잡이로 나를 때리고 짓밟더니 도망을 치기 시작했다. 마침 내 비명 소리를 들은 동료 선배가 달려 나와서 골목으로 도망치는 그 대학생을 붙잡아 왔다. 그리고 그 길로 파출소에 넘겼다.

얼굴과 눈에 피멍이 시뻘겋게 든 나는 꼴이 말이 아니었다. 그래도 폭력을 휘두른 놈을 잡아서 파출소에 넘겼으니 그나마 다행이었다. 그런데 문제가 그리 간단한 것이 아니었다. 같이 근무하던 형들 중 나를 아껴주던 형이 있었는데, 웬일인지 나를 어두운 골목으로 데리고 갔다. 그리고는 심각하게 말했다.

"저 가해자 학생의 삼촌이 우리 업소의 단골손님인데, 벌써 사장님께 없었던 일로 해달라고 전화를 했어. 그러니 잘못하면 치료비도 못 받게 생겼다."

그렇게 말한 후 형은 내 어깨를 몇 번 토닥인 후 잘라 말했다.

"눈 꼭 감아라!"

형이 시키는 대로 눈을 감은 내 눈 앞에 곧바로 별이 번쩍 보였다. 형이 내 머리를 잡고 서너 차례 사정없이 내 얼굴에 박치기를 해댄 것이다. 그렇지 않아도 온 얼굴에 피멍이 들어서 고통스러웠는데, 사정없는 박치기 세례를 받으니 정말 죽을 것만 같았다. 나는 소리쳤다.

"형, 치료비 못 받아도 좋아요! 제발 살려주세요!"

고통스러운 내 간청에도 불구하고, 형은 이번에는 뺀찌를 가지고 왔다. 그리고는 내 앞 이빨을 조금 부러뜨렸다. 엉망이 된 얼굴에다 앞니까지 부러진 나는 정말 사람 꼴이 아니었다.

그날 사장이 나를 부르더니 이렇게 말했다.

"여관에 가서 치료 받으며 3일간만 숨어 있어라. 그 학생 삼촌이 단골손님인데 나한테 없던 일로 해달라고 사정을 하는 통에 나도 곤란한 입장이다. 연락이 오면 나는 네가 어디 있는지 모르겠다고, 연락이 안 된다고 해버리겠다. 그러면 그 학생은 경찰서로 넘겨야 하는데 네가 파출소에 나타날 때까지 파출소에 붙잡아두면 합의하자고 나올 것이다.”

나는 사장의 그런 아이디어에 놀라워하며 시키는 대로 사흘 동안 여관에서 병원을 다니며 치료를 받았다. 사흘쯤 지나니 얼굴은 갈수록 피멍이 심해져 엉망이 되어 있었다. 사흘 후에 파출소에 전화를 했더니 빨리 오라고 야단이었다. 파출소에 가서 조서를 꾸미니 가해자의 삼촌 되는 단골손님이 합의를 봐달라고 종용했다. 나는 치료비로 20만 원을 받고 합의해 주었다.

그런데 합의가 끝난 그날 그 손님이 저녁에 친구들과 함께 술 마시러 와서는 룸으로 나를 불렀다. 그리고는 다짜고짜 욕설을 퍼부었다.

“이 개새끼, 너 오늘 내 손에 죽어봐라!”

그때부터 나를 구석에 몰아넣고는 계속 주먹으로 때리고 발로 짓밟았다. 나는 꼼짝 못하고 계속 맞았다. 한참을 때린 후 내 얼굴이 피 범벅이 되고 나서야 나가라고 소리쳤다. 나는 엉금엉금 기어 나왔다.

정말이지 그 순간 주방의 식칼을 들고 들어가서 바로 찔러 죽이고 싶었다. 그러나 그럴 수가 없었다. 나를 아껴주던 형과 지배인, 주방장이 모두 나를 부축하여 빈 방으로 데리고 가서 소파에 눕혀놓고 물수건으로 나의 피를 닦아주며 참으라고 했다. 너무나 속상하고 억울했다. 자기 조카와 돈을 받고 합의한 것 때문에 때린다니 이게 말이 되는가. 그 사람은 대구 서문시장에서 무슨 사업을 한다는 사람이었다.

지금 생각해 보면 그 때 잘 참았다 싶다. 그때 입은 상처로 나는 여러 날 동안 일도 하지 못하고 얼굴에 상처가 가라앉을 때까지 쉴 수밖에 없었다. 하지만 그 순간 참지 않고 칼부림이라도 했으면 나는 더욱 씻을 수 없는 평생의 상처를 입었을 것이다.

나는 인더무드라는 술집에서 2년 정도 일했다. 그때 업소에서 30분가량 떨어져 있는 대구 서성로의 중앙교회에 계속 새벽기도를 나갔다. 고향 마을에서 내가 존경하던 김영원 장로님의 동생 되는 분이 그 교회를 다니고 있었기 때문에 중앙교회는 더욱 정이 갔다.

나는 날마다 새벽길을 걸어가서 기도를 드렸다. 그때 놀라운 일이 일어났다. 내 믿음이 흔들리고 나태해지려고 하면, 마치 예정이라도 되어 있던 것처럼 내가 일하던 업소가 영업정지를 당하고 몇 주간 쉬게 되었다. 그때마다 교회에서는 부흥회가 있었고, 나는 마음 편히 기도를 드릴 수 있었다. 또 업소가 문을 닫고 내부수리를 하면 어김없이 부흥회가 열려서 은혜를 받고 믿음을 충전할 수 있었다.

지금 생각해보면 업소에 영업정지를 내리고 내부수리를 하도록 시킨 것은 바로 하나님이셨던 것 같다. 손님에게 맞고 피멍이 들던 그 시절, 교회의 부흥회에 참석하여 은혜 받고 타락하지 말라는 뜻이었다.

끊이지 않는 폭력과 설움 속에서 나는 열심히 기도했다. 그리하여 나는 얼굴의 피멍도, 마음의 피멍도 지울 수 있었다.

풀빵과 두부를 팔다가 다시 나이트클럽으로

아무리 기도를 하며 하나님께 의지를 해도, 하루가 멀다 하고 손님에게 얻어맞아야 하는 술집 생활은 견디기 어려웠다. 설사

나를 때리지 않는다 해도, 술집에서 술 취한 인간들 심부름하는 것이 더 이상은 싫었다. 나는 끝내 업소를 그만두고 나와 월셋방을 한 칸 얻었다. 1층이 슈퍼인 건물의 2층 다락방을 월세 5만 원에 얻을 수 있었다.

내가 먹고 살 방편으로 생각해 낸 것이 풀빵 장사였다. 나는 곧바로 풀빵 장수를 따라다니면서 어깨 너머로 빵 굽는 법을 배웠고, 약간의 돈을 주고 기술을 익혔다.

나는 드디어 그동안 모은 돈을 털어 리어카를 하나 구입하고 국화빵 장사를 시작했다. 마침내 내 사업을 시작한 것이었다. 하지만 말이 사업이지, 세상에 수월한 일은 없었다.

가장 골치 아픈 것이 단속반이었다. 단속반원들은 무조건 리어카를 트럭에 싣고 가버리기도 했고 그도 아니면 적지 않은 벌금을 먹였다. 단속을 피해가며 6~7개월가량 풀빵 장사를 했는데 수입이 형편없었다. 그나마 추울 때는 조금씩이나마 팔렸지만 날씨가 더워지면 도무지 장사가 안 되었다.

어쩔 수 없이 리어카를 처분하고 이번에는 짐자전거를 구입했다. 그러고는 두부공장에 가서 두부 두 판을 사 이른 새벽 골목골목을 다니며 두부를 팔았다. "두부 사세요, 두부 사세요"하는 내 목소리가 새벽하늘을 쩡쩡 울려댔지만 장사는 영 시원치 않았다. 풀빵에 이어 두부 사업마저 실패였다.

하는 수 없이 짐자전거를 한 슈퍼에다 싸게 넘기고 김인환 형님을 찾아갔다. 향촌동 '판 코리아' 업소 시절부터 나를 무척 아껴 주었던 형님이었는데, 포정동의 한 유흥업소에서 지배인으로 일하고 있었다. 그 형님의 소개로 이번에는 경주에 있는 직장으로 옮겨갔다. 불국사 앞의 코오롱호텔 나이트클럽이 막 오픈을 했는데, 나는 웨이터 보조로 근무를 하게 되었다.

코오롱호텔에 근무하던 약 2년 동안 나는 또 폭력을 경험해야만 했다. 나이트클럽에서 춤추며 술 마시던 조직폭력배들끼리 집단 패싸움을 벌이는 것을 보면서 겁이 나서 덜덜 떨기만 했던 경험도 있었다.

또한 조직폭력배들은 술을 마시고서는 술값을 주지 않았다. 그들은 계산을 요구하는 나의 뺨을 때리고 발로 걷어찼다. 나는 그곳이 점점 싫어졌다. 술과 폭력이 싫었다. 하지만 딱히 어디로 갈 곳이 없었다.

평소 존경하던 박정희 대통령을 아주 가까이서 볼 기회도 있었다. 박 대통령이 신정 연휴 때 휴가를 와서 코오롱호텔에 사흘간

묵었는데, 저녁 시간에 나이트클럽에 내려와서 잠시 휴식을 취했다. 그 때 가수 김정구 씨가 '눈물 젖은 두만강'을 비롯해 여러 노래를 불렀고, 대통령이 좋아하며 박수를 쳤던 기억이 난다.

코오롱호텔 나이트클럽에서 웨이터 보조로 일하면서도 나는 신앙생활을 열심히 했다. 나이트클럽은 저녁 6시부터 시작하여 새벽 4시에 끝났다. 일이 끝나면 바로 불국사 역 앞에 있는 교회에 가서 새벽기도에 참석하여 나 스스로 타락의 길에 빠지지 않으려고 애썼다.

왜냐하면 아버지와 형님들 세 분이 모두 알코올 중독자였기에, 내 인생을 아버지나 세 분의 형님처럼 살고 싶지 않았기 때문이었다. 내가 타락하지 않는 길은 오직 신앙생활을 하는 것뿐이라고 생각했다.

생맥주집에서, 레스토랑에서, 유흥업소에서, 그리고 나이트클럽에서 수도 없이 많은 사람들을 만났다. 그들의 공통점 가운데 하나는 바로 술에 자신의 영혼을 맡기고 있다는 것이었다. 나와 함께 일하는 선후배들도 마찬가지였다. 근무가 끝나면 어김없이 술판을 벌이거나 화투판을 벌였고, 돈으로 여자를 사기도 했다.

　나는 교회에 간다는 스스로의 약속 말고도 또 다른 약속을 하고
있었다. 그것은 바로 술과 담배, 도박, 여자를 멀리 하자는 것이
었다. 어릴 때부터 알코올 중독인 아버지와 형님들에게서 시달려
왔기 때문이기도 했고, 술집에서 일하는 동안 그것들로 인해 사
람의 마음이 얼마나 황폐해지는지 보았기 때문이기도 했다.

　그런 약속을 지켜가자 나는 자연스럽게 남들보다 성실한 사람
으로 비춰졌다. 업소의 사장들이나 동료와 선후배들이 가급적 나
를 도우려 했던 것도 바로 그 때문이었다. 가진 것 없고 재주도 없
는 나를 살아가게 한 힘, 그것은 바로 '기도'와 '스스로 지킨 약
속'이었다.

굶주림 속에서 기적을
만난 방위병 생활

군대에 가기 위해 몸무게를 늘리다

　나는 평소 남자라면 군대를 갔다 와야 하고 평생을 간직할 군번이 있어야 한다고 생각했었다. 바야흐로 군 입대를 할 나이가 가까워졌지만 나는 몸이 너무 허약해서 몸무게가 고작 45kg 정도였다. 45kg 이하면 군 면제 판정이었다. 나는 군대에 가기 위해 신체검사를 앞두고 일부러 평소보다 훨씬 많이 먹었다. 효과가 있었는지, 검사 결과 방위 근무 대상자로 판정이 났다.

　경주에서 다시 대구로 올라와서 동인동에 작은 셋방 한 칸을 얻었다. 방위 근무를 하는 18개월 동안 낮에는 근무를 하고 밤에는 야간 업소에서 일하면 된다는 생각이었다. 그렇게 하려면 출퇴근이 정확한 동사무소 근무가 유리했다.

인더무드의 단골손님이던 육군 대위가 한 사람 있었는데, 나는 그에게 "훈련소에서 훈련을 받고 나오면 동사무소에 근무할 수 있도록 도와줄 수 있느냐"고 물었다. 그는 30만 원 정도의 돈이 필요하다고 했고, 나는 큰 맘 먹고 돈을 주었다. 정당한 일은 아니었지만 먹고 살 길을 찾으려면 어쩔 수 없었다.

그리고 나는 머지않아 대구 성서 지역에 있는 50사단 훈련소에 들어가서 3주 동안 방위병 훈련을 받았다. 훈련소에서도 주일마다 교회에 갈 수 있었는데, 그때 기도를 하는 동안 왜 그렇게도 눈물이 쏟아지던지…. 어린 시절부터 객지에 나와 생활하며 겪었던 일을 생각하며 참 많이도 울었다.

21일간의 훈련 기간 동안 "훈련이 끝난 후 고향에 가서 근무할 사람들은 미리 고향 주소를 적어내라"는 지시가 몇 차례 있었다. 하지만 나는 적어내지 않았고, 적어낼 필요도 없었다. 고향에 가서 근무하면 돈을 벌 수가 없어서 곤란했고, 게다가 미리 아는 장교에게 부탁을 해놓고 들어왔으니 안심이었다.

훈련 기간 동안 내무반장은 "훈련소와 가까운 31경비대대와 32경비대대는 현역병 부대보다 훨씬 더 군기가 세고 자살하는 사람도 많다"고 일러주며 "너희들 중에 저 부대에 근무할 사람도 여러 명이 있을 것"이라고 말했다. 그때마다 난 '나와는 상관이 없는 일'이라고 생각했다.

그런데 21일간의 훈련이 끝나고 배치를 받는데, 내가 바로 31경비대대에 배치되었다. 이게 어찌된 일인지 생각할 겨를도 없었다. 소속 부대 호명이 끝나자마자 우리의 인솔자는 "31경비대 집합!" 하고 소리치더니 바닥을 기어서 부대까지 가도록 군기를 잡았다.

그날 밤 늦게 집으로 와서 아는 형들에게 어떻게 된 것인지 알아봐달라고 부탁했더니, 내가 교육 받던 사이에 그 장교는 돈을 떼먹고 제대를 한 후 사라졌다는 것이었다. 억울하고 기가 막힌 노릇이었지만 이제 와서 어쩔 수 없는 일이었다.

나는 친구에게 부탁을 해서 고향으로 주소를 퇴거시키고, 2주 후 전입신고서와 신주소지 확인서를 떼어 경비대대 본부에 전출을 신청했다. 그 고되다는 부대에서 근무를 하며 먹고 살 방도를 찾을 수는 없었기 때문이었다. 부대 인사계 상사는 "왜 진작 하라고 했을 때는 안 하고 이제 와서 고향에 보내달라고 하느냐"며 사정없이 때렸다. 내가 얼떨결에 그 얘기를 미처 못 들었다고 거짓말을 하자 더욱 심하게 때렸다.

정신없이 맞다가 인사계 바닥에 '엎드려뻗쳐'를 하고 있었더니 한참 후 상사가 일어나라고 했다. 그런 후 볼펜과 사인펜을 한 손에 쥐고서 "이 둘 중 어느 것 하나를 쥐면 안 보내고 어느 것 하나를 쥐면 보내겠다고 내 마음 속으로 결정했으니 둘 중 하나를 뽑아보라"고 했다. 나는 잠시 망설이며 속으로 기도하다가 사인펜을 뽑았다.

상사는 당장 이렇게 말했다.

"야, 이 새끼 보내줘야겠구나! 너희들 이 새끼 전출 보내줘!"

귀신 나오는 집에서의 방위병 생활

그렇게 해서 나는 고향에서 20리 떨어져 있는 의성군 춘산면 예비군중대로 배치되었다. 1978년 8월 중순이었다. 그곳의 중대장은 내게 전에 자신이 살던 빈집이 있는데 도무지 팔리지를 않는 상태니 거기서 살라고 호의를 베풀어 주었다.

그 빈집이 있는 동네는 면 소재지에서 걸어서 10분 정도 떨어진 곳으로서, 모두 15가구 정도가 모여 사는 곳이었다. 'ㄷ자' 형태의 기와집 세 채로 된 그 집은 몇 년 동안 비어 있던 곳이라, 마당에는 풀이 어른 키만큼 자라 있었고 당장이라도 뱀이 나올 것 같았다. 나는 방 한 칸을 청소하여 짐을 풀고 옆집에서 낫을 빌려다 마당의 풀을 베어냈다.

낯선 곳에서 첫 날을 보내고 새벽에 일어나서 면소재지에 있는 교회에 새벽기도를 막 다녀온 길이었다. 이른 시간에 중대장이 오토바이를 타고 집으로 와서는 난데없이 물었다.

"야, 박용배! 너 무섭지 않더냐?"

무슨 말인지 몰랐지만 그냥 빈 집에 혼자 있기 때문일 거라고 생각하고 대답했다.

"전 예수님을 믿기 때문에 무서움을 느끼지 않습니다."

그랬더니 "그래? 알았어!"하고는 그냥 가버렸다.

중대에 출근하니 방위 선배들이 30여 명이 있었고 나는 신고식

을 하였다. 고향 마을 선후배들도 있었고, 근무하기도 편해 보였
다. 대구의 전투방위부대에서 고생하다가 시골에 오니 천국같이
느껴졌다.

그런데 이튿날 새벽에 중대장이 오토바이를 타고 와서는 또 물
었다.

"너 진짜 무섭지 않더냐?"

내가 "저는 겁내지 않습니다"라고 대답하자 중대장은 이번에도
그냥 가버렸다. 그제야 나는 아무래도 이상한 생각이 들어서 방
위 선배에게 물어보았다.

"중대장님이 두 번씩이나 새벽에 와서 무섭지 않더냐고 하는데
무슨 이유가 있습니까?"

그러자 선배는 "모르는 게 낫다"고 했고 내 궁금증은 오히려 더
해졌다. 내가 거듭 캐묻자 그때서야 마지못해 대답을 해주었다.

"그 집에 원래는 묘가 있었는데 그 무덤을 파내고 집을 지었어.
예전에 어떤 사람이 살았는데 귀신이 나타나서 몹시 시달렸대.
또 오래 전에 살던 어떤 사람은 귀신 때문에 정신이 나갔대. 그래
서 그 집은 아무리 팔려고 내놓아도 팔리지 않아."

그 소리를 듣고 당장은 괜찮았는데 밤이 되니까 괜히 무서워지

기 시작했다. 밤이 되면 부엉이 소리도 많이 들렸고 이상한 새 소리와 짐승 소리도 들렸다.

어느 날 밤인가는 태풍 때문에 천둥번개가 치고 밤새 소나기가 내렸다. 내가 있는 방 옆에 마루가 있고 건너편에 큰 방이 있었는데, 그 방문이 바람에 연신 열렸다 닫혔다 했다. 그 방에서 누군가가 나와 저벅저벅 걸어서 내 방으로 오는 것만 같아서 밤새 무서움에 떨었다. 그 밤에는 당장 일어나서 큰 방의 문이 열리지 않도록 걸어 잠글 용기가 나지 않았던 것이다.

두려움에 거의 뜬 눈으로 밤을 새우고 날이 밝자 큰 방에 가서 문을 걸어 잠근 후 열리지 않도록 끈으로 묶어버렸다.

나는 중대에 출근하여 군부대에 전령으로 보고서를 가지고 갔다. 지역면의 중대에 근무하는 방위병이 군부대의 보고서를 가지고 가면 부대 정문에서부터 신고 인사를 해야 했고, 부대에 근무하는 방위병들은 공연히 군기가 빠졌다면서 호된 기합을 주었다.

같은 방위병이지만 군부대에 근무하는 그들은 지역에 있는 방위병들을 괴롭혔다. 사무실에 가서 보고서를 내고 지시 전달 전통문을 받아서 내려오면, 군부대 대대 식당에 근무하는 방위병들이 항상 대기하고 있다가 우리를 붙잡았다. 그리고는 식당에서 몇 시간씩 온갖 궂은일을 다 시켰다.

그렇게 하루하루 근무하며 방위 생활을 보냈다. 밤이 되어도 귀신은 나타나지 않았다.

죽으면 죽으리라

방위 생활을 할 때 내 수중에는 돈이 없었다. 대구에서 살 때 얻었던 전셋방의 보증금이 있었지만 방이 빠지지 않아서 돈을 받지 못하고 있었다.

나는 20리 밖에서 양복점을 하는 둘째 형님에게서 3,000원을 빌렸다. 날씨가 추워져서 석유곤로를 하나 사야 했는데, 돈이 모자랐기 때문이었다. 난 그 돈으로 석유곤로 하나와 보리쌀 두 되를 샀다. 반찬으로는 멸치와 고추장을 샀다. 그러고 나니 또 돈이 떨어졌다.

당시 30리 떨어진 고향 마을에서는 셋째 형님이 농사를 짓고 살고 있었는데, 어느 날 갑자기 형수가 중대로 찾아왔다. 형수는 정

신에 문제가 좀 있었는데, 그때 찾아온 모습도 완전히 정신이 나
간 사람 같은 모습이었다.

무슨 일이냐고 묻자 형수는 "형님이 뭐 좀 물어보고 오라고 했
다"며 내 자취방에 가서 얘기를 하자고 했다. 내가 "근무 중이니
그냥 중대 앞에서 얘기하라"고 해도 기어코 자취방에 가서 얘기해
야 한다고 고집을 부렸다.

어쩔 수 없이 상급자에게 잠시 자취방에 다녀오겠다고 하고서
는 형수와 함께 자취방에 갔다. 형수는 할 얘기는 하지 않고 한참
동안 유심히 내 방 안을 한참 살펴보더니 엉뚱한 질문을 했다.

"왜 테레비가 없어요?"

어렵게 방위 생활을 하는 내게 텔레비전이 있을 리 없었다. 원
래 텔레비전이 없다고 말하자 이번에도 더욱 기가 막힌 말을 했
다. 형님이 내게 가서 텔레비전을 얻어오라고 했다는 것이었다.
기가 막혔다. 형수는 텔레비전이 아니라도 무엇이든지 좀 달라고
했지만 나는 줄 것이 없었다. 그렇게 형수는 또 오겠다는 말을 남
기고 집으로 돌아갔다.

며칠이 지나니까 이번에는 양복점 하는 둘째 형님이 만취한 상
태로 찾아왔다. 빌려간 돈 3,000원을 왜 안 갚느냐며 계속 욕을

하고 소리를 지르다가 돌아갔다. 보다 못한 동료 방위병들이 3,000원을 모아서 빌려주며 말했다.

"무슨 형이 저러냐? 동생이 방위 받으며 고생하면 밥이라도 한 그릇 사주고 가야지, 남이라도 저렇게는 못 하겠다."

그런 일이 있을 때마다 나는 더욱 외로웠고 고독했다. 근무를 마치면 교회에 가서 기도하고 자취방으로 갔다. 그 때가 내 인생에서 제일 힘든 시절이었다.

그때 나는 안이숙 여사가 쓴 《죽으면 죽으리라》라는 책을 읽으며 위로를 받았다. 일제 당시 신앙의 선조들이 믿음 때문에 모진 고문을 당하고 순교하였던 내용을 읽으면서 나는 생각했다.

'내가 하는 고생은 선조에 비하면 아무것도 아니구나.'

그리고는 큰 힘을 얻어 기도하곤 하였다. 그때 누나는 울산 현대자동차 구내식당 주방에서 일하고 있었는데 가끔 편지를 주고받았다. 힘들 때 나를 위로해 주는 것은 하나님과 누나의 존재였다.

기적과 같은 쌀 두 가마니

　방위 생활을 하는 동안에도 나는 어김없이 가난했다. 코오롱호텔 나이트클럽에 근무하면서 손님에게 달러와 엔화를 받아 기념으로 가지고 있던 것이 있었는데, 그 돈을 우리 돈으로 바꾸어서 급한 데 쓰는 게 고작이었다. 아직도 방위병 생활이 16개월이나 남았는데 도저히 그 시간 동안 살아갈 방법이 없었다.

　엎친 데 덮친 격으로 친구에게 대구의 전셋방 보증금을 빼달라고 부탁을 했는데 그 친구가 보증금을 가지고 도망을 가버렸다. 무려 10년 동안 제대로 먹지도 않고 입지도 않고 모은 전 재산이 사라져버린 것이다. 너무나 암담했다.

　나는 교회에 가서 기도를 드렸다.

　"아직도 16개월 동안 방위 근무를 해야 하는데 돈이 없습니다. 하나님의 자녀이오니 도와주세요."

　그렇게 기도하고는 십 원짜리까지 몽땅 털어서 헌금으로 드렸다. 내 고향 의성은 전국적으로 마늘이 유명한 고장이다. 그러다 보니 친구들이 내가 어렵게 혼자 자취한다고 반찬 하라며 가지고 온 것이 전부 마늘이었다. 하지만 마늘은 별로 도움이 되지 못했다. 나는 그동안 업소에서 일할 때 하루 한 끼씩만 먹으면서 위장을 다 버렸다. 그래서 조금만 매운 음식을 먹으면 속이 아파서 견딜 수가 없었고, 따라서 마늘 반찬은 그림의 떡이었다.

대신 나는 보리쌀 조금에다 잔뜩 물을 부어서 보리죽을 해 먹었다. 그러는 사이 몸은 더욱 허약해져 갔다. 몸무게가 45kg이 채 안 되다 보니 앉았다가 갑자기 일어나면 심한 빈혈 때문에 어지러워서 쓰러진 적이 여러 번 있었다. 그래서 자리에서 일어날 때는 천천히 일어나야 했고, 일어나서는 문고리 같은 것을 붙잡고 한참 동안 눈을 감고 있어야 어지러움이 물러갔다.

함께 방위병 근무를 하는 대부분의 선배들은 내가 너무 어렵게 자취를 하며 근무하니까 친절하게 잘 대해 주었다. 하지만 어떤 선배는 술만 마시고 들어오면 각목으로 후배들을 때렸고 나도 심하게 맞았다. 그런 날은 제대로 먹지도 못하고 있는 허약한 내 몸이 더욱 견디기 힘들었다.

그렇게 한 달 정도 근무를 하고나자 마침내 돈도 바닥이 나고 식량도 떨어져서 꼼짝없이 굶게 되었다. 인근에 형님들이 있었지만 전혀 대화가 되지 않는 알코올 중독 상태였다. 또 외사촌도 있었지만 차마 먹을 것이 없다고 찾아갈 염치가 없었다.

나는 교회로 가서 무릎 꿇고 기도를 드렸다.

"전지전능하신 하나님! 저는 하나님의 자녀입니다. 지금 무척 힘들고 어렵습니다. 저를 도와주세요."

그때 기적 같은 일들이 일어났다.

평소 나를 굉장히 아껴주던 중대장이 의성의 대대 본부와 안동의 연대 본부를 찾아가서 나의 사정을 호소한 후 근무 보직 변경을 허락 받아 왔다.

나는 당초 중대의 전령 요원으로서 면사무소의 예비군중대와 의성읍의 군부대 대대 사이에서 보고서를 전달하는 요원이었다. 하지만 중대장 덕분에 이틀에 한 번씩, 그것도 야간에 잠깐씩 면에 있는 지서의 무기고 경비를 서도록 보직이 변경되었다. 그뿐 아니라 낮 동안 지서의 급사로 일하면서 매월 얼마간의 월급을 받도록 해주었다. 참으로 고마운 중대장이었다.

그리고 먹을 것이 아예 다 떨어진 그 순간 마치 기다렸다는 듯이 어릴 때 다니던 고향 마을의 교회에서 쌀 한 말과 약간의 돈을 보내주었다. 외갓집에서도 쌀을 보내왔다. 서른 명이 넘는 방위병 동료들이 각자 쌀 한 되씩을 모아서 서너 말 이상을 가져왔다.

또 면사무소에서 근무하는 방위 선배가 "면에서 어려운 생활 보호 대상자에게 매월 식량을 전달하는데 거기서 조금씩 남은 것을 모아둔 것"이라며 또 몇 말을 가져왔다.

그렇게 여기저기에서 모인 쌀이 무려 두 가마니였다. 단 한 톨의 보리쌀도 없었던 나에게 정말 기적과 같은 일이 일어난 것이다.

그때부터 나는 굶지 않고 배불리 먹을 수 있었다. 비록 반찬은 없어도 밥 한 그릇과 고추장, 멸치 몇 개가 내겐 천하에 부러울 것 없는 귀한 밥상이었다.

나는 하나님께 감사하는 마음이 충만했다.

Part3

길은 걷는 것이 아니라 만드는 것이다

목회자의 길로 가는 입구에서

기도로 가득찬 방위병 생활

'길은 걷는 것이 아니라 만드는 것'이라는 말이 있다. 세상에는 누군가가 만든 길을 따라 걷는 사람이 있다. 그러나 그 길 역시 처음 만든 사람이 분명 존재한다. 그 사람에게 있어서 길은 누군가의 뒤를 따라 그냥 걷는 것이 아니라 스스로 만들어 가는 것이다. 그런 사람들이 있기에 사회는 발전하고 역사는 진보한다.

사람의 인생도 마찬가지다. 자신의 인생임에도 그냥 남이 사는 방법대로 따라 사는 사람이 있는가 하면, 스스로 자신의 방식과 생활을 창조해 가는 사람도 있다. 그러한 사람은 항상 진취적이고 자신감에 차 있으며 두려움이 없다. 설사 실패를 한다 하더라도 또 새로운 길을 찾아 나서는 용기가 있다.

　방위병 생활에 이르기까지 20여 년 동안 내 인생은 스스로의 길을 만들어 가지 못한 시기였다. 나는 정말 그럴 여유가 없었다. 육성회비를 내는 것은 고사하고 점심 도시락 한 번 제대로 먹어보지 못한 채 겨우 초등학교를 졸업했고, 그 사이 알코올 중독인 아버지와 형들의 폭력에 시달려야 했다.

　먹고 살 길을 찾아 어린 나이에 대구로 나와서 양복점, 만두집, 중국집, 유흥업소를 전전하면서 나에게는 하루하루가 가까스로 생존하는 길을 찾는 과정이었다. 그날 끼니를 때우면 다음 날 끼니를 걱정해야 하는 형편이었다. 술 취한 손님들의 이유 없는 폭언과 폭력에 몸과 마음이 성할 날이 없었다. 그렇기에 나는 나의 길을 닦아갈 아무런 여유도 의지도 가질 수 없었다. 나는 내 허약한 몸보다 더 허약한 존재였다.

　방위병 생활을 하는 대부분의 시간 동안 나는 군복을 입고 있었다. 그러나 사실 따지고 보면 나는 업소에서 일할 때도 또 다른 유니폼을 입고 있었다. 나는 업소 일을 하면서 언제나 흰 와이셔츠에 넥타이를 매고 근무했었는데, 저녁 8~9시경 심부름으로 담배를 사러 나오거나 시내 거리에 나와 보면 가벼운 캐주얼을 입은 가족이나 연인들을 흔히 볼 수 있었다. 그들이 정답게 쇼핑을 하거나 식당에서 식사를 하는 모습, 서로 손을 잡고 웃으며 걷는 모습을 보면 나는 한없이 부러웠다.

'나는 언제쯤 업소에서 정해준 똑같은 옷을 벗어던지고 저 사람들처럼 자유롭게 살아보나….'

언젠가 그 자유를 누릴 요량으로 억척스럽게 벌어 모았던 전세 보증금마저도 친구에게 떼이는 바람에 순식간에 다 사라지고 없었다. 성경 학개서에 '하나님이 불어버리시면 우리가 모아놓은 것이 순식간에 날아가 버린다' 라고 했다.

나도 십일조 헌금생활을 하고, 일요일에는 남들처럼 교회에 가서 예배를 드리고 주일성수하며 신앙생활을 하고 싶었다. 그러나 방위병이 되기 전까지는 정말 마음 놓고 교회에 가서 기도를 해 본 적이 그리 많지 않았다.

나의 방위병 생활은 내 신앙생활에 있어서는 오히려 큰 도움이 되었다. 규칙적인 방위병 생활을 하면서 어느 때보다 기도를 많이 하게 되었고, 교회생활도 보다 잘 하게 되었다. 극동방송 라디오를 통해 조용기 목사님의 설교를 들으며 은혜를 받고 기도하곤 했다. 그것이 나에게는 처음으로 나의 길을 만들어 가는 과정이었음을 나중에야 알게 되었다.

하지만 나 또한 그 시절에는 자유로운 청춘이었는지라 방위 생활 동안 왜 그렇게도 시간이 천천히 가는지, 전역일자를 달력에 표시해 놓고 하루하루 지날 때마다 며칠이 남았는지 계산해 보곤 하였다.

그렇게 근무하고 있던 1979년, 박정희 대통령이 시해된 10·26 사태가 벌어졌다. 불과 얼마 전 코오롱호텔에서 가수 김정구의 노래를 들으며 박수 치던 대통령의 모습이 새삼 떠올랐다. 이듬해 5월에는 광주민주화운동이 일어났고, 시국은 한치 앞을 알 수 없을 만큼 뒤숭숭했다.

그런 사회 분위기 속에서 난, 지서에서 급사로 일하며 심부름과 청소를 했다. 그리고 밤에는 이틀에 한 번씩 예비군중대 무기고에서 경비 서는 일을 했다. 같이 방위병 근무를 하던 선배들과 후배들이 모두 다 나를 도와주고 아껴주는 가운데 시간이 흐르면서 나는 고참이 되어가고 있었다.

주야간으로 바쁜 일과 속에서도 나는 중대 인근의 춘산교회에 나가 성가대에서 찬양을 했고, 주일학교에서 교사 일을 맡아 봉사했다. 그 사이 많은 기도 생활을 할 수 있었고 성경도 많이 읽게 되었다. 가장 힘들고 가장 어려움이 많았던 방위병 생활이었지만, 반면 따뜻한 하나님의 손길을 제일 많이 느낄 수가 있었던 시간이기도 했다.

이집트를 빠져나온 이스라엘 백성들이 하나님의 능력을 광야에서 제일 많이 체험했듯, 나에게는 하나님의 능력을 체험하는 기간이 바로 방위병 시절이었다. 당시 난 찬송가에 나오는 다음과 같은 구절을 수시로 읊곤 했다.

'메마른 땅을 종일 걸어가도 나 피곤치 아니하며 저 위험한 곳 내가 이를 때면 큰 바위에 숨기시고 주 손으로 덮으시네.'

하나님의 손길을 느끼던 그 시절, 나는 비로소 내 인생의 길을 스스로 만들기 시작했다. 나는 '길은 그냥 따라 걷는 것이 아니라 스스로 만들어가는 것'이라는 지혜를 얻어가고 있었다. 그런 가운데 방위병 제대를 2개월 정도 앞두고 있던 어느 수요일 밤, 예배를 마치고 난 뒤 새로운 일이 생겼다.

양자가 되라는 하나님의 뜻

어느 날 수요예배를 마치고 성가대 7~8명이 남아서 돌아오는 일요일에 대비해 찬양 연습을 했다. 그런 뒤 집으로 가려고 나서는데 여집사 한 분이 할 얘기가 있다며 남아달라고 했다.

"우리 교회에 김쌍금 전도사님이 계시는데, 23년 전 대구에서 이곳으로 시집을 와 딸아이 하나를 낳은 후, 아들 낳게 해달라고 계속 기도를 드렸다네요. 그랬는데 '때가 되면 믿음의 아들을 주신다'는 응답만 쭉 받아왔대요. 그런데 며칠 전 새벽 한 시께 남편 이재훈 장로님과 함께 기도하러 나와 교회당의 불을 켰다가 박 선생이 엎드려 기도하는 것을 보았답니다. 그때 '때가 되면 믿음의 아들을 주겠다고 했던 그 아들이니 믿음의 아들로 받으라'는 성령님의 감동을 받았다더군요. 그런데 두 분이 직접 말을 못하고

고민하기에 제가 대신 그 전도사님의 응답을 전달해 보겠노라고
했어요."

이런 설명을 한 후 그녀가 놀라운 제안을 해왔다.

"이 장로님댁에 아들이 없는데 혹시 양자(養子)로 들어갈 생각
은 없어요?"

나는 생각지도 못했던 당황스러운 물음에 이렇게 대답을 하고
말았다.

"저도 기도를… 기도를 해보겠습니다."

그러고는 황급히 자취방으로 돌아왔다.

그날 나는 밤새 뜬 눈으로 고민을 하기 시작했다. 이제 2개월쯤
지나 제대하고 나면 대구에 나가서 열심히 돈을 벌어야겠다고 생
각했는데, 갑자기 이 씨 집안의 양자로 들어오라니….

나는 밤잠을 설치며 무릎 꿇고 하나님께 기도하기 시작했다.

"하나님의 계획은 어디 있습니까? 하나님께서 나를 향하신 계
획은 무엇입니까?"

사실 나는 그 중요한 문제에 대해 특별히 상의할 수 있는 사람
도 없었다. 가까운 곳에 둘째·셋째 형님이 있었지만 전혀 대화

가 되지 않는 알코올 중독자들이었기에 추호도 형님들과 의논할 생각이 없었다. 그렇다고 진솔하게 대화할 친구도 없었다.

며칠을 고민하며 기도하다가 방위 동료에게 이 사실을 알리고 이렇게 결론을 지어 말했다.

"하나님의 뜻이라면 따르겠다."

아무리 노력하고 애써도 하나님의 축복이 아니면 안 되는 것을 알기 때문에 이런 결론을 내린 것이었다.

그때부터는 나는 혹시 내 양부모가 될지도 모르는 장로님과 여전도사님을 쳐다볼 수가 없었다. 심지어 교회에 예배를 드리러 갔다가 목사님이 마지막 기도하실 때 미리 빠져나와 버렸을 정도였다.

그렇게 한 달 정도 지났을 즈음이었다. 그 날도 나는 목사님의 폐회기도 시간에 먼저 교회당 문을 열고 밖으로 나왔다. 근데 여전도사님이 기다리고 있다가 "박 선생, 할 애기가 있으니 오늘 저녁에 잠깐만 좀 보자"고 하는 것이었다.

나는 하는 수 없이 그분을 따라 댁으로 갔다. 길을 걸으며 나는 예전의 기억을 떠올렸다. 16개월 전 내가 처음 현 중대로 전출을 와서 교회에 나왔을 때 여전도사님이 대표 기도를 하시는데 얼마나 간절하게 기도를 하시던지 '이런 시골에서도 저런 믿음의 사람이 있었는가' 하고 놀란 적이 있었다. 그리고 '저런 분의 자녀는 얼마나 행복할까' 하고 부러워했던 기억이 있었다.

장로님과 전도사님은 내 앞에 앉아 심각하게 얘기를 하셨다. 특히 전도사님의 말씀은 진정 가슴 속에서 우러나오는 듯 느껴졌다.

"이곳으로 시집 와 무남독녀 딸 하나 낳은 후 아들 달라고 아무리 기도해도 때가 되면 믿음의 아들을 주시겠다는 응답만 받았어요. 바로 그 응답이 안 와서 한 번은 고아원에서 남자아이를 하나 데려와 아들로 키웠어요. 그런데 농번기에 마을 사람들이 죄다 들에 일하러 나가고 없으면 그 아이가 집집마다 다니면서 자꾸만 도둑질을 했어요. 그 이후부터 집집마다 물건만 없어지면 전부 그 아이가 훔쳐갔다고 야단을 쳐서 더 이상 데리고 있을 수 없었어요. 그런데 한 달 전 교회에 기도하러 가서 불을 켜는 순간, 박 선생이 마룻바닥에 엎드려 기도하는 모습을 보게 되었지요. 그때 성령께 '언젠가 주리라 하신 믿음의 아들이니 아들로 받으라' 는 응답을 받았어요. 저는 '이제 딸 시집만 보내면 전도하다가 천국 가기를 원합니다' 하면서 싫다고 했어요. 그런데 일주일가량 잠을 잘 수가 없었어요. 그때 '하나님의 뜻이면 아들로 받고 순종하겠습니다' 했더니 그제야 잠을 잘 수 있었어요. 우리도 뭐 지금 와서 새삼 양자를 받는다는 것이 썩 내키지는 않지만 하나님의 뜻이라면 받아야 한다는 생각입니다. 그래서 친구인 집사를 통해 애기를 해놓고 박 선생의 대답을 기다렸는데, 한 달 동안 자꾸 피하기만 하기에 오늘은 직접 이야기를 들어야겠다고 결심한 거예요."

전도사님의 말씀을 듣는 동안 하나님의 성령은 나에게 순종하라고 계속 마음의 응답을 하셨다. 그래서 며칠만 더 여유를 달라고 하고 돌아왔다.

그 날 이후 자취방에서도 더욱 열심히 기도를 했고, 지서의 근무가 끝나면 곧바로 교회당으로 가서 마룻바닥에 무릎 꿇고 기도를 하기 시작했다.

"하나님의 뜻은 무엇입니까? 제가 어떻게 해야 합니까?"

계속 기도를 드릴 때마다 '순종하라'는 마음의 응답이 돌아왔다. 나는 더 이상 머뭇거릴 수 없었다. 그래봤자 소용이 없는 일임을 알았다.

나는 더 이상 고아가 아니다

마침내 나는 리어카를 빌려서 남은 쌀과 간단한 짐 꾸러미를 싣고는 장로님댁으로 들어갔다. 양자가 되기로 결심한 것이다.

그땐 아직 제대가 한 달가량 남은 상태였다. 방위 동료들과 교회 사람들, 이웃 주민들 모두가 수군거렸다.

"방위받던 총각, 자취하던 총각이 이 장로댁에 양자로 들어갔다는구먼…."

그러나 나는 주변 사람들이 수군대는 소리에 전혀 개의치 않기로 하였다. 누구도 거역할 수 없는 분의 뜻이기 때문이었다.

거처를 옮긴 후 밤마다 가정예배를 드리는데 전도사님, 즉 양어머니는 내게 이렇게 얘기했다.

"우리 딸 경희는 소원이 음대에 가서 성악가가 되는 것이고, 성악가에게 시집을 가는 것이야. 그렇게 알고, 넌 우리 아들이지 사위가 아니니까 절대 다른 오해는 없길 바란다."

그 말은 곧 "우리 딸은 절대 꿈에도 생각지 말라"는 주의사항이었던 셈이다. 나는 정색을 하고 대답했다.

"그런 생각이 있으면 들어오지도 않았습니다. 저 또한 시골에서 살 생각이 없었는데 하나님의 뜻이라니까 순종한 것입니다.”

그제서야 전도사님은 안심하는 표정으로 말했다.

“이제 너를 아들로 삼고 아들로 부를 테니 우리를 아버지, 어머니로 불러다오.”

그렇게 해서 나에겐 생각지도 못했던 부모가 생겼다.

한평생 봉사와 교회에 헌신한 양어머니

나는 그렇게 이 씨 집안의 양아들이 되었다. 방위 근무 기간 중에 이루어진 일이라 갑작스러웠지만, 그것이 하나님의 뜻이라면 사실 놀랄 일도 아니었다.

4살 어린 나이에 어머니를 잃고, 이후 알코올 중독인 아버지 밑에서 매일같이 시달림을 받은 나로서는 장로이신 아버지와 전도 사이신 어머니를 둔 일이 무척 마음 편한 일이었다. 따라서 나는 주위의 시선 따위는 아랑곳하지 않고 양부모에 대해 가급적 빨리 많은 것을 알아가고자 노력했다.

양어머니인 김쌍금 전도사님은 대구에서 출생하여 대구에서 성장하였다. 철저히 불교와 유교를 섬기는 부모님 슬하에 3남 3녀 중 5번째 딸로 태어났고, 일제시대에 초등학교만 졸업했다. 어릴 때 잠시 교회를 다녔지만 부모님의 반대로 더 이상 나가지 못했다고 한다.

그러다가 열여덟 살 때쯤엔 교회에 가지 못하도록 대문을 걸어 잠그면 담을 넘어서 교회에 가곤 했다. 다니던 교회는 대구의 서현교회였는데, 매일 새벽기도를 다녀오면 할아버지로부터 막대기로 매를 맞았다고 한다.

스무 살이 되던 해 할아버지는 한 청년과 선을 보게 하였고 강제로 약혼식을 하게 했다. 그때 어머니는 예수를 믿지 않는 사람과는 결혼할 수 없다면서 목사님 사택으로 피해 몇 달씩 숨어서 지냈다. 결국 그렇게 연락을 끊으니까 그 약혼은 자연히 파혼으로 끝났다.

하지만 여기서 끝이 아니었다. 파혼 후 어머니는 숱한 매를 맞고 다른 사람과 선을 본 후, 또 다시 강제로 약혼을 하게 되었다. 어쩔 수 없이 약혼은 했으나 이번에도 교회로 피하여 몇 달 동안 연락을 끊어 파혼을 당했다. 역시 그때도 할아버지로부터 심한 꾸지람과 매를 맞고 집으로 들어왔다고 한다.

그러던 어느 날 시골에서 친척 한 분이 왔는데, 그 분은 교회에 다니는 사람이었다고 한다. 그 친척에게 할아버지가 한숨을 내쉬며 말했다.

"우리 딸년이 예수에 미쳐 좋은 혼처가 나와서 약혼을 시켜도 두 번씩이나 도망을 가는 바람에 깨졌어. 예수 안 믿으면 시집을 가지 않는다고 하는데 이를 어째야 좋은가."

그 말을 듣고 그 친척은 "우리 마을에 독실한 총각 집사가 있는데, 그럼 그 사람에게 시집보내라"고 하며 중매를 섰다. 어머니는 "지게꾼이라도 좋으니 예수 믿는 사람에게 시집가게 해달라"고 기도했는데, 예수 믿는 총각이라고 하니까 선도 보지 않고 결혼 날짜를 잡아버렸다고 한다.

어머니에게 의성군은 한 번도 와 본 적이 없는 낯선 곳이었지만, 같은 믿음의 사람이 신랑이니까 괜찮다고 생각하고 시집을 왔다.

그런데 막상 시집을 와서 보니까 신랑은 예수 믿는다며 교회에 출석은 하고 있었지만 사실 그 믿음이 미미했고, 더욱이 집안 어른들은 불교를 믿고 있었다.

내 양아버지가 된 이재훈 장로님은 경주 이 씨 집안의 6남매 중 둘째였다. 한국전쟁 직전 의성 읍내에 하나밖에 없는 고등학교인 의성공고를 다녔는데, 고등학교 재학 중 공부를 잘해 전교 수석에 총학생회장으로 있었다고 한다.

그런데 한국전쟁이 일어나 70리 밖의 고향 마을로 피난을 오게 되었다. 그리고 얼마 후 총학생회 부회장이 아버지를 만나러 왔다 간 일이 있었다. 그러고 나자 여기저기에 공산당을 선전하는 포스터가 나붙었고, 형사들이 몰려와서 아버지를 경찰서로 끌고 갔다. 공산당을 선전하는 삐라를 붙인 것에 대해 아버지와 부회장의 소행이라며, 간첩으로 몰았던 것이었다.

그때부터 한 달 동안 모진 고문이 계속되었다. 아버지는 당연히 전혀 모르는 일이었기 때문에 계속 모른다고 할 수밖에 없었다. 그런데도 어찌나 심하게 고문을 했는지, 어느 날 시체를 찾아가라고 집으로 연락이 왔다고 한다.

하지만 다행히 목숨이 붙어 있어서 부모님이 정성을 다해 치료를 했다. 하지만 회복된 후에도 다리를 조금씩 절고 손도 한 쪽이 부자연스러웠다. 아버지가 교회에 나가기 시작한 것은 그 같은 고통을 잊고 싶었기 때문이었다.

이런 신랑을 만난 어머니는 시집을 오자마자 고된 농사일과 시골생활에 적응하는 일이 힘들었지만, 스스로 선택해서 온 길이라 누구를 원망할 수도 없었다. 그런 가운데 아버지는 석 달이 지나도록 손 한 번도 잡아주지 않았다. 결혼을 하긴 했지만 장애자로서, 남편으로서 자신이 없었기 때문에 아예 부인을 멀리하면서 심지어 흉을 보기까지 했다.

아버지는 잠자리도 하지 않고 손 한 번 안 잡아 주면서 부인이 이것도 잘못하고 저것도 잘못한다며 시어머니에게 일러바쳤다. 어머니는 시어머니의 잔소리와 시집살이로 한계에 도달할 수밖에 없었다.

그렇다고 친정으로 되돌아 갈 수도 없었다. 집안의 반대에도 불구하고 스스로 선택한 결혼이었기 때문이었다. 어머니가 할 수 있는 일은 오로지 하나님께 필사적으로 기도하는 것뿐이었다.

시집온 지 석 달이 지나자 시어머니는 왜 임신을 하지 못하느냐며 아들 새 장가 보내야겠다고 호통을 쳤다. 어머니는 남편을 설득하여 같이 병원에 갔는데, 어릴 때 받은 심한 고문의 후유증으로 생식기를 다쳐서 불구자가 되었고, 결국 임신하기가 어려울 것 같다는 의사의 진단을 받았다. 그 결과를 알고 나자 시어머니의 핍박도 많이 줄어들었다고 한다.

어머니는 힘들고 외로운 시집살이와 농촌생활을 신앙으로 이겨 냈고, 농사일과 가사일 외에 교회에서의 봉사활동에 전념했다. 그와 함께 하나님께 간절한 기도를 드렸다. 성경에 나오는 한나처럼 "내게도 사무엘 같은 아들 하나를 주시면 나실인처럼 하나님의 일을 하는 사람으로 드리겠으니 아들을 하나 주세요"라고 계속 울부짖으며 간절한 기도를 드렸다.

기도하면서 하루하루를 보내던 중 그동안 아무리 노력해도 되지 않던 부부관계가 한 번 이루어지면서 임신이 되었다. 이후 어머니의 관심은 온통 태중의 아기에게 기울었고, "아들이면 사무엘 같이 주의 종이 되게 하여 하나님의 일만 하게 하겠다"고 계속 기도하였다.

어머니는 딸을 낳았고, 이번에는 다시 아들을 낳게 해달라고 기도했다. 그러나 두 번 다시 부부관계가 이루어지지 않았고, 다만 "때가 되면 믿음의 아들을 주시겠다"는 응답을 감동으로 받았다고 한다.

이후 무남독녀로 얻은 그 딸을 가슴에 안고 키우면서 어머니는 지금까지 사윗감을 놓고 기도하였다. 어쩌다가 키가 크고 잘생긴 남자를 보면 "하나님, 사윗감으로 키는 저 정도면 되겠습니다" 하며 기도했고, 믿음이 좋은 사람을 만나면 "주여, 사윗감의 믿음은 저 정도면 되겠습니다" 하면서 22년간 기도를 해왔다.

한편 어머니는 가난한 농촌의 실태에 충격을 받고 무언가 계몽운동을 해야겠다고 생각했다. 그리하여 도박과 술과 가난에 찌든 사람들을 집집마다 찾아다니며 마을회의에 모여 달라고 외쳤고, 주민회의를 열어 토론회를 하기도 했다.

가난에서 벗어나기 위해서는 마을에 새마을금고를 만들어 저축해야 하고, 근검절약을 해야만 잘살 수 있다고 외쳤다. 어머니의 이런 노력을 통해 사람들은 저축에 동참하게 되었고, 마을 구판장을 만들어 공동구매와 공동판매로 그 수익금을 모아나갔다.

또한 어머니는 농번기에 어른들이 논과 밭으로 일하러 나가고 나면 어린 아이들이 하루 종일 방치되어 있는 것을 안타깝게 여겼다. 그래서 처음에는 당신의 집에 마을 탁아소를 열었다가 이후 마을회관을 지어서 어린이 돌봐주기 운동을 전개하였다.

또 비가 오면 하천이 범람해, 논밭이 큰물에 휩쓸려 떠내려가는 등 피해가 심각한 것을 보고 주민들을 설득하여 하천 제방공사를 시작했다. 새마을운동과 4H운동에 앞장서며 청소년운동을 지원하기도 하였다.

그런 주민봉사 활동은 의성군 부녀회장이라는 직함과 군 단위의 봉사활동으로 이어졌고, 대통령으로부터 새마을훈장 노력장을 받기도 했다. 이어 내무부장관상, 경상북도 도지사상, 군수상 등 각종 상을 받게 되었다.

이런 봉사활동 가운데 어머니는 면 소재지에 있는 교회에 다녔다. 교회 일을 너무나 헌신적으로 하니까 목사님이 전도사로 임명하였다. 어머니는 전도사 일을 보면서 시골 구석구석을 찾아다니며 봉사활동과 새마을운동을 계속하였다.

또한 20년간 무보수로 교회활동을 계속하며 섬기는 자세로 어려움을 당하는 가정이 있으면 물불을 가리지 않고 찾아다녔다. 이렇듯 어머니는 봉사활동과 교회 일에 한평생을 헌신한 분이었다.

그러던 중 아들로 삼기 위해 고아원에서 데려온 아이가 말썽을 일으켜 다시 보내는 일을 겪은 후, "이제는 딸을 잘 키워서 시집보낸 후 잘사는 것을 봐야겠다"라고 생각하고 딸의 뒷바라지를 하는 데 온통 신경을 썼다고 한다.

그 딸은 음악대학 성악과에 들어가는 것이 꿈이었는데, 의성여고를 나와 두 번의 예비고사에서 실패하고 말았다. 나를 양자를 삼게 된 그때 딸은 1년간 복음간호보조학원에 다닌 후 영주기독병원에 실습을 나가 있었다.

양부모는 밤중에 기도하러 교회당에 오셨다가 바닥에 엎드려 기도하는 내 모습을 본 순간, '믿음의 아들을 주리라고 했던 바로 그 아들이니 믿음으로 받으라' 고 하는 감동을 받았다고 한다.

처음에는 "사탄아 물러가라"고 하면서 완강히 거부하였고, "아들을 달라고 할 때는 안 주시다가 이제 와서 무슨 아들입니까? 이제 딸만 시집보내고는 천국 가기를 원합니다" 하고 계속 기도를 하였다.

그러나 결국에는 하나님의 뜻을 받아들였고, 나를 양자로 삼게 되었다.

목회자가 되라는 권유와, 목회자가 될 수 없는 이유

내가 양자가 되기 위해 집을 옮긴 직후부터 어머니는 기회가 있을 때마다 이렇게 말씀하셨다.

"하나님이 너에게 신학 공부를 하도록 해서 목회자가 되도록 밀어주라는 말씀을 계속 하시는구나. 그러니 신학교에 가서 목회자가 되는 게 어떻겠니?"

그러나 나는 두 가지 이유를 대면서 절대 그 길을 갈 수 없다고 선언했다. 첫째, 목사는 말을 잘 해야 하는데 나는 언변이 없고 전혀 말할 줄을 모른다. 더욱이 사람들 앞에 서면 떨리고 얼굴이 붉어지니, 그렇게 담대하지 못해서 어떻게 목회자가 되겠는가.

둘째, 고등학교를 졸업해야 신학대학을 갈 수 있는데 나는 초등학교밖에 나오지 못했다. 이런 이유를 들어 나는 신학교를 갈 수도 없고 목회자도 될 수 없다고 잘라 말씀드렸다. 그러나 어머니는 쉽게 포기하지 않았다.

"그래도 길이 있지 않겠니? 하나님의 뜻이면 지금이라도 중학교 · 고등학교에 가서 공부하면 되잖니?"

그럴 때마다 나 또한 확실하게 내 뜻을 이야기했다.

"농사나 과수원 일은 좀 힘들더라도 참고할 수가 있지만, 신학교에 가서 목사가 되는 것은 절대로 내가 갈 길이 아니니까 그 일은 아예 생각도 마세요."

그러자 하는 수 없이 포기하는 눈치였다. 그런데 이번에는 또 다른 이야기를 꺼냈다. 혹시 애인이 있느냐, 사귀는 사람이 있느냐, 결혼을 전제로 사귀는 사람이 있으면 얘기해 달라는 등의 질문들이었다. 나는 있는 그대로 대답했다.

"서른 살이 넘어서 돈 벌어놓고 결혼하려고 생각했기 때문에 애인이나 결혼 상대는 없습니다."

그러자 "그러면 결혼 상대를 고르는 일은 우리에게 맡겨줄 수 있냐"고 다시 물었고, 나는 "그렇게 하시라"고 대답했다. 양부모님과 나는 새벽 4시면 일어나서 함께 새벽기도를 갔다. 어머니는 나를 위해 집중적으로 기도하셨다.

"이제야 아들을 주시니 감사합니다. 이제 며느리감을 주시옵소서. 믿음 좋은 며느리를 주시옵소서."

한편으로 '밀양 박 씨'인 내 성을 '경주 이 씨'로 바꾸어 실제 호적상의 아들로 만들기 위해 여기저기 알아보는 것 같았다. 그러나 한동안 알아본 결과 동성동본이 아니면 양자 입적이 불가능함을 알게 되었다.

그때부터 어머니는 "법을 바꿔서라도 법적으로 양자가 되게 해 달라"고 간절히 기도했다. 하지만 정작 나는 내심 호적이 뭐 그렇게 중요한 것일까 생각했다. 그렇게 기도를 계속하는 가운데 나는 제대를 했고, 본격적으로 과수원 농사를 돕기 시작했다.

양아들에서 사윗감으로

나는 열심히 과수원 일을 도왔다. 이제 그토록 간절히 바라던 소원, 즉 마음 편히 교회에 가서 마음껏 기도하는 일도 이룰 수 있었다.

그런데 어느 날인가부터 나를 대하는 어머니의 태도가 좀 달라진 것 같은 느낌이 들었다. 그러더니 어느날 갑자기 전혀 예상치 못한 이야기를 하셨다.

"과수원에서 사과를 수확하면서 기도하는데, 자네랑 우리 딸이 결혼하는 환상을 보았어."

나는 깜짝 놀랐다. 양부모님의 무남독녀 외딸이자 내 새로운 여동생이 된 경희와 결혼이라니? 내가 놀란 표정을 짓자 어머니는 이렇게 덧붙였다.

"물론 나도 이렇게 기도를 했어. '아들로 받으라고 하셨으면서 왜 사위입니까? 음대 가서 성악가에게 시집을 가는 것이 소원인 딸이 과연 그 뜻에 순종하겠습니까?' 라고."

하지만 어머니는 결국 하나님의 뜻을 따른 것 같았다. 그 말을 꺼낸 직후 "넌 순종할 것 같은데 우리 딸은 어떨지 모르겠다"면서 영주로 달려가서 경희를 데리고 와버렸다. 그때 경희는 간호보조원으로 근무하며 간호사 시험을 준비하고 있었고, 한편으로 다시 대학에 도전해 보겠다는 계획을 가지고 있었다. 그런데 어머니는 "간호사 시험은 보지 않아도 된다"며 막무가내로 데리고 와버렸다고 한다.

얼마 전에도 '오빠, 엄마 잘 부탁드려요' 라며 편지를 보내왔던 동생이었다. 그런데 그 동생과 결혼하라고 하시니, 나는 마음의 갈피를 잡을 수 없었다.

얼마 후 새벽기도를 갔다가 집에 돌아오니 부모님과 경희가 서로 부둥켜안고 울고 있었다. 무슨 일인가 싶어 방에 들어갔다가 난 얼른 그 자리를 피했다. 오가는 얘기가 심상치 않음을 알아차렸기 때문이었다.

어머니는 딸을 앞에 앉히고는 이렇게 물었다.

"하나님이 너와 저 아들과 결혼하라고 하신다. 너 혹시 애인 있니? 결혼을 약속한 사귀는 사람이 있니?"

그러자 경희는 울면서 이렇게 대답했다.

"엄마, 나 음대 가서 성악가에게 시집가려고 하는 거 몰라? 당장 사귀는 사람은 없지만 내가 왜, 뭐가 부족해서? 친구들한테 부끄럽게 부모도 없는 저렇게 못난 사람과 결혼해야 돼?"

나는 옆방과 마루에서 그런 대화들을 고스란히 들었다. 아무런 할 말이 없었다. 방으로 돌아오자 나도 모르게 서러운 생각이 들었다. 나는 왜 부모님이 안 계실까? 그런 생각을 하자 새삼스럽게 하염없이 눈물이 쏟아졌다. 결혼 애기가 나오고부터 경희와 나는 아무런 말도 할 수 없었다. 부끄러운 마음에 서로를 피하게 되었다.

그러나 부모님은 우리의 결혼을 이미 기정사실화하고 있었다. 그때 내 나이 24세였는데, 1년쯤 후에 농사를 지어 번 돈으로 결혼을 시키겠노라고 하셨다.

그렇게 나는 일시에 양아들의 운명에서 사위의 운명으로 바뀌었다. 길은 스스로 만드는 것이라는 내 믿음이 아직은 성숙하지 않았을 때였고, 따라서 그것은 내가 만든 길이 아니었다.

실패한 운명, 실패한 결혼

- 죽음을 생각하며

가슴에 피멍이 드는 말들

결혼 애기가 나온 순간부터 적지 않은 고난이 따랐다. 우선 20리 떨어진 고향 마을에서 농사를 짓고 사는 셋째 형님이 문제였다. 그 마을 교회의 장로 한 분이 형님을 찾아가 이런 이상한 소리를 했다는 것이다.

"용배는 믿음 생활을 잘 하는 아이인데, 춘산면의 이재훈 장로의 딸과 결혼한다는 소문이 있어. 근데 그 이 장로는 혈통이 안 좋아서 문둥병자 집안이야. 그래서 손도 잘 못 쓰고 다리도 절뚝거리는데, 왜 그런 문둥병자의 딸과 결혼시키려고 하나? 자네가 나서서 결혼 못 하게 하는 것이 좋지 않겠나?"

그러자 알콜중독자인 형님이 가만히 있을 리 없었다. 당장 전화를 걸더니 끝내 집 근처로 찾아왔다. 그리곤 소주병을 든 채 술에 잔뜩 취해서 소리쳤다.

"용배 너 어서 나와! 안 나오면 내가 들어가서 죽여 버린다! 네가 왜 문둥이 딸과 결혼을 해! 만일 이 장로 딸과 결혼하면 예식장에 똥물을 확 뿌려버리겠다!"

그 소리를 들은 경희는 "절대 이 결혼은 하지 않을 거야" 하고 울면서 집을 나가서 며칠 동안 연락이 없었다. 나는 너무나 속이 상했다. 형님도 원망스러웠지만 고향 교회의 장로가 더 야속했다.

무엇 때문에 나를 이렇게 힘들게 할까. 예수 믿는 사람이 말조심을 해야지, 왜 함부로 틀린 말을 해서 이렇게 사람 가슴에 피멍이 들게 할까.

나는 대화조차 되지 않는 셋째 형님을 데리고 술집으로 가서 울음을 터뜨렸다. 그런데도 형님은 계속 술을 마시며 "결혼하기만 해 봐라, 내가 절대로 가만히 있지 않을 거다"라고 횡설수설하다가 결국 술값만 뜯어갔다.

이런저런 일로 괴로운 몇 달이 흘러갔다. 양아버지의 형님 댁인 대구 큰집은 열심히 불교를 믿는 집안이었다. 어머니가 큰집에 들렀다가 결혼시킬 돈이 없어서 1년 정도 후에 준비해서 시킬 생각이라고 하니까 결혼자금을 빌려준다고 했던 모양이었다.

그러자 어머니는 아예 결혼날짜를 정해 오셨다. 겨우 2개월 정도 남겨둔 1981년 3월 25일 국회의원 선거일이 결혼식이었다.

어머니는 친정에서 반대하는 결혼을 하는 바람에 친정과는 20년 이상 인연을 끊다시피 지내오셨다고 했다. 연락도 하지 않고 지내다가 딸 결혼한다고 갑자기 연락하면 예의가 아니라며, 우리 둘을 데리고 부산 동래의 외삼촌댁에 미리 인사드리러 갔다.

외삼촌댁에 갔더니 바로 옆집에 살고 있는 경희의 외사촌 언니 부부도 와 있었다. 외사촌 형부의 성이 '전 씨'였다. 인사를 하는 나는 방위병 근무를 마친 지 얼마 되지 않았기에 머리카락이 짧았다. 게다가 키는 작고 체중이 45kg에 불과해 외모가 형편없는 데다 왜소하고 초라해 보였다.

잠시 후 내가 바로 옆방에 있는데 문 하나를 사이에 두고 옆방에서 경희의 외사촌 형부가 이런 소리를 하는 게 들렸다.

결혼식.

　　"처제는 너무나 예쁘고 괜찮은데 왜 저런 사람과 결혼시키려고 합니까? 초등학교밖에 나오지 못한 무식한 사람과 어떻게 살라는 겁니까? 오늘 밤 우리 집에 제사가 있는데 청와대에서 제사에 참석하러 사람을 보냈어요. 제가 누굽니까? 집안 제사에 청와대 특사가 올 정도로 줄도 많습니다. 조금만 알아보면 배경도 있고 학력 가진 사람도 많은데 왜 저런 무식하고 못생긴 사람과 결혼시키려고 하세요? 결혼식을 좀 연기하고 다시 중매할 수 있도록 저한테 기회를 주세요."

나는 또 한 번 마음에 상처를 받아야 했다. 어느 곳에 가든 나를 인정해 주는 사람은 없었다. 정말 그것이 내 운명인가 싶은 생각에 또 눈물이 핑 돌았다. 그나마 이제 곧 장모님이 될 어머니의 말이 위로가 되었다. 이야기를 듣던 어머니는 단호하게 말했다.

"그런 소리는 하지도 말게나. 저 아들이 외모는 볼 것 없고 학력도 없지만 너희들이 모르는 믿음을 가지고 있는 사람이고, 나는 이미 사위로 맞이하기로 결정했어. 그러니 더 이상 아무 말도 하지 마."

우리를 둘러싼 부정적인 말들은 교회 안팎에서도 마찬가지였다. 우리가 결혼할 거라는 소문이 퍼지자 교회 안에서는 "저렇게 처녀 총각이 한 집에 있더니 전도사님 딸이 임신한 모양"이라거나, "그래서 처음에 양자로 얘기하더니 급히 결혼시키는 모양"이라거나 하며 수군거린다는 것이었다.

전화를 통한 셋째 형님의 폭언도 계속되었다. 결혼하면 죽여 버리겠다, 결혼식 날 예식장에 똥물을 퍼부을 거다, 이런 차마 입에 담지 못할 말들을 퍼부으며 계속 전화를 하는 것이었다. 너무나 속상하고 마음이 아팠다. 그때만 해도 다이얼을 돌리면 자동으로 연결되는 전화가 아니라 우체국에서 교환원들이 전화를 받아 원하는 집으로 연결해주고는 양쪽의 대화를 다 들을 수 있었던 때였다. 이 때문에 형님의 폭언과 욕설은 우체국 교환원들을 통해 또다시 좋지 않은 소문으로 퍼져나갔다.

나는 나약했다. 가슴은 찢어질 듯 아팠다. 그럴 때마다 내가 할 수 있는 것은 기도뿐이었다.

불안과 긴장의 결혼식, 가슴 아픈 신혼여행

이런 우여곡절 끝에 결혼식 날이 다가왔다. 나는 양복만 한 벌 얻어 입고 구두는 신던 것을 닦아 신었다.

1981년 3월 25일 경북 의성군 금성면의 한 예식장에서 열린 결혼식에는 친척과 친구들, 방위 시절의 선후배들이 찾아주었고, 혼주석에는 막내 삼촌이 앉아계셨다. 그런데 문제는 신랑 측 앞자리에 보이는 형님들이었다. 너무나 익숙한 알코올 중독자들의 모습… 아마 어젯밤에도 모여서 밤새도록 술을 마시고 서로 주먹다짐을 했던 모양이다. 첫째부터 셋째까지 형님들 얼굴이 똑같이

결혼식 하객들 앞에서.

술에 잔뜩 취한 모습이었다. 나는 불안했다. 셋째 형님이 정말로 똥물을 뿌리면 어떻게 하나 계속 마음을 졸였다.

나는 속으로 계속 기도를 드렸다.

'하나님! 셋째 형님의 손발을 묶으사 사고치지 않게 하옵소서…'

교회 목사님의 주례로 열린 결혼식에서 가진 돈이 없던 나는 아내에게 반지만 하나 선물했다. 다행히 특별한 사고 없이 결혼식은 끝났다. 예식이 끝나고 가족사진을 찍는 시간이 되었는데 난 흐르는 눈물을 주체할 수 없었다. 돌아가신 부모님이 그리웠고, 하나님의 사랑에 감사했다. 감사와 서러움에 흐르는 눈물을 주체할 수 없어서 장모님을 껴안고 울었다.

그러자 주변의 축하객들이 손수건으로 눈물을 닦아주면서 여기서는 울면 안 된다며 웃으라고 했다. 두 살 위의 막내 형은 "동생이 먼저 결혼할 때 장가를 안 간 형은 참석하지 않는다더라"며 참석하지 않았다.

예식이 끝나고 부산으로 신혼여행을 떠났다. 긴장과 걱정이 해소되고 버스에 몸을 싣자 많은 생각에 잠겼다. 친부모님, 특히 친어머니가 살아계셨다면 얼마나 기뻐하셨을까 하는 생각이 간절했다.

나는 버스 안에서 아내에게 격려의 인사를 건넸다.

"수고했어요."

그러나 아내는 심각한 얼굴로 인상을 쓰면서 한마디를 던졌다.

"아무 말도 하고 싶지 않으니 말 시키지 말아요."

아내는 차갑게 한 마디 내뱉고는 곧 눈을 감아 버렸다. 바로 옆자리에 앉았지만 어떻게든 조금이라도 떨어져 앉으려고 애쓰는 모습이 역력했다. 해가 지고 어둠이 드리운 초저녁에야 부산 고속버스터미널에 도착했다.

터미널 근처의 어느 여관에 들어갔다. 점심을 먹지 않아서 몹시 배가 고파 "나가서 저녁을 먹고 오자"고 했더니 "밥 먹기 싫다"며 여전히 화난 모습으로 말을 이어갔다.

"나는 정말 결혼하고 싶지 않았는데 하나님의 뜻이 계신 것 같아서 결혼을 했어요. 하지만 내 마음은 전혀 남자를 받아들일 준비가 안 되어 있으니 마음의 준비가 될 때까지 가까이 오지 말아줘요."

아내는 세수를 하고 잠옷으로 갈아입은 후 침대의 벽 쪽으로 돌아누웠다. 어쩔 수 없이 결혼 첫 날 두 사람은 다 점심과 저녁을 굶었다. 신혼여행 기분이 전혀 나지 않았음은 물론이었다.

나는 텔레비전을 켜놓고 국회의원 선거 개표결과를 지켜보았다. 그러다 잠옷을 입고 이불 속으로 들어가 아내의 손을 잡으려 했다. 어찌됐건 결혼을 했으니 분위기를 돌려 보려는 것이었다. 하지만 아내는 벌레라도 만진 듯 벌떡 일어나 앉아서 쏘아붙였다.

"당신이 무식하고 못 생겨서 친구들에게 창피해요. 가까이 오는 건 생각만 해도 소름이 끼쳐요. 그러니까 가까이 오지 말아요.

내 몸에 손을 대면 가만히 두지 않겠어요."

그러더니 두 손으로 할퀴기라도 하려는 시늉을 하는 것이었다. 나는 어안이 벙벙했다. 태어나서 야속한 세상에 수도 없이 울었고, 고독과 외로움에 몸서리를 쳤다. 이제 혹시 결혼을 하면 행복해질 수 있을까 기대했었는데, 그 꿈이 일순간에 깨져 버렸다.

그런 내 마음에 더욱 깊은 상처를 주려고 작정이라도 한 듯 아내는 계속 퍼부어댔다. 꼴도 보기 싫고 속상하다, 결혼한 것이 후회된다, 무식하고 못 생겼다, 소름이 끼친다…. 한 마디 한 마디 할 때마다 나는 온 몸이 강한 전류에 감전되듯 쓰라림에 몸서리를 쳤다. 현기증이 났다. 아찔하고 쓰러질 것만 같았다.

나는 아무런 할 말이 없었다. 다시 눈물이 하염없이 두 뺨에 흘러내렸다. 소리치고 싶었고 차라리 미쳐버렸으면 좋겠다는 싶은 심정이었다.

나는 옷을 갈아입고 밖으로 나왔다. 하염없이 길을 걷기 시작했다. 밖은 네온사인으로 번쩍거렸고, 오고가는 사람들은 씩씩하게 걸어 다녔으며, 팔짱 낀 다정한 연인들이 눈 앞을 스쳤다. 부산의 밤은 제법 쌀쌀했다.

장인어른과 장모님.

결혼 전날 밤에는 장모님의 팔을 베고 누웠었다.

"너는 내 아들이며 내일이면 내 사위가 된다. 너는 나의 보배다. 어머니 팔을 베고 자라."

그런 장모님의 말을 듣고 팔을 베고 누워 소리 없이 눈물을 흘렸었다. 단 한 번도 어머니의 체온을 느낀 적이 없던 나는 장모님의 팔을 베고 이런저런 얘기를 나누었다. 밤새 그렇게 뜬눈으로 지새우다 새벽기도를 다녀왔다.

그런데 이게 뭐란 말인가. 결혼식 날 하루 종일 굶고, 아내에게

결혼식 날, 장인 장모님과.

차마 듣지 못할 말을 듣고, 혼자서 낯선 도시의 거리를 헤매고….
한참 길을 걷다가 길가의 어느 나무 아래 앉아서 소리 내어 실컷
울었다. 목구멍 깊숙한 곳에서 친어머니를 부르고 사랑하는 누나
를 불렀다. 그러나 대답은 없었다.

그렇게 몇 시간을 방황하다가 깊은 생각에 잠겼다. 나 혼자 어
디로 가버릴까? 간다면 어디로 가지? 그러면 시골에 계신 장인
장모는 어떻게 될까? 이웃들은 뭐라고 수군거릴까?

온갖 생각을 하다가 몇 시간이 지난 후 축 늘어진 어깨에 허기

진 배로 여관방에 돌아왔다. 아내는 여전히 벽 쪽으로 돌아누워 있었다. 나는 잠을 이룰 수 없을 것 같아 아예 잠자리에 눕지도 않았다. 텔레비전을 켜놓고 밤새 계속되는 국회의원 개표 방송을 지켜보다가 아침 7시경 집으로 돌아가자며 여관을 나섰다. 밥 한 그릇 먹을 거냐고 물으니 역시 싫다고 했다.

부산 고속버스터미널에서 대구로 가는 고속버스에 몸을 실었다. 한참을 말없이 앉아오다가 경주를 통과할 때 갑자기 생각이 나서 말을 걸었다.

"부모님과 주례 목사님 선물은 좀 마련해서 가야 하지 않겠어요?"

그러나 돌아오는 대답은 역시 소름이 끼치는 것들이었다.

"말 시키지 말라고 했는데 왜 귀찮게 자꾸 말을 시켜요? 나는 오빠랑 말하고 싶지 않단 말예요. 이제 더 이상 아무 말도 하지 말아요. 무식한 사람하고는 말하고 싶지 않아요."

그쯤 되자 나도 지쳐 포기하기에 이르렀다. 그리곤 속으로 다짐했다.

'그래 말하지 않을게. 그렇게 싫다면 결혼하기 전에 싫다고 해야지 왜 결혼해놓고 싫다고 하는 거야.'

사흘간의 금식 기도, 그리고 죽음 앞에서

동대구 고속버스터미널에 도착했다. 나는 버스에서 내린 후 혼자서 바로 택시를 타고 성당동 시외버스터미널로 갔다. 어디로 갈까 생각하다가 경남 창녕의 부곡 온천행 버스에 몸을 실었다. 7여 년 전에 알고 지내던 어떤 분과 같이 다녀온 기억이 떠올랐기 때문이었다.

그러나 버스 안에서 내내 마음이 쓰라렸다. 차창에 머리를 기대고 있는데 눈물이 계속 흘러내렸다.

부곡 온천에 도착해서 어느 여관방에 들어갔다. 그때부터 사흘간 일절 음식에 입을 대지 않고 금식을 하며 생각에 잠겼다. 그리고 하나님께 기도하기 시작했다.

'하나님! 저 이 결혼을 승인하고 싶지 않아요. 인정할 수 없어요. 취소해주세요. 꼴도 보기 싫고 소름 끼친다는 사람과 어떻게 살 수 있나요? 그러니 취소해주세요. 저 시골 처갓집에도 안 들어갈래요. 나 어디로 잠적해버릴 거예요. 하나님! 너무 슬픕니다. 하나님의 계획은 어디에 있습니까?'

그렇게 울부짖으며 사흘 동안 방안에서 한 걸음도 움직이지 않았다. 사흘째 되던 날 이런 생각이 들었다. 일단 결혼식을 했고 어쨌든 처부모님도 계시니까 전화라도 하고 끝내야 한다는 생각이었다.

시외전화를 걸자 면소재지에 있는 우체국 여직원이 처갓집으로 전화를 연결해 주었다. 장모님이 전화를 받았다. 나는 너무 속상해서 집에 안 들어가겠다고 했다. 그냥 사라질 테니 나머지는 알아서 하시라고 했다. 장모님은 이 전화는 교환원들이 다 듣는다며 만나서 얘기하자고 어서 오라고 했다.

"경희는 결혼한 다음 날 바로 와서 집에 있네. 자네는 어디 갔느냐 물으니까 선물 사러 갔다고 했다네. 여기 친척과 이웃에는 전부 선물 사러 갔다가 친구 만나서 늦어진다고 해놓았으니 어서 와서 정리하고, 그때 어디든 가더라도 가게."

전화를 끊고 어떻게 할 것인가 한참 생각하다가 결론을 내렸다.

'혼인신고도 하지 않았으니 일단 들어갔다가 내 몸만 빠져 나오면 되겠지. 어른들에게 인사나 드리고, 나와서 돈 벌고 성공해야지.'

이렇게 마음을 정리한 후 밥 한 그릇으로 허기진 배를 채웠다. 어지러움과 현기증에 비틀거리는 몸을 추스르며 대구로 가는 버스에 몸을 실었다.

대구 성당터미널에서 북부정류장으로 옮겨 세 시간 정도 걸려서 밤에 시골에 도착하였다. 버스정류소에 처의 6촌 언니가 약방을 하고 있었는데, 내가 버스에서 내리니까 어찌된 일이냐며 달려와서 물어보았다. 동생 경희는 사흘 전 혼자 버스에서 내리더니 걷지도 못하고 부축 받아서 집으로 갔다고 하였다.

나는 아무 말도 하지 않고 무거운 발걸음으로 처갓집에 들어갔다. 방에 들어가니까 장인 장모는 아내를 내 앞에 무릎 꿇게 해놓고 뺨을 몇 차례 때리며 소리쳤다.

"어서 박 서방에게 잘못했다고 빌어!"

아내는 내 앞에 무릎을 꿇었다. 그러고는 다시는 그런 일이 없을 테니까 용서해 달라고 빌었다. 나는 어떤 말도 하고 싶지 않았다. 어서 짐을 정리해 대구로 가서 직장을 잡고 싶은 생각뿐이었다.

그러나 그렇게 쉬운 일이 아니었다. 더욱이 어른들께서 잘못했다며 대신 용서를 구하는데 어찌 할 도리가 없었다. 나는 좀 더 지켜보기로 했다.

하지만 달라질 상황이 아니었다. 아내는 방에만 들어가면 신혼여행지에서와 똑같은 말과 똑같은 태도를 반복했다. 당장 뛰쳐나가고 싶은 마음이 굴뚝같았다. 하지만 마루 건넌방에 계시는 부모님들이 울며 괴로워하실 것을 생각하니 참아야 했다.

나는 잠이 오지 않았다. 아무리 잠을 청해도 잠을 잘 수가 없었다. 나의 눈은 충혈되어 벌겋게 되었다. 다음날 나는 집에 있기 싫어서 마을 건너편 산의 언덕에 올라갔다. 산 위에 올라가서 고향 마을의 어머니 산소를 생각하며 또 눈물을 흘렸다.

'어떻게 해야 할까? 대구로 나가서 취직을 해버릴까? 말없이 사라져 버릴까? 산 아래 낭떠러지로 뛰어내려 죽어버릴까?'

그런 생각에 잠겨 괴로워하는 나는 이미 살 의욕을 잃은 상태였다.

어두워져서야 처갓집에 들어왔다. 부모님 앞에서는 정중하게 몇 마디 말을 건네는 아내였지만, 우리 방에만 가면 태도가 돌변했다. 싫다는 말 한 마디 한 마디에 소름이 끼쳤다. 잠옷 차림으로 부엌에 가서 찬물을 끼얹으며 울분을 삭였다. 죽어버리고 싶었다.

다음날 다시 앞산으로 올라갔다. 죽을 생각을 하고 있는데, 언덕 저 아래 과수원에서 장인이 혼자 일하는 모습이 보였다. 무남독녀 외동딸이 결혼하여 잘 살기를 바라셨는데 우리 둘이 계속 싸우니까 너무나 괴로워하는 표정이었다. 내가 죽으면 저 어른들이 어떻게 될까 생각하니 차마 뛰어내리지 못했다.

그렇게 아내와 보이지 않게 다투기를 몇 주간 계속했다. 끊이지 않는 아내의 멸시에 내 인격은 짓밟힐 대로 짓밟혔고, 마음은 이미 갈기갈기 찢어졌다. 이제 나는 내 길을 선택해야 했다.

그리고 그것은 다시 죽음이었다.

Part 4

죽음의 문턱을 넘어 하나님께 가는 문 앞에

자살의 유혹에서부터 신학대학원까지

자살 직전에 주신 하나님의 응답

감당하기 힘든 고통 – 그래, 죽자!

사람은 누구나 살면서 어떤 문제에 부딪히게 마련이다. 그러나 그 문제에 대한 반응은 각자 다르다. 객관적으로 보기에도 매우 큰 문제를 아무렇지 않은 듯 넘기는 사람이 있는가 하면, 별 것도 아닌 듯한 일에 끙끙대는 사람도 있다.

문제는 그 상황이 당사자의 어떤 정체성과 관련되어 있느냐 하는 것이다. '아픈 곳을 건드린다' 는 말이 있다. 아무리 사소한 문제라도, 그 문제에 부딪친 사람의 극도로 예민한 감정과 연관이 되는 문제라면 그건 쉽게 넘길 수 없는 심각한 문제가 될 수밖에 없다.

아내는 나에게 부모도 없고, 못 생겼고, 가진 것도 배운 것도 없다고 타박을 했다. 어떤 이는 "그럼 너는 얼마나 잘 났냐?"고 응수를 할 수도 있을 것이다. 문제는 아내의 말들이 나에게는 지난 모든 세월 동안 내 가슴을 억누르고 있었던 치명적인 상처라는 데 있었다.

나는 단 한 번도 부모다운 부모 밑에서 자란 적이 없고, 오히려 형제들로부터 폭력과 괴롭힘만을 당하고 살았다. 45kg에 불과한 왜소한 몸에다 얼굴도 변변치 않아 남의 호감을 사 본 적도 없고, 그나마 간신히 졸업한 초등학교 6년 내내 한 번도 제때 수업료를 내 본 적이 없다. 내게 가난은 진저리가 날 정도였고, 배운 것이 없으니 철이 들자마자 만두집과 중국집을 거쳐 술집 종업원으로 객지를 떠돌았다.

아내는 나의 그 치명적인 기억들을 고스란히 되새김질하게 만들었다. 원했건 원하지 않았건 그래도 목사님 앞에서 평생을 약속한 부부인데, 아픈 상처만을 골라 찌르고 부비고 헤집는 것은 참으로 사람이 할 짓이 아니었다. 별다른 저항도 못하고 그걸 감당하고 있는 나 또한 인간 이하이긴 마찬가지였다.

인간이 스스로 인간 이하로 여겨지면 극단적인 길을 택하게 된다. 인간으로서 가진 이성을 잃기 때문이다.

나는 그 극단적인 길을 택하기로 했다.

나는 죽어버리는 것이 낫겠다고 생각하고 장인 장모님께 유서를 썼다. 죄송하다는 말과 함께 그간의 따뜻한 사랑에 감사드린다고 몇 자를 적었다. 그리고 울산에 있는 누나에게 편지를 한 통 썼다.

'누나에게 잘 사는 모습 보여 주려고 했는데…. 미안해. 너무 괴로워서 살고 싶지가 않아. 누나, 먼저 갈게.'

누나와 함께 큰 형님의 폭력을 피해 서로 부둥켜안고 울었던 기억이 났다. 술에 취해 길바닥에 쓰러진 아버지를 싣고 함께 끌었던 리어카가 떠올랐다. 만약 누나와 함께 끄는 그 리어카에 술 취한 아버지가 아니라 남들처럼 농사지은 쌀가마니를 싣고 끌 수 있었으면 얼마나 좋았을까.

나는 창고에서 농약 한 병을 가지고 방으로 돌아왔다. 그리곤 잠자고 있는 아내를 깨웠다. 그 앞에다 농약병을 내놓으니까 아내가 놀라는 눈치였다. 나는 담담하게 말했다.

"우리 농약 먹고 같이 죽읍시다. 우리가 계속 싸우니까 부모님이 저렇게 괴로워하시고 울부짖는 거 아니오? 그러니 더 이상 살아서 뭐하겠소? 같이 죽읍시다."

장인어른과 장모님은 우리 때문에 무척 괴로워하셨다. 한 번은 둘이 다투는 걸 본 장인어른이 넥타이로 목을 매서 죽어버리려고 하신 적도 있었다. 자리에서 일어나 농약을 본 아내는 좀 놀라는 눈치였다. 농약을 먹고 죽자는 내 말에 아내는 얼른 농약을 뒤로 치워버렸다. 그리고는 웬일인지 한 풀 꺾인 목소리로 말했다.

"저도 노력해 볼 테니 조금만 더 기다려줘요."

그러나 아내의 말을 믿을 수가 없었다. 이제까지 남 앞에서는 고분고분하게 굴다가도 둘이만 있으면 돌변하여 나를 개똥보다 못한 존재로 취급하던 아내가 아닌가. 정말 내가 농약을 마시기라도 할까봐 당장의 상황만 피하고 보자는 심사가 분명했다.

어느덧 새벽이 다가왔고, 나는 이제 정말 농약을 마시려고 결심했다. 그런데 그때 밤새 교회에서 우리 부부를 위해 기도하던 장

모님이 돌아오셨다. 내가 죽기로
결심했다는 사실을 알게 된 장모
님은 그때부터 나를 끌어안고 울
기 시작했다. 장모님은 나를 붙잡
고 당신이 살아온 생애를 눈물로
되새겼다.

"나는 결혼식 때 주례자 앞에서
죽음 외에는 결코 헤어지지 않겠
다고 한 약속 때문에 파란만장한

지금의 아내와 나.

삶 속에서도 24년을 살아왔는데, 자네는 고작 몇 주도 못 견디고
죽으려고 하나? 온갖 어려움 속에서 무남독녀로 22년간 애지중지
키운 딸을 자네에게 맡겼는데 이렇게 결혼하자마자 생각지도 못
했던 고통이 닥치니 도대체 어떻게 해야 하는 건가?"

장모님은 하염없이 눈물을 흘렸다. 그리고 내 손을 잡고 하소연
했다.

"무남독녀로 자기 자신만 알고 자란 애가 고집이 왜 없겠나? 자
네가 좀 더 참고 기다려주게. 나는 한평생 오직 하나뿐인 딸을 지
극정성으로 돌보며 키우는 일에만 매달려 왔네. 그런 딸이 잘 살

아주기를 바라는 마음이야 오죽하겠나?"

물론 내가 넓은 마음으로 대수롭지 않게 여기며 느긋하게 기다렸으면 좋았겠지만, 그때는 아내의 무시와 멸시가 너무나 괴로웠다. 아내가 건드리는 상처는 날마다 덧나고 덧나서 그 고통을 감당할 수가 없었던 것이다.

농약을 마시는 대신 기도를 드리다

장모님이 부둥켜안고 우는 동안 나도 소리 내어 함께 울었다. 그렇게 한참을 울다가 장모님은 기도를 하기 시작했다. 그 기도 가운데는 내가 신학교에 가서 하나님의 종이 되어 목회자로서 하나님의 일을 할 수 있도록 해달라는 내용도 있었다.

그런 얘기는 장모님을 처음 만났을 때부터 들었던 것이었다. 그때 장모님은 "넌 분명히 아들이지 사위가 아니니까 잘못된 생각이나 오해가 없기를 바란다"고 못을 박고는 신학교에 가라고 권유했었다. 하지만 나는 가고 싶어도 학력이 부족해서 갈 수가 없었다. 신학교에 가려면 고등학교는 나와야 하는데 나는 초등학교밖에 나오지 못했다.

설사 신학교에 가서 목사가 될 수 있다 하더라도, 목사는 기본적으로 말을 잘 해야 하는데 나는 내성적인 성격의 사람이라 말재주가 전혀 없었다. 그래서 나는 확고하게 "나에겐 목회자가 될 자질이 전혀 없다"고 못을 박았고, 나의 단호한 태도에 장모님도 그제서야 포기를 했었다.

이후 내 운명이 졸지에 양자에서 사윗감으로 바뀌게 되자 장모님은 이렇게 말했었다.

"하나님이 너를 처음 우리집에 보내실 때 사위로 삼으라고 했으면 순종하지 않았을 것이다. 왜냐하면 하나뿐인 딸의 사윗감에 큰 기대를 걸고 있었기 때문이다. 하지만 하나님이 아들로 받으라고 해서 순종을 했고, 그 후 정이 들고 믿음이 두터운 것을 확인한 후에는 사위로 받으라는 말씀에도 순종할 수 있었다."

그러나 그때부터 나의 잘못된 운명이 시작된 셈이었다. 만약 내가 양자에서 사위로 바꾸게 된 것이 하나님의 뜻이라면, 그것은 나뿐 아니라 모두가 순종하기 힘든 가혹한 시련이었기 때문이다. 이제 장모님도 그 순종과 결정에 문제가 있었다는 사실을 깨닫게 되었다. 그래서 다시 신학교에 가서 목회자가 되어야 한다고 권유했던 것이다.

하나님의 종이 되라는 장모님의 말씀에 나는 잠시 흥분했던 마음을 가라앉혔다. 비록 죽기로 결심한 마당이지만, 만약 지금의 이 고통을 덜 수 있는 길이 오직 그 길이라면, 나 또한 순종하지 않을 까닭이 없었다. 장모님의 기도와 권유를 들은 나는 마음속으로 기도했다.

'하나님! 장모님을 통해서 간접적으로 명령하시지 마시고 저에게 직접 명령해 주십시오. 제가 비록 학력도 안 되고 말주변도 없지만, 만약 그 길이 진정 하나님의 뜻이라면 순종하겠습니다. 어떤 식으로든지 저에게 하나님의 뜻이라는 증거를 주십시오.'

그날 나는 농약을 먹는 대신 금식 기도를 시작했다. 일주일 동안 식음을 전폐하면서 성경을 읽고 또 읽고, 기도하고 또 기도하고, 묵상하고 또 묵상하였다.

그때까지도 내 체력은 허약하기 그지없었다. 특히 심한 빈혈 증세 때문에 자리에서 일어날 때면 무언가를 붙잡고 눈을 감은 채 한참을 서 있어야만 했다. 급한 마음에 그냥 자리에서 벌떡 일어났다가 어지러워 쓰러진 경험도 한두 번이 아니었다.

그런 허약한 몸으로 일주일 동안 아무 것도 먹지 않고 견디기는 무척 힘에 겨웠다. 그러나 농약을 먹고 죽으려 했던 극단의 상황에서, 무언가 새로운 길을 찾는 일이기에 나는 이를 악 물고 견딜 수 있었다.

일주일의 금식 기도와 하나님의 응답

금식 기도 마지막 날이었다. 옅은 잠을 자고 있는데 비몽사몽간에 이런 목소리가 들렸다.

"출애굽기 3장과 4장을 읽어보라!"

놀란 나는 자리에서 벌떡 일어나 서둘러 성경을 펼쳤다.

'하나님께서 모세에게 '네가 애굽에 가서 종살이하는 이스라엘 백성들을 이끌어내고 가나안 땅으로 인도해라' 라고 명령하셨다. 모세는 입이 뻣뻣하고 혀가 둔하여 갈 수가 없다고 말하며 보낼 만한 자를 보내달라고 하였다. 그때 하나님은 '누가 사람의 입을 지었느냐? 내가 너와 함께 있을 것이다' 라고 하시며 기어코 모세를 쓰셨다.'

그 내용을 읽으면서 나는 놀라지 않을 수 없었다. 왜냐하면 지금의 나의 상황과 성경 속의 모세의 상황이 너무나 같다는 생각이 들었기 때문이다.

성경 속의 모세는 자신은 입이 뻣뻣하고 혀가 둔하여 애굽으로 가서 하나님이 원하시는 일을 할 수 없다고 변명하고 있다. 그런데 나 또한 계속 학력이 부족하고 말 주변이 둔하여 목회자가 될 수 없다고 거부하고 있지 않았는가.

나는 출애굽기의 3장과 4장을 읽고 또 읽었다. 그리고 아예 출애굽기를 처음부터 끝까지 읽어보기도 하였고, 모세가 죽을 때까지의 생애가 기록되어 있는 출애굽기, 민수기, 신명기까지 읽으며 생각에 잠겼다.

나는 지난 일주일 동안 하나님께 이렇게 기도했었다.

"장모님을 통해서 신학교에 가라고 하지 마시고, 저에게 직접 확신을 주시면 신학교도 가고 목사도 되겠습니다."

그리고 금식을 하며 말씀을 기다렸다. 그리고 마침내 하나님께서 나에게 응답을 주신 것이다. 나는 모세의 경우를 통해 성경 말씀으로 응답을 확인한 셈이었다. '입이 뻣뻣하고 혀가 둔하여 갈 수가 없다'는 모세의 변명이 하나님께 정당한 이유가 될 수 없듯

이, '학력이 부족하고 말재간이 없다' 는 것 또한 나의 억지 변명
에 불과했던 것이다.

나는 가슴이 뭉클했다.

'아! 하나님이 이렇게 응답하시는구나!'

이제 변명의 여지가 없었다. 하나님이 계신 것은 믿고 있었지
만, 이렇게 말씀으로 확신을 주시니 더 이상 변명이나 핑계를 댈
수가 없었다. 나는 장인 장모께 그 사실을 알렸다.

"금식 기도를 한 결과 신학교에 가라는 응답을 받았습니다."

그렇게 결심을 하고 나니 마음이 편했지만 한편으론 걱정도 되
었다.

초등학교 다닐 때 공부를 잘하지도 못했고 그나마도 결석을 밥
먹듯이 했으며, 더욱이 6학년 때는 거의 학교에 가지도 못했던 내
가 아닌가. 그런 내가 과연 신학교에 갈 수 있을까 하는 걱정이 떠
나질 않았다.

교회에 좀 늦어 목사님이 설교를 하고 계시면 부끄러워서 아예
교회 안으로 들어가지도 못했던 내가 아닌가. 남을 설득하고 가
르치기는커녕 제대로 말조차 건네지 못했던 내가 아닌가. 그런
내가 많은 이를 하나님의 길로 인도할 목회자가 될 수 있을지 확

신할 수 없었다.

　나는 일주일의 금식 기도 끝에 마침내 하나님의 응답을 들었다. 하지만 정작 내 자신에게는 자신 있게 말하지 못하고 있었다. 과연 할 수 있겠느냐는 스스로의 질문에는 선뜻 응답할 준비가 되어 있지 않았다.

성경학교 기숙사에서 시작된 나와의 싸움

신학교 진학과 목회자의 길에 대해 아직 확신을 갖지 못했던 나는 밤마다 잠을 설쳐야 했다. 그리고 잠을 이루지 못할 때면 다시 일어나 기도하고 또 기도했다. 당시 그 밤은 내 인생에 있어서 가장 긴 밤이었다.

고민 끝에 나는 다니던 교회의 담임 목사님께 상담을 받으러 갔다. 3월에 결혼한 이후로 한 달 이상 싸우고 다투고 갈등하다가 목사님을 찾아간 때가 5월 초순의 어느 날이었다.

나는 목사님께 "신학교에 가라는 하나님의 응답을 받았다"고 말씀드리고 "그런데 사람들이 모여 있는 곳에 가서 같이 어울리며 공부한다는 것이 두렵다"고 털어놓았다. 그리고 이런 부탁을 드렸다.

"목사님께서는 노회에서 운영하는 대구신학교 의성분교 교장이자 성경학교장이시니까 학교에서 강의하신 내용을 녹음한 게 혹시 있지 않으십니까? 그러면 제가 학교에 가는 대신 집에서 그 녹음 내용을 듣고 숙제를 제출하는 방법은 없겠습니까?"

그러자 목사님께서 말했다.

"그런 녹음테이프도 없고 그렇게 공부하는 방법도 불가능해요. 그러니까 내일 무조건 나와 함께 성경학교에 가보고 다시 의논을 해보도록 해요."

다음날 나는 목사님을 따라 성경학교에 찾아갔다. 나는 단지 학교 분위기를 보고 다시 목사님과 의논하자는 생각이었는데, 목사님은 학생들 앞에서 나를 신입생이라고 소개했다. 놀라고 당혹스러워 하는 내게 목사님은 잘라 말하셨다.

"오늘부터 성경학교 기숙사에서 지내면서 공부에 전념하세요."

그렇게 해서 나는 아무런 생각할 겨를도 없이 성경학교 기숙사에 머물게 되었다. 가뜩이나 부족한 나인데, 새 학기는 이미 3월 초에 시작되어 두 달이나 지나 있었으니 그 또한 걱정이었다.

그러나 결혼을 한 후 악몽과도 같았던 신혼생활에서 벗어날 수 있었던 것만으로도 나는 새로운 세상을 만난 듯한 기분이었다. 더욱이 밤낮으로 성경을 공부하고 기도를 계속하는 일은 내가 오래도록 바라던 일이 아니었던가.

나는 만두집과 중국집을 거쳐 유흥업소를 전전하는 동안, 단 한 번이라도 마음 편히 교회에 가고 성경을 읽을 수 있었으면 좋겠다는 생각을 버린 적이 없었다.

그런 바람이 이루어졌다는 생각에 스스로를 위로하며 늦은 공부를 따라가기 위해 무던히 노력했다. 나와 함께 공부하는 학생들은 성경학교 학생이 30여 명, 신학과정에 있는 학생이 30여 명이었다. 집에서 통학하는 경우가 대부분이었고, 나처럼 기숙사에서 생활하는 학생은 20여 명 정도였다. 나는 다른 동료들의 노트를 빌려 옮겨 적으면서 성경학교 일과에도 서서히 적응해가고 있었다.

그렇다고 쉽게 지우기에는 지난 신혼생활의 상처가 너무나 컸다. 하루도 거르지 않고 계속되던 아내의 독설이 떠오르면 도무지 공부하는 내용이 머리에 들어오지 않았다.

신혼여행 첫 날 쓸쓸하던 부산 거리에서부터 농약을 마시려던 결심, 그리고 금식기도에 이르기까지, 지난 순간들이 너무나 긴 시간처럼 여겨졌다. 그런 생각에 잠기면 아직 아물지 않고 그대로 남아있는 상처 때문에 소리 없이 눈물만 흘렸다.

기숙사 생활을 시작한 지 한 달이 지나자 6월 초가 되어 방학이 시작됐다. 방학이 되면서 학생들 대부분이 집으로 돌아갔지만 나는 그럴 겨를도 없고 마음도 없었다. 이제야 겨우 새로운 생활에 적응했는데, 집으로 돌아가 아내와 부딪히면 또 상처가 덧날 게 뻔했다.

나는 방학 동안에도 기숙사에 머물면서 성경을 읽었다. 그리고 검정고시를 준비하기 위해 중학교 교과서를 읽었다. 워낙 기초가 부족해 초등학교 책을 구해 다시 공부를 해야 했다.

여름 내내 슬레이트 지붕의 기숙사는 너무나 더웠다. 그러나 나는 이를 악 물었다. 그 과정은 나 자신과의 또 다른 싸움이었다.

나는 어릴 때부터 가난과 외로움과 폭력에 맞서 싸워야 했다.

나이가 들어 객지에 나가서도 마찬가지였다. 항상 배가 고팠고, 먹을 것이 떨어질까 두려웠다.

술 취한 사람들에게 인간 이하의 취급을 받으며 몰매를 맞은 적도 한두 번이 아니었다. 결혼을 하고 나서는 아내로부터의 멸시와 모욕을 감당해야 했다. 그 과정을 이겨내며 하루하루를 사는 일은 참으로 처절한 자신과의 싸움이었다.

그러나 나는 새로운 싸움을 시작했다. 가난과 외로움과 폭력과의 싸움이 아니라 스스로 새로운 길을 열어가기 위한 싸움이었다. 하나님의 길로 가기 위해 황무지를 지나고 사막을 건너는 싸움이었다.

농약을 마시고 스스로 목숨을 끊으려는 극단의 순간까지 갔던 나는 그 새로운 싸움에서 반드시 이겨야만 했다.

아내의 변화와 아들 요셉의 출생

신학교에 가기 위한 예비과정으로 성경학교에서 공부를 하는 동안 나는 조금씩 달라졌다. 자신과의 싸움에서 스스로 피하기만 했던 지난 시절과 달리 이제 자신과 맞서기 시작한 것이다. 그렇게 나는 뒤떨어진 학업을 따라갈 수 있었고, 언젠가 목회자가 되겠다는 다짐을 더욱 굳게 할 수 있었다.

그리고 달라진 것이 또 있었다. 바로 아내였다.

내가 집을 떠나 기숙사에 있는 동안 나를 대하는 아내의 태도가 눈에 띄게 달라졌다. 제법 다정한 내용의 편지를 써 보내기 시작하더니, '결혼 초에 모질게 대한 것에 대해 미안하다' 는 내용의 편지를 보내기도 했다.

다시 한 학기가 지나고 겨울방학이 되었지만 나는 여전히 기숙사에 머물렀다. 그해 겨울은 유난히도 추웠고, 슬레이트 지붕의 기숙사 건물은 여름에는 덥고 겨울에는 추웠다. 나는 추위와 싸우며 목회자의 길을 가기 위한 나 자신과의 싸움을 계속했다.

아내의 변화에 이어 우리 가정에도 변화가 생겼다. 해가 바뀌고 아들이 태어난 것이다. 아들의 이름은 '요셉' 이라고 지었다. 나라고 아들이 귀엽고 보고 싶지 않을 리 없었지만 그래도 계속 기숙사 생활을 고집했다. 어쩌다 한 번씩 먹을거리를 가지러 70리 떨어진 처갓집에 다녀왔다. 내가 줄곧 기숙사에 머물렀던 것은

아들 요셉의 졸업식에서.

우선 공부에 전념해야 한다는 생각 때문이었다.

그러나 사실 더욱 큰 이유는 아내와 얼굴을 맞대기 싫어서 였다. 가끔 볼 때마다 아내는 나에게 미안해하는 눈치였고, 친절하게 대하려고 했다. 하지만 나는 쉽게 마음을 열지 못했다. 그만큼 내 마음속에 남아있는 응어리가 컸고, 상처도 너무 깊었다.

따지고 보면 나만큼 처갓집 신세를 많이 진 사람도 드물 것이다. 그 점은 지금도 감사하게 생각하고 있지만, 당시 아직 어렸던 마음에는 그 또한 힘든 일이었다. 요즘이야 처갓집에서 사는 사람도 많지만 그때만 해도 처가살이는 스스로에게 흉이 되는 일이었다. 그래서 늘 눈치를 보고 공연히 주눅도 들었다. 오죽하면 옛말에 '보리가 서 말이면 처가살이는 하지 말라'는 말이 있겠는가.

물론 장인어른과 장모님은 나에게 잘해주려고 무척 노력하셨다. 그래도 여전히 처가살이가 힘든 건 어쩔 수 없었다. 그것이 학기 중이든 방학 때든 가급적 기숙사에 머물러 있게 만든 또 다른 이유 중 하나였다.

술로 살다 술로 돌아가신 형님들

아내의 얼굴을 떠올리고 싶지 않았던 심정보다 더욱 간절한 것이 바로 그 문제 많은 형님들 소식을 듣지 않는 것이었다. 그러나 핏줄이라고 어쩔 수 없이 간간히 소식이 들려왔다. 물론 좋은 소식일 리 만무했다.

처갓집으로부터 20리 떨어진 곳에서 양복점을 하는 둘째 형님댁 형수님은 평소 건강이 좋지 않았는데, 심장판막증 수술을 받다가 세상을 떠났다고 했다. 큰 형님은 둘째 형님이 양복점을 하던 마을인 가음면 지서에서 순경으로 근무하다가 술 때문에 사직을 하고, 처남이 근무하는 탄광에서 일한다며 강원도 태백으로 갔다.

가음면은 성경학교가 있는 의성에서 춘산의 처갓집을 오갈 때마다 꼭 거쳐 가는 곳이었다. 그곳에 사는 둘째 형님은 늘 술만 마셨고 형수님마저 세상을 떠나 양복점 일이 제대로 될 리가 없었다.

조카 셋 중 큰 조카는 객지에 나갔고, 내가 객지에 처음 나와 형님 댁에서 생활하며 1년 동안 바느질을 하고 심부름을 할 때 업고 돌보던 둘째와 셋째 조카는 중학교와 고등학교를 다니고 있었다. 형님은 심한 알코올 중독 상태였고, 형님의 장모님은 몸도 불편하신데 외손주들을 돌보느라 늘 양복점에 와 계셨다.

나는 처갓집에서 장인께 용돈이나 학비를 조금 받으면 형님 댁에 들러서 조카들에게 조금이라도 용돈을 주었다. 나도 겨우 몇천 원의 용돈을 받는 처지에 그것마저 쪼개어 조카들 용돈을 주려니 참으로 생활하기가 어려웠다.

그러던 어느 날, 결국 끔찍한 소식이 들려왔다. 가음 지서에서 성경학교로 전화가 걸려왔는데, 둘째 형님이 익사를 했다는 것이다. 연락을 받고 급히 달려갔더니 20리 밖에 사는 삼촌이 와 계셨다. 못가에 건져 올려진 시신은 천으로 가려져 있었는데, 퉁퉁 부어올라 처참한 모습이었다. 평생 술에만 의지하고 산 인생의 마지막 모습이었다.

익사한 과정을 들어보니 그 또한 기가 막혔다. 둘째 형님이 갑자기 집을 나서기에 조카 남매가 조금 떨어져서 뒤를 따라갔다고 한다. 형님의 정신 상태가 좋지 않았고, 워낙 술을 많이 드시니 환상과 환청 현상에다 종종 금단 현상도 있었기 때문이다.

그런데 면소재지를 벗어난 곳의 저수지를 따라 걷던 둘째 형님이 갑자기 물에 뛰어들어 죽었다는 것이다. 조카들은 눈앞에서 아버지의 죽는 모습을 지켜봐야 했다.

죽은 연유야 어찌됐건 장례를 치러야 하는데 참으로 암담했다. 경황이 없어 빈소를 마련하거나 며칠씩 장례를 치른다는 것은 엄두를 낼 수도 없었다. 다른 형제들과는 연락할 겨를도 없고 연락을 한다 해서 올 사람도 없었다.

나는 가음 지서로 찾아가 지서장과 예비군 중대장에게 "죄송하지만 방위병들을 몇 시간만 지원해 달라"고 간곡히 요청해 허락을 받았다. 방위병 10여 명을 고향 마을 입구의 문중산으로 데리고 가서 아버지 산소 아래에 무덤을 파달라고 부탁했다.

그때가 벌써 오후 3시경이었다. 방위병들이 열심히 구덩이를 팠다. 나는 그들에게 빵과 술, 음료수를 대접하며 오늘 중으로 장례식을 마쳐야 한다고 부탁했다.

그리곤 1톤 트럭을 빌려 관에 형님의 시신을 모셨는데, 물에 불은 시신 때문에 관이 터져버려 닫히지 않았다. 다행히 여름이어서 해는 길었다. 겨우겨우 시신을 묻고 장례를 마무리 할 무렵 객지에 나가있던 형님의 큰 아들이 도착했다.

나는 돈을 구해 방위병들에게 식사비를 건네고 중대장과 지서장에게 고마움을 표한 후 기숙사로 돌아왔다. 그후 남겨진 세 조카들을 도와야 했지만 도울 길이 없었다. 그저 내 용돈 가운데 얼마씩을 나누어 주는 게 전부였다. 나 또한 가난한 신학생이기에 어쩔 수 없는 일이었다.

몇 년 후에는 강원도 황지에 사는 조카에게서 전화가 왔다. 큰 형님이 갑자기 돌아가셨다는 것이었다. 급히 황지에 도착하니 종합병원 장례식장에 큰 형님의 시신이 안치되어 있었다.

왼쪽부터 넷째 형님, 누님, 막내 형님, 나.

큰 형님이 돌아가신 사연도 둘째 형님 못지않게 황당했다. 아침에 일어나서 창문을 열어놓고 밖을 내다보면서 하품을 하는데, 벌 한 마리가 입 안에 들어와 식도 부분을 쏘았다고 한다. 급히 병원으로 옮겼지만 결국 숨을 거두셨다고 했다.

부산에 계신 넷째 형님이 오셔서 함께 장례를 치렀다. 큰 형님의 시신은 화장하여 고향 마을 아버님 산소 아래 묻었다.

그리고 얼마 지나지 않아 이번에는 고향 마을에서 농사를 짓고 있던 셋째 형님이 별세하셨다는 연락이 왔다. 그야말로 줄초상이었다. 셋째 형님은 술을 너무 많이 드셔서 끝내 알코올 중독으로 돌아가셨다.

이제 경찰관이었던 첫째 형님과 양복점을 하던 둘째 형님에 이어 농사를 짓던 셋째 형님도 돌아가셨다. 세 형님 모두 알코올 중독 상태였다. 나의 아버님도 술 때문에 실패하셨다. 나는 그놈의 술이 정말 지긋지긋했다.

이제 남은 혈육은 넷뿐이었다. 부산에 계시다가 울산에 와서 이발소를 경영하는 넷째 형님, 역시 울산에 사는 누나, 그리고 인천 검단에서 문구점을 경영하는 막내 형님이 남은 가족이었다. 그렇게 나는 차례로 형님들을 잃었다. 그토록 괴로운 기억으로 남은 인연이었지만 나는 죽은 형님들의 영혼을 위해 기도했다.

고입과 대입 검정고시에 연이어 합격하다

1983년, 나는 마침내 대구에서 고입 검정고시에 응시하였다. 검정고시는 1년에 두 번, 4월과 8월에 있었고, 총 아홉 과목에서 평균 점수가 60점 이상이면 합격이고 한 과목이라도 40점 이하가 있으면 과락으로 불합격이었다. 첫 해에는 우선 몇몇 과목을 쳐서 합격해놓고, 이듬해인 1984년에 나머지 과목에 응시했다.

결과는 합격이었다. 너무나 기뻤다. 내 자신과의 싸움에서 처음으로 들어보는 승전보였다. 합격자 명단을 확인하고 곧바로 장

딸 한나의 어린시절.

인 장모님께 전화를 드려서 기쁜 소식을 알렸다. 그리고 기숙사에 돌아와서 혼자 하나님께 예배를 드렸다. 진정으로 감사를 드렸다. 이제 대입 과정도 합격할 수 있도록 힘을 달라고 기도했다.

1984년 2월에는 예쁜 딸 한나가 태어났다. 당시 처갓집이 너무 낡아 과수원 한 편에 새 집을 지었는데 아들 요셉과 딸 한나는 그 집에서 잘 자라주었다.

1985년 어느 일요일, 나는 역시 대구에서 대입 검정고시를 치렀다. 결과는 합격이었고, 성적도 좋았다. 정말 날아갈 듯이 기뻤

아들 요셉과 딸 한나의 어린시절.

다. 그렇게도 중학교에 가고 싶었지만 가난 때문에 갈 수 없었던 나였다. 친구들이 교복을 입고 가방을 들고 학교 다니는 것이 부러워 얼마나 울었던가.

그런데 이제 중학교와 고등학교를 모두 졸업했다는 자격증을 받게 되었다니 도무지 믿기지가 않았다. 그것도 성경학교와 신학교 과정에 다니면서 얻은 결과여서 더욱 기뻤다. 특히 나는 당시 교회에서 전도사 일을 보고 있었는데, 그 여러 가지 일을 함께 하며 검정고시에 합격한 자신이 스스로도 기특했다.

나는 처갓집에 전화를 걸어 합격 소식을 알리고 하나님께 특별 감사헌금을 드리며 감사드렸다. 그리고 새로운 꿈을 꾸기 시작했다. 그것은 바로 대학에 진학해 보자는 꿈이었다.

전도사가 되어 몸과 마음의 건강을 찾다

고입 검정고시를 치른 1983년 초봄이었다. 나는 검정고시 이외에 또 다른 길을 걷기 시작했다.

내가 공부하던 경중노회 사무실과 학교 옆에 의성읍교회가 있었다. 600여 명의 장년들이 모이는 그 교회는 읍 단위 교회치고는 규모가 꽤 큰 편이었다. 교회의 담임 목사님이셨던 최병태 목사님이 어느 날 나에게 뜻밖의 제안을 했다. 의성읍교회의 전도사로 오라는 것이었다. 그 소식을 듣고 친구들은 축하한다고 야단이었다. 사실 신학생들은 그 지역에서 제일 큰 의성읍교회의 전도사가 되는 것을 희망사항으로 여겼다.

하지만 나는 마냥 기뻐할 수가 없었다. 오히려 두려운 마음이 앞섰는데 바로 허약한 몸 때문이었다.

어릴 때부터 어머니가 안 계시고 아버지는 항상 술만 찾으시니 우리 집은 늘 가난했고 먹을 것이 없었다. 그래서 다 커서도 키가 160cm밖에 안 되었다. 게다가 객지에서 자취 생활을 하면서 식사를 제대로 하지 않았더니 위장이 잘못되었는지 조금만 매운 음식을 먹어도 배가 아팠고, 빈혈도 너무 심했다.

그래서 신학 공부를 하면서 이런 기도를 하곤 했었다.

"하나님! 고깃국에 고기반찬으로 한 달만 실컷 밥을 먹게 해주세요."

이렇듯 몸이 허약했지만 그것이 전도사 일을 하지 못하는 이유가 될 수는 없었다. 모세의 뻣뻣한 입과 둔한 혀가 하나님의 일을 하는 데 변명이 될 수 없었음을 보고, 나 또한 일찍이 부족한 학력과 말재간이 목회자의 길을 마다할 핑계가 될 수 없음을 깨닫지 않았는가.

마침내 목사님이 나에게 주일 저녁 설교를 하라며 사회를 봐 주었다. 얼마나 떨리던지 온몸을 덜덜덜 떨었다. 입술은 바싹 말랐다. 그 날 예배에는 못되어도 400여 명은 출석한 것 같았다.

설교 시간이 되어 강대상에 올라서니 앞이 캄캄하고 아무것도 보이지 않았다. 시편 23편을 본문으로 하여 '여호와는 나의 목자'라고 설교를 했는데, 뭐라고 했는지 나 자신도 알 수가 없었다. 10분 정도 횡설수설하며 설교를 하고는 겨우 뒤로 물러났다. 담임목사님은 "처음이라 떨리는 것 같다"며 "앞으로 잘할 거다"라고 격려해 주셨다.

쥐구멍에라도 들어가고 싶은 심정이었다. 방에 돌아와서 겨우 진정을 하고 텔레비전을 켰는데, 마침 장정구 선수의 세계 타이틀매치 권투 중계를 하고 있었다. 장정구 선수가 세계 챔피언이 되는 것을 보고 난 후, 교회에 가서 엎드려 기도했다.

"하나님! 저는 말을 잘 하지 못해서 목회자가 되지 못할 거라고 하지 않았습니까. 이렇게 떨리는데 어떻게 설교를 하겠습니까?"

그렇게 몇 시간을 기도하다가 조용히 묵상을 하고 있는데 내 심령 속에서 성령님이 질문을 했다.

"너 아까 장정구 선수가 권투하는 것 봤지?"

나는 속으로 대답했다.

"네, 봤어요."

그러자 다시 응답하는 소리가 들렸다.

"장정구 선수는 고작 열아홉 살의 소년이지만 3,000명이 넘는 사람들 앞에서도 떨지 않고 담대히 싸워 세계 챔피언이 되었는데 너는 왜 400명 앞에서 그렇게 떠느냐?"

이런 내면의 소리를 듣고 나는 다시 말했다.

"그러면 제가 떨지 않도록 능력을 주세요."

이런 기도가 이루어졌는지, 잠시 후 나는 거의 떨지 않는 자신을 발견할 수 있었다. 그렇게 나는 앞으로 떨지 않을 수 있음을, 말을 잘 할 수 있음을 응답받았다.

내가 기도를 통해 치유한 것은 비단 마음의 병만은 아니었다. 오래도록 제대로 먹지 못해서 생긴 위장병은 치료할 방법이 없었다. 돈이 없어 그 흔한 위장약 한 봉지도 사먹지를 못했던 것이다. 그런데 금식 기도를 하고 미음을 먹으며 식사 조절을 하자, 갑자기 위장이 아프지도 않고 속쓰림 현상도 없어졌다.

그러자 고깃국에 고기반찬을 원 없이 먹고 싶다던 바람도 이루어졌다. 의성읍교회 전도사로 일하는 동안, 목사님이 성도들의 집에 가서 예배를 드리고 기도를 해주는 대심방이 봄과 가을 두 차례 있었다. 한 번 시작하면 2개월 이상 매일 심방을 가서 예배를 드리는 큰 행사였다. 그때 목사님은 나에게 계속 대심방을 따라다니며 동행하라고 하셨다.

그런데 목사님이 아무리 음식을 준비하지 말라고 해도 성도들은 정성껏 음식을 준비해두었고, 안 먹고 가면 몹시 서운해 했다. 목사님은 나에게 따라다니며 음식을 먹으라고 했다.

나는 일부러 아침도 안 먹고 소화제까지 주머니에 넣고는 목사님의 심방 가방을 들고 다니면서 맛있는 음식을 먹었다. 26년 동안 잘 먹지 못했던 한을 다 풀다시피 하며 정말 원 없이 먹었다. 한 달만 고기를 먹게 해달라고 기도했는데 그렇게 계속 먹을 일이 생긴 것이다.

그러자 45~46kg에 불과하던 체중이 어느덧 74~75kg으로 늘어났고 빈혈도 아예 없어졌다. 놀라울 만큼 빠른 속도로 건강해진 것이다.

대학을 졸업하고 신학대학원에 진학하는 기적이 일어나다

교회 일을 보면서 담임목사님이 부흥회를 인도하러 출타를 했거나 다른 일로 안 계실 때면 주로 내가 설교를 했다. 서울 사당동에 있는 총신대학원에 재학 중인 선배 전도사님들 몇 분이 계셨으나, 그 분들은 월요일날 학교에 가면 금요일 밤에야 돌아왔다. 여전도사님 몇 분이 계셨지만 남자 전도사는 나 혼자였고, 지방 신학과정을 하고 있었으므로 수요예배는 내가 주로 인도하였다.

그렇게 교회 일을 보면서 나는 마침내 신학교에 진학했다. 대구신학교에 편입하여 학부 과정을 다닌 것이다. 지금 경산에 있는 대신대학교의 전신인 대구신학교는 당시 고교 졸업 학력자가 간단한 시험만 보고 합격하면 다닐 수 있었다.

나는 안동에서 치르는 학력고사에 도전하여 대구 대명동에 있는 계명전문대학에 입학하였다. 낮에는 전문대에서 공부하고 밤에는 대구신학교 야간반에서 공부하며, 대구에서 의성까지 한 시간 반 동안 시외버스를 타고 다니는 힘든 생활의 연속이었다.

하루에 3~4시간만 자면서 새벽 기도를 인도하고, 대구로 버스를 타고 가서 수업을 하고, 야간에는 신학교로 달려가서 공부하는 강행군이었다. 한 시간 동안 시내버스를 타고 북부정류장으로 가서 다시 시외버스를 한 시간 반 동안 타고 통학하던 시절, 몸은 피곤했지만 정신력으로 이겨내며 하루하루를 나름대로 성실하게 살았다.

1986년 대구신학교를 졸업함과 동시에 서울 사당동에 있는 총신대학원에 진학하기로 했다. 그때만 해도 총신대학원 과정은 연구원 과정과 연수원 과정이 있었다. 연수원 과정은 2년, 연구원은 3년 과정이었는데, 연수원은 중학교 졸업 학력에 성경학교를 졸업하면 갈 수 있는 과정이었다. 지금은 연수원 과정은 사라지고 연구원만 있는 것으로 알고 있다.

나는 내 수준에 맞추어 보다 쉽게 공부할 수 있는 연수원에 원서를 준비하고 교회 일에 몰두했다. 그런데 선배들 가운데 총신대학원에 다니는 전도사님들이 교회 사무실에 들러서 반드시 연구원에 입학하라고 한결같이 당부를 했다. 며칠 사이에 5~6명의 선배들이 약속이나 한 듯이 사무실에 들러서 똑같은 말을 하자 나는 마음속으로 생각했다.

'아, 이것은 하나님의 음성이구나.'

그리고 나는 급히 연구원 원서를 구해 지원했다. 또 연구원 과정을 준비하던 동료 전도사님에게서 시험 준비 자료를 급히 복사하여 일주일가량 집중적으로 공부했다.

마침내 시험을 보고, 합격통지를 받았다. 하나님의 은혜에 거듭 감사드렸다. 등록금을 납부한 뒤 1년을 휴학하는 대신 대구의 계

총신대학원 졸업식 날에.

명전문대에 1년을 더 다녔다. 그리고 1987년 2월에 졸업을 하였다. 계명전문대를 다니는 동안 나에게 관심과 사랑과 배려를 아끼지 않은 이수용 교수님과 박헌일 교수님, 최상학 교목님께 감사드린다. 특히 나에게 많은 격려를 주신 이수용 교수님께 감사를 드린다.

그렇게 나는 대학을 졸업했고 대학원 진학을 앞두게 되었다. 초등학교도 겨우 졸업한 내가 대학을 졸업하고 대학원에 진학하다니 도무지 믿을 수 없는 일이 실제로 일어난 것이다.

초등학교 졸업사진을 찍던 날, 번쩍이던 그 카메라의 플래시가 생각났다. 나는 그 빛조차 너무나 서러웠었다.

유흥업소에서 일하며 대학생에게 죽도록 두들겨 맞았던 기억도 났다. 만약 내가 술집 종업원이 아니라 같은 대학생이었다면 분명 그렇게 막 대하지는 못했을 것이다.

배운 것 없다며 모욕을 주던 아내의 목소리도 귓전에 아련했다.

정말 배운 것이 없어서 서러웠던 나에게 그것은 얼마나 큰 상처였던가. 그 설움의 끝에서 농약병을 앞에 두고 함께 마시자고 했던 내가 아니었던가!

나는 꿈 같은 성경학교와 신학과정, 고입과 대입 검정고시, 그리고 대학과 신학교 졸업의 결실을 맺었다. 그리고 전도사를 거쳐 신학대학원 진학을 앞두게 된 것이다.

길은 걷는 것이 아니라 스스로 만드는 것인데, 나는 내게 주어진 길을 걸으려고도 하지 않았다. 그러나 기도를 하고 응답을 들은 후 나는 길을 따라 걷지 않고 스스로 길을 만들 수 있었다. 그 길 끝에 선 나에게는 더 이상 두려움도 외로움도 없었다.

이제 건강한 몸으로, 새로운 길을 만들 때였다.

그것은 바로 하나님의 길이었다.

Part5

빈민촌에 교회를 세우고
축복의 시간을 맞이하다

첫 개척교회와 류광수 목사님과의 만남

벽돌을 지고 고물을 파는 신학대학원생

하나님의 뜻에 따라 서울로

항상 배우지 못한 설움에서 벗어나지 못했던 내가 대학과 신학교를 마치고 신학대학원에까지 진학하게 된 것은 참으로 기적과도 같은 일이었다. 그러나 그것은 절대로 나 자신이 잘났기 때문만은 아니었다.

거듭 말하지만, 나는 가진 재주도 없고 공부를 잘하지도 못하며 외모마저 볼 품 없는 사람이었다. 그런 내가 학업의 성취를 이룬 것은 주변 사람들의 많은 도움이 있었기 때문이었다.

생면부지의 나를 양자로 들이고 또 사위로까지 삼아주시고, 학비와 용돈을 대주신 장인 장모님의 은혜는 평생 잊을 수 없다. 망설이고 주저하는 나를 성경학교와 신학과정으로 이끌어 주신 목사님, 의성읍교회의 전도사로 삼아 자신감을 갖게 해준 목사님, 그리고 학업 과정에서 나를 도와준 친구들의 은혜도 컸다.

그러나 무엇보다 큰 은혜는 역시 하나님이었다. 장모님에게 나를 양자로 삼도록 일러주신 것도 하나님이었고, 신학교에 가도록 응답하신 것도 하나님이었다. 새로운 선택 앞에서 망설이고 주저하던 나의 기도에 하나님은 응답해 주셨다. 그리고 길을 알려주셨다.

한때 농약을 마시고 죽으려고 했던 나는 언제 그랬냐는 듯이 건강한 몸과 마음을 갖게 되었다. 사람들 앞에서도 더 이상 떨거나 주눅 들지 않는 당당한 자신감을 가지고, 소중한 하나님의 일을 할 수 있었다. 농약을 마시려 했던 그 순간부터 총신대학원 합격통지서를 받고 대학을 졸업한 그 순간까지, 나는 그때까지 경험해 보지 못한 새롭고 치열한 나 자신과의 싸움을 펼쳤다. 그리고 그 싸움을 이겨냈다.

하지만 그 싸움을 하게 만든 것도 하나님이요, 싸움을 진두지휘

한 것도 하나님이요, 싸움에서 버티게 한 것도 하나님이었다. 이제 하나님의 일을 본격적으로 시작할 때였다. 그토록 원하던 중·고등학교를 넘어 대학과 대학원에까지 입학하게 된 나에게 이제부터가 진정한 시작이었다. 왜냐하면 하나님의 일은 끝이 없기 때문이다.

1987년 8월, 나는 의성읍교회의 전도사 일을 그만두고 서울로 올라왔다. 의성읍교회에서 5년 8개월가량 재직하는 동안 나에게 특별한 관심과 사랑, 배려를 아끼지 않으셨던 이진수 장로님과 김계향 권사님께 감사드린다. 학비와 교통비를 도와주셨던 고마운 분들이었다. 또한 이현구 집사님께도 감사드린다. 무엇이든 부탁하면 늘 사랑으로 성심껏 도와주셨다.

나는 대구에서 10년을 살았기 때문에 신학 공부가 끝나면 대구에서 개척교회를 세우려고 생각했었다. 그런데 생각을 바꾸어 서울로 올라오게 된 데는 사연이 있었다.

한 시골 교회의 목사님이 교회를 너무 자주 옮겨 다니고, 총회 고시부장이나 재판국장과 같은 정치적인 일을 많이 하셨다. 그래서 교회를 늘 비웠는데, 그 목사님이 장인 장모님이 계시는 교회로 오려고 할 때 장인 장모님이 그 일을 반대했다고 한다.

이전에 계시던 목사님은 4년여 동안 계셨는데, 목사님과 사모님, 장모님 세 분이 다니며 전도를 해 40여 명에 불과하던 성도가 4년 후에는 200여 명으로 부흥했다. 그러나 일이 생겨 목사님이 다른 교회로 가고, 그 문제의 시골 교회 목사님이 오기로 된 것이었다.

그때 장인 장모님께서 그 목사님을 반대했지만, 결국 목사님은 오게 되었다. 그러나 자신이 오는 것을 반대했다는 이유로, 사위인 내 앞길이 자기 말 한마디면 막힌다고 하면서 총신대학원도 진학하지 못하게 하겠다고 협박했다.

그때마다 장인 장모님은 그 분이 워낙 교계의 원로이고 정치적 영향이 크신 분이라 혹시 나의 앞길이 막힐까봐 한마디의 대꾸도 못하셨다. 목사님은 기회 있을 때마다 장인 장모님에게 "박용배의 앞길은 내가 막겠어. 이 장로의 사위인 박 전도사는 내 말 한마디면 신학교에 못 가게 될 거야"라고 말하고는 했다. 물론 성경학교에 입학할 때는 공부를 잘하라며 권면을 해주시기도 했지만 대구와 경북 일원에 목사님의 영향력이 너무나 커서 내가 대구에 머물며 교회를 개척하기는 힘든 상황이었다.

시골집에서 가족과 함께.

  결국 나는 그 목사님의 영향권 밖으로 나가야겠다고 생각하고 서울로 갔다. 지금 생각해보니 하나님은 나를 수도권으로 보내서 여러 가지 일을 시키시려고 했던 것 같다. 그런데도 내가 자꾸 대구 지역만 고집하니까 그 목사님을 통해 서울로 방향을 돌리게 하신 게 아닐까 하는 생각이 든다. 내가 서울에 있는 학교에 진학하고 서울에서 목회를 하리라 마음을 정한 후 얼마 되지 않아 그 목사님은 돌아가셨다.

건설 현장의 인부, 고물장수, 그리고 신학대학원생의 1인 3역

　서울에서의 생활은 너무나 고달펐다. 우리 식구는 중랑구 면목동에 600만 원짜리 전세방 한 칸을 얻어 서울 생활을 시작했다. 전세금 600만 원은 처가에서 구해주었다.

　1981년에 결혼한 후 아내와 애들은 처갓집에서 살고 나는 성경학교 기숙사 생활을 하면서 대부분의 시간을 집밖에서 지냈기 때문에, 우리 가족은 서울로 상경하면서 비로소 한 울타리 안에 있게 되었다.

　무엇보다 냉장고가 없으니 너무 불편했다. 그래서 알뜰매장에서 크고 낡은 중고 냉장고를 만 원에 샀다. 와서 보니 냉장고 문이 안 닫히고 자꾸만 열렸다. 고무줄을 몇 겹으로 묶어 냉장고를 사용했는데, 워낙 오래된 냉장고라 전기요금도 무척 많이 나왔다.

　전화기가 없어 그 또한 너무 불편했다. 아내는 이웃집의 소개로 가내 부업을 한다며 여성용 스웨터의 앞쪽에 반짝거리는 장식 무늬를 바느질하여 수놓는 작업을 했다. 부업으로 번 돈은 전부 모았다가 할부로 전화기를 놓기로 했다. 그렇게 몇 달을 고생해 마침내 전화기를 놓으니 부자가 된 것 같은 느낌이었다. 일곱 살인

왼쪽부터 아들 박요셉, 아내 이경희, 나, 딸 박한나.

아들과 다섯 살인 딸은 교회 선교원에 다녔고, 나는 면목동 집 근처에서 전도사 사역을 했다.

그러나 냉장고와 전화기가 생겨도 서울 생활은 쉽지 않았다. 해가 바뀌어 아들 요셉은 초등학교에 진학했고 아내는 내 학비를 번다며 밤낮으로 부업을 했다.

내가 다니는 총신대학원은 사당동에 학부 과정이 있었고, 대학원 1, 2학년 과정은 용인군 양지면에서, 3학년 과정은 사당동에서 이수하도록 되어 있었다. 수업은 화요일부터 금요일까지 있었고, 90분 수업에 10분 쉬는 식으로 마치 고3 수험생의 수업 같았다.

청량리역 진주예식장 앞에서 아침 6시에 통학버스를 타면 9시 10분 전쯤 양지캠퍼스에 도착했다. 한 번 학교에 가면 기숙사 생활을 하다 금요일 수업을 마치고 돌아와 교회 일을 했다. 구역 예배 인도와 철야 예배, 청년회 모임 등 교회 일은 항상 바빴지만 교회에서 받는 10만 원의 생활비로는 도저히 네 식구가 생활을 할 수 없었다.

그래서 방학이면 공사장에 가서 일당을 받고 일용직으로 아르바이트를 했다. 이른 새벽 인력시장에 나가 일을 다니기도 했다. 벽돌을 져 나르기도 하고, 모래를 지고 3, 4층을 오르내리기도 했다. 제일 힘든 것은 공사장에서 콘크리트 치는 일이었다. 철근을 져 나르다가 레미콘 차가 와서 콘크리트를 치는 날은 너무 힘들어서 하루를 일하면 다음날은 아예 일어나지를 못했다.

새벽 인력시장에서 일을 구하지 못한 날은 고물상에 가서 주민등록증을 맡기고 리어카를 빌렸다. 거기다 강냉이 한 자루를 싣고 가위를 두드리며 이 골목 저 골목을 다니면서 고물을 수거했다. 그렇게 하루 종일 고물 장사를 하면 몇 천 원도 벌고 어떤 날은 몇 만 원도 벌었다. 그렇게 생활비를 충당하고 학비를 모았다.

인천 주안동 개척교회와의 짧은 인연

그러던 중 총신대학원 2학년 때 동기생의 소개로 인천에서 교회 일을 맡게 되었다. 인천 주안동 석바위 시장 근처의 개척교회를 맡아 목회를 하면서 학교에 다녔다. 어느 날 담임 전도사로 시무하고 있을 때, 교회 일을 봉사하던 어느 집사님 부부가 내게 찾아와 긴히 부탁드릴 일이 있다고 했다.

"우리들은 아파트도 몇 채가 있고 건물도 하나가 있어서 더 이상 우리 이름으로는 집을 살 수가 없어요. 친구가 안양에서 부동산 중개업을 하고 있는데, 넓고 좋은 아파트가 싸게 나왔어요. 지금 사뒀다가 비쌀 때 팔면 많은 수입을 올릴 텐데, 전도사님 명의로 아무것도 가진 것이 없으면 명의를 좀 빌려주실 수 있을까요?"

나는 길게 생각할 것도 없이 곤란하다고 대답했다. 땅 투기를 하는 데 협조하라는 얘기가 아닌가. 하지만 집사님은 쉽게 물러서지 않았다.

"우리 교회가 지금은 이 건물에 세 들어 있지만 앞으로는 땅을 사서 건축도 해야지요. 그러니까 전도사님 명의로 아파트를 사뒀다가 비쌀 때 팔아서 수익금이 들어오면 교회에 내놓겠습니다."

몇 번을 더 거절하다가 끝내 명의를 빌려주고 말았다. 내가 마음이 여리고 단호하지를 못한 데다, 교회에 헌금하기 위해 그렇게 한다는데 별 수가 없었다. 하지만 마지막엔 결국 고맙다며 286 컴퓨터 하나를 선물해 준 것이 전부였다.

그런데 나를 인천 주안동 교회에 소개해 준 신학대학원 동기가 바로 내 명의를 빌려간 집사님의 동서였다. 그 동기는 서울에서 목회를 하고 있었다. 문제는 내가 무슨 일만 하려고 하면 집사님 내외가 "서울에 있는 동서에게 허락을 받아야 한다"고 사사건건 반대를 하는 것이었다. 예를 들어 내가 하루 날을 잡아 전도를 하자고 하면, "서울의 이 전도사님께 허락은 받았느냐?"고 묻고 허락을 받지 않았으면 무슨 일이든 해서는 안 된다는 식이었다. 그때 나는 생각했다.

'아! 여기는 내가 평생 헌신할 곳이 아니구나. 기도하고 전도하는 것은 하나님의 일인데, 그것조차 일일이 집사님 동서의 결재를 받아야 한다면 내가 소신껏 목회할 곳은 아니다.'

이런 결론을 내리자마자 나는 곧바로 인천 주안동 교회에서 사면을 했다.

개척할 교회의 터를 찾아

항상 생활비와 학비에 쪼들리던 나는 한 푼이라도 더 벌어야 한다고 생각했다. 그렇다고 부당한 일을 하거나 큰돈을 만지겠다는 것은 결코 아니었고, 가난한 신학대학원생이 그렇게 하려고 해도 할 수도 없었다.

방법은 몸으로 때우는 것뿐이었다. 그것이야말로 밑천 없이 할 수 있는 일거리였고, 내 몸 고단하면 되는 일이니 탈이 생길 리도 없었다. 공사 현장 인부로, 고물장수로 일하던 나는 어느 날 국민일보에서 신문 판촉요원을 구한다는 신문 광고를 보고 전화를 했다. 본사에 들어오라고 하기에 찾아갔더니 "신학생이 아르바이트 하기에는 판촉요원이 괜찮을 것"이라며 잘해보라고 했다. 그러고 는 나를 부평지국에 소개해주었다.

마침 2년 정도 있었던 주안동 교회를 그만 둔 나는 신학대학원 졸업과 함께 부평 부개1동 산동네 빈민촌으로 자리를 옮겼다. 그곳 부평지국에서 아르바이트를 하며 마음속으로 새로이 목회할 준비를 하기 시작했고, 개척할 곳을 달라고 하나님께 기도했다.

총신대학원을 졸업한 것은 1991년 2월이었다. 그러나 졸업식 날 꽃다발을 받으면서도 왠지 우울했다. 아직도 부족하기 그지 없다는 생각이 들었기 때문이었다. 성경학교 3년, 신학교 4년, 신학대학원 3년 등 10년 동안 공부를 했음에도 불구하고 아직도 설교하는 일에 확고한 전문성을 지니지 못한 것이 나를 우울하게 했다.

"교회도 많고 목사도 많은데, 하나님은 왜 저를 목회자로 부르셨습니까? 제가 어디서 어떻게 한 평생 목회하기를 원하십니까?"

이렇게 일주일 동안을 기도하고 이런 결론을 얻었다. '내가 어렵게 자랐으니 나처럼 어렵게 사는 사람을 섬기며 돕자' 라고 말이

다. 그런 결심을 하고 있는 가운데 가게 된 곳이 부평 부개1동 빈
민촌이었다.

부평지국에는 고아원 출신 소년 8명이 신문배달을 하고 있었
다. 우리 네 식구는 부평지국 지국장 댁에 세를 들어 살면서 그 고
아들에게 밥을 해주었다. 나는 그 아이들이 검정고시를 볼 수 있
도록 돕고, 믿음으로 이끌어 보겠다고 생각했다. 그 아이들을 보
면, 제대로 배우지도 먹지도 못한 채 고아로 자란 지난 시절의 내
모습을 보는 것 같았다.

지국에는 고아원 출신 8명뿐만 아니라 다른 여러 사람들도 함
께 생활하고 있었다. 우리가 세 든 방으로 20명이나 되는 사람들
이 끼니 때마다 밥을 달라고 방으로 들이닥쳤다. 아내는 그렇게
하루 종일 사람들에게 시달리다 너무 힘이 들어 쓰러지기 직전이
었고, 끝내는 그 많은 사람들의 식사 수발과 뒷바라지에 못 이겨
몸져눕고 말았다.

보다 못한 지국장님이 나에게 권유했다.

"부개1동 산동네 무허가 집을 한 칸 매입해 개척교회를 하면 어
떻겠어요?"

그 말을 듣고 나는 바로 결심했다. 개척할 곳을 달라고 하나님

께 기도해 오던 나는 부개1동에 살고 있는 어려운 이웃들을 보면서 분명 여기에 내가 할 일이 있을 것이라고 생각했다. 다만 시기를 가늠하고 그 방법을 모색하고 있었을 뿐인데, 마침 지국장님의 권유를 듣자 더 이상 미룰 일이 아니라는 생각이 들었다.

빈민촌에 교회를 세우다

그러나 부개1동에 개척교회를 세우겠다는 결심은 쉽게 이루어질 수 있는 게 아니었다. 무엇보다 아무리 조그맣고 보잘 것 없는 교회라도 기둥을 세우고 지붕을 얹을 돈이 필요했다. 다행히 내 결심을 들은 장인장모님이 이번에도 결정적인 도움을 주셨다. 두 분 또한 넉넉한 여유자금이 없었기에, 가장 중요한 삶의 터전이었던 과수원을 팔아 돈을 마련해 주셨다.

"이것이 우리가 도울 수 있는 마지막 돈이라네."

이렇게 말하며 두 분이 지원해 주신 돈이 3,000만 원이었다. 나는 지국장님과 의논해 지국장님이 가지고 있던 산동네 무허가 집을 2,500만 원에 매입했다. 그리고 전세금을 뺀 돈과 나머지 돈을 합해 마침내 교회당을 꾸미기 시작했다. 교회를 짓는 데 여러모로 도움을 주신 지국장님께 지금도 진심으로 감사드린다.

무허가 산동네였지만 집집마다 구청에서 인정한다는 표시로 벽에 숫자가 매겨져 있었다. 따라서 집을 허물어 버리고 다시 건축하는 것은 금지되어 있었다. 나는 내부 수리를 하는 척하며 방 세 칸짜리 집의 벽을 한 칸씩 허물었다. 기둥으로 지붕을 받치며 벽돌을 새로 쌓고, 다시 한 칸씩 허물며 새롭게 벽돌을 쌓는 식이었다.

그렇게 수리를 하는 데 걸린 시간이 대략 5개월이었다. 28평 정도 되는 공간이었는데, 작은 방 한 칸을 만들어 전기 패널을 두 장 깔고 그곳에 네 식구가 기거했다. 그러나 다음 일은 수월하지 않았다.

교회를 한다는 소문이 나면서 옆집 사람들이 소리를 지르고 욕을 하며 야단을 쳤다. 절대로 교회는 할 수 없다는 것이었다. 나는 시끄럽게 하지 않겠다며 정중하게 사과를 했다. 비록 초라하지만 정성들여 음식을 장만해 대접하고, 기회가 있을 때마다 인사를 다녔다.

1991년 5월 17일, 드디어 교회의 간판을 달고 종탑을 세웠다. 한마음교회의 시작이었다.

비록 무허가 산동네 집을 고쳐 만든 초라한 교회였지만, 가슴이 벅차오르는 것을 숨길 수 없었다. 내게 있어 그 교회는 이 세상 그 어떤 으리으리한 성전보다 귀한 곳이었다.

교회가 위치한 곳은 빈민들이 밀집해 있는 도시 빈민촌이었다. 바로 옆산 능선 너머에는 인천에서 제일 큰 규모의 공동묘지와 화장터가 있었다. 주민 규모는 약 1,000세대에 5,000명 정도였다. 통장이 들러 마을의 특성에 관해 일러주었다.

"전도사님, 이 동네에서는 욕 잘하고 목소리 큰 사람이 이깁니다. 그러니까 무식하게 욕하며 대드는 사람에게는 같이 무식하게 대항해야 합니다. 그렇게 못 하시겠으면 아예 입을 다물고 가만히 계시면 됩니다."

그렇게 나는 부평의 빈민촌에 첫 교회를 세웠다. 주위에는 가난한 사람들뿐이었지만, 이제 개척교회를 이끌 사명을 띤 내 마음은 이미 부자였다. 그리고 동네는 하나님의 은총으로 가득 찬 은혜로운 땅으로 보였다.

하지만 통장의 얘기대로 동네는 항상 시끄럽고 탈도 많았다.

한 번은 이런 일이 있었다. 지국장님이 나에게 같이 판촉요원으로 아르바이트를 하던 김 씨를 전도하여 개척교회 일꾼으로 쓰임 받게 하라고 했다. 김 씨는 부천에서 부평의 부개동으로 이사를 왔고, 술을 많이 마셔 술 취한 상태에서도 종종 교회에 출석하는 사람이었다. 나는 김 씨를 만날 때마다 술을 끊으라고 권하며 신앙생활을 권면했다.

지국장님은 한 지역을 그에게 3년 정도 관리하게 해 독자를 늘려주고, 구독료를 받으면 본사에 보낼 돈을 제하고 남는 돈으로 생활하게 하자고 했다. 그러면 판촉요원 생활보다는 더 나을 것이라고 하셨다. 단지 본사에는 알리지 말고 비밀로 하자고 했다.

그런데 김 씨가 본사에 들어가서 명함을 돌리며 내가 지국장이 되었다고 큰소리를 쳤다. 그러자 그런 결정을 내린 적이 없는 본사에서는 경위를 알아본 뒤 지국을 나누어 맡긴 결정을 취소하라고 통보해 왔다. 이렇게 되자 지국장님도 어쩔 수 없이 지역 관리를 맡겼던 결정을 취소할 수밖에 없었다.

그렇게 지국 일이 취소되자 김 씨는 나에게 분풀이를 하기 시작했다. 내 멱살을 잡고 죽여 버리겠다고 협박했다. 나는 그때 목사가 되기 전의 과정인 강도사였는데, "강도사 개새끼 죽여 버리겠다"며 만취한 상태에서 교회당에 신발까지 신고 들어와 소리치며 온갖 협박을 다했다.

나는 덩치가 작은데 김 씨는 체격이 좋고 다부졌다. 김 씨는 6개월 동안이나 큰 몸과 센 힘으로 내 멱살을 잡고 목을 조르며 계속 죽여 버리겠다고 협박했다. 나는 너무나 괴롭고 고통스러웠다.

"나는 폭력 전과 13범이다. 너 이 자식 내 손에 죽어봐라. 내 부하들을 풀어 죽여 버리겠어! 너 때문에 이사 왔으니까 이사 비용 500만 원 내놔!"

이런 행패가 계속되고 나는 아예 그 사람에게 질려버렸다. 게다가 매일같이 술에 취해 비틀거리는 모습이 돌아가신 형님들 같아서 더욱 힘들었다. 어떻게든 마음을 잡고 변화를 해 새로운 삶을 살아보라고 권면하고 예배해주었는데, 자신이 잘못한 것을 나에게 분풀이하는 데는 나도 어쩔 수 없이 화가 치밀었다.

나는 너무 괴로워 하나님께 기도를 했다. 이후 몇 달을 계속 만

취한 상태에서 찾아와 속을 썩이더니 어느 날 이사를 갔는지 더
이상 나타나지 않았다.

선을 악으로 갚는 사람들

하루는 또 이런 일도 있었다. 교회 근처 집에 세 들어 살던 영호
(가명)라는 중학생 오빠와 초등학생인 여동생이 교회에 나왔다.
엄마는 집을 나가버렸고 아빠는 구두점에서 일한다는데, 매일 술
만 마시고 일은 잘 나가지 않는 사람이었다.

어느 날 다른 아이들이 학교에 간 시간에 영호가 교회 앞에서
놀고 있기에 의아해서 물었다.

"애 영호야, 너 왜 학교에 안 갔어?"

그러자 영호가 힘없이 대답했다.

"학교에 공납금을 내지 못해서요. 선생님께서 돈 가지고 학교
에 오라고 했는데 돈이 없어서 못 갔어요."

그 말을 듣고 나는 아이를 봉고차에 태워 학교로 선생님을 찾아
갔다. 그리고 곧 바로 밀린 학비를 빌려 해결하고 학교를 다니게

해주었다.

얼마 후 영호가 나를 찾아와 부평경찰서에 같이 가줄 수 있느냐고 물었다. 이유를 물으니 아빠가 경찰서 유치장에 갇혀 있는데 면회를 오라고 연락이 왔다는 것이었다.

나는 영호를 데리고 유치장으로 면회를 갔다. 영호 아빠는 실내 포장마차에서 술을 마시다가 시비가 붙어 컵으로 주인아주머니를 때려 유치장에 와 있다고 하였다. 그 아주머니 쪽에서는 치료비로 200여만 원을 요구하고 있었다.

"전도사님, 돈을 좀 빌려주시면 나가서 두 달 동안 열심히 벌어서 갚겠습니다. 그러니 제발 저를 대신해서 합의해주시고 석방되게 해주세요."

영호 아빠의 부탁에도 불구하고 나에게는 당장 그 만한 돈이 없었다. 다만 나는 이리저리 돈 빌릴 데를 알아보며 석방이 될 수 있도록 애를 썼지만 그 사이 영호 아빠는 구치소로 넘어갔다.

그 이후부터 그 집에 종종 들러 쌀이나 반찬을 갖다 주었는데, 언제부턴가 영호가 보이지 않았다. 궁금해서 동생에게 물으니 오빠가 어디서 아르바이트를 한다고 했다. 그냥 그러려니 하고 돌아갔다가 며칠 후 아내와 함께 반찬거리를 들고 다시 들렀는데 모처럼 영호가 집에 있었다.

"야! 반갑다. 어디서 아르바이트를 하니?"

내가 이렇게 반갑게 물었지만 영호는 대답도 안 하고 자꾸 집밖으로만 나가려고 했다. 나는 마침 동행했던 아내에게 영호와 잠깐 얘기를 나눠 보라 하고 동생에게 가서 물었다.

"네 오빠가 어디에 가려고 저러는 거니?"

그러자 울먹이는 목소리로 대답했다.

"오빠가 자살하겠대요. 오늘 밤에 죽겠다고 지금 마지막으로 나를 보러 왔대요."

가슴이 철렁 내려앉았다. 나는 영호에게 직접 물었다.

"너 정말 공부 안 하고 죽으려고 했어?"

그랬더니 영호는 작정한 듯 대답했다.

"만약 오늘도 취직을 못 하면 죽어버릴 거에요."

나는 두 남매를 그냥 두어서는 안 되겠다고 생각하고, 싱크대 사업을 하는 주기만 권사님께 전화를 했다. 그리곤 영호를 직원으로 써달라고 부탁했더니 곧바로 승낙을 했다.

그리고 얼마 후 영호 아빠가 출소해 나왔다. 그런데 엉뚱하게도 영호 아빠가 내게 전화를 걸어와 협박을 했다.

"네가 아직 학교에 다니는 미성년자를 꼬여 공부도 안하고 일을 하게 만들었지? 그리고 월급까지 착취해 먹었지? 너 같은 목사 새끼는 내 손으로 죽여 버리겠어!"

기가 막혔다. 아이의 밀린 학비를 해결해주고 계속 학교에 다니게 만들었다. 그리고 그의 합의를 위해 애썼는가 하면, 일일이 성도들을 찾아다니며 진정서에 서명을 받아 빨리 출옥할 수 있도록 온갖 노력을 다했었다. 그리고 취직이 안 되면 죽겠다는 아이를 취직시켜 저축까지 하게 해주었는데 오히려 협박을 하며 죽여 버리겠다니….

그리고 얼마 지났을 때 통장님이 지나가다가 들렀다며 이렇게 일러주었다.

"목사님, 몸조심 하세요. 영호 아빠가 목사님을 죽여 버릴 거라며 식칼을 들고 밤에 교회 앞 봉고차 뒤에 숨어있는 것을 봤어요."

나는 괴로웠다. 도대체 사람들은 왜 저럴까. 진심으로 도움을 주는데 선을 악으로 갚다니. 기도하는 수밖에 다른 방법이 없었다. 그렇게 계속 기도했더니 그 사람이 이사를 갔다는 소식이 들렸고, 더 이상 나타나지 않았다.

고통의 시간이 가고,
축복과 은혜의 시간이 오다

입이 돌아간 아내, 그리고 기도

교회에 나오시는 할머니가 계셨는데, 하루는 주일 예배에 보이
지 않기에 집으로 찾아갔다. 집안은 말이 아니었다. 추운 날씨에
연탄보일러는 고장나고, 연탄은 떨어졌고, 식량도 없고, 유리창
은 깨져 있었다. 그 차가운 냉방에서 며칠을 굶었는지 거의 죽어
가는 형편이었다. 나는 급히 연탄과 식량을 해결하고, 깨진 유리
창을 갈고, 보일러를 고쳤다. 우선 급한 대로 전기장판 한 개를
구해 드렸고, 아내에게 부탁해 죽을 끓여드리는가 하면, 필요

한 약도 사드렸다.

그러는 동안 나는 시름에 잠겼다. 저런 빈민을 도와야 되는데, 내 능력에는 한계가 있어서 꾸준히 도울 방법이 없다는 게 안타까웠다.

할머니는 자식이 없었고 대신 고아를 한 명 데려다 키웠다. 남편이 일찍 죽고 아이는 고등학생 때 자신이 고아원 출신이라는 사실을 알고는 칼을 들이대며 모든 돈을 다 빼앗아 집을 나간 후 연락을 끊었다고 한다. 이후 할머니는 하반신이 마비되어 있는 시동생 집에 얹혀살다가 빈민촌에 월셋방을 얻어 혼자 살면서 정부의 구호를 받으며 지내고 있었다.

그러던 어느 날, 신학생 부부가 교회에 나왔는데, 부인은 과외를 다니고 전도사님은 부평시장에서 일을 하고 있었다. 새벽에 야채나 과일을 사러 나온 도매상인들이 이곳저곳에 물건을 구입해 놓으면 그걸 차도에 주차해 놓은 차까지 리어카로 실어주는 일이었다. 전도사님은 한 번 물건을 나르면 몇 천 원씩 받았는데 새벽 5시부터 오전 10시까지 일하면 몇 만 원씩은 벌 수 있다며, 자신과 함께 아르바이트를 하자고 했다.

나는 전도사님이 너무나 고마웠다. 그리고 그 분의 친절한 안내를 받아 새벽마다 시장에 나가서 아르바이트를 했고, 그 돈으로 빈민들을 섬길 수 있었다.

그렇게 아르바이트를 하던 어느 날, 시장에서 만난 어느 부식 상점을 하는 분이 자신의 사무실에 들러달라며 명함을 주었다. 일을 마치고 낮에 찾아갔더니 뜻밖의 제안을 했다.

"저는 여러 회사의 주방에 반찬 재료를 납품하는 업자입니다. 새벽 2시에 가락시장에서 물품을 구입해 트럭에 싣고 와서 내려놓고, 부평시장에서 2차로 구입을 해 각 회사의 주방에 납품을 하는 겁니다. 저와 함께 운전을 하고 배달을 해주면 80만 원씩 드리겠습니다."

80만 원이라는 큰돈을 준다는데, 이웃을 돕는 일에 단 한 푼이 아쉬운 처지였던 내가 망설일 까닭이 없었다. 일단 한 달간 해보기로 하고 일을 시작했다. 밤 12시에 시작해서 오후 5시경에야 끝나는 아주 힘든 일이었다. 서울로 올라와 막노동판에서도 일하고 고물장수도 해 본 나였지만 도저히 버티기가 힘들었고, 결국 한 달 만에 그만 두고 말았다.

대신 밤에 가락시장에서 아르바이트를 했다. 가락시장에는 많은 상인들이 지방에서 트럭에 과일이나 야채를 싣고 밤에 도착한다. 그때 하역 작업을 도와주면 한 트럭당 5,000~6,000원의 돈을 받을 수 있었다. 매일같이 밤에 출근해 일하고 낮에는 자고 밤이면 다시 출근하는 일의 연속이었다.

그렇게 번 돈으로 교회를 운영하고 어려운 이웃을 돕는 빈민 선교 생활이 2년가량 이어졌다. 서울에 올라오기 전에 아무리 건강이 좋아졌다지만 아무래도 그런 생활을 지속하는 건 무리였다. 그 사이 몸도 지치고 마음도 지쳤다.

그러던 어느 날, 해가 지고 어둠이 내리던 시간이었다. 어느 맞벌이 부부 집에서 구역예배를 드리는데, 아내가 갑자기 입을 가리고 밖으로 뛰쳐나갔다. 나는 급히 화장실에 가는 줄 알았다.

잠시 후 밖에서 아내가 두 손으로 입을 가린 채 빨리 나오라고 손짓을 해서 나가보니 놀라운 일이 벌어져 있었다. 아내의 입이 돌아가 있는 것이었다. 나는 아내를 봉고차에 태우고 급히 산동네를 내려와 동네 입구에 있는 약국에 들렀다. 약국 주인은 신앙인이고, 한 때 아내가 아침 시간에 그 약국에서 두 시간씩 아르바이트를 했기 때문에 서로 잘 알고 지내던 사람이었다. 그 약국주인은 아내의 얼굴을 보고는 한의원으로 가라고 했다.

토요일 저녁이라 한의원이 문을 닫지는 않았을까 걱정하며 갔더니 다행히 아직 문을 닫지는 않았다. 원장은 침을 놓고 간단한 치료를 하고서는 한약 다섯 봉지를 주면서 달여 먹이고 월요일에 다시 오라고 했다. 절대 찬바람을 쐬거나 찬물에 손을 넣지 말고 따뜻하게 몸 관리를 하라는 것이었다. 나는 원장에게 아내의 증상이 무슨 원인 때문인지 물었다. 원장은 '영양실조'에 '신경성 질환'이라고 했다.

집으로 돌아오는 길에 나는 아내에게 너무 신경을 쓰지 못한 것이 후회스러웠다. 결혼할 때도 편안한 마음이 아니었고, 아이들을 낳으며 하혈을 많이 했던 아내였다. 그런데 나는 빈민 선교를 한다며 식구에게는 소홀히 한 것이다. 그동안 아내의 몸무게가 37kg이 될 정도로 너무나 허약해져 있었는데도 신경을 쓰지 못했었다.

교회로 와서 아내에게 방에 가만히 누워 있으라고 일러둔 후 빨래를 하기 위해 화장실로 가려던 참이었다. 아내가 여전히 비정상적인 입으로 나지막이 말했다.

"저를 위해 기도해 줘요."

나는 입이 돌아간 아내의 얼굴을 붙잡고 기도하기 시작했다.

"하나님! 내일이 주일이고 예배도 드려야 하는데 아내가 누워 있으면 되겠습니까? 속히 치료해 주옵소서."

그렇게 10여 분 이상 간절한 눈물의 기도를 드렸다. 그런 후 화장실로 가서 찬물로 한 시간 동안 빨래를 하면서 내내 기도를 계속했다. 그러자 아내의 병이 나을 거라는 확신이 들었다.

빨래를 끝내고 아내에게 걱정하지 말라는 말을 해주려고 방문을 여는데, 잠들었던 아내가 문소리에 깨어났다. 그런데 놀랍게도 입이 정상으로 돌아와 있었다. 나는 아내를 일으키며 말을 걸어 보았다. 아내의 말 한 마디 한 마디가 다 정상이었다. 나와 아내는 함께 감사 기도를 드렸다. 그리고 다음날 주일에는 아무 일 없었다는 듯이 예배를 드릴 수 있었다.

하나님, 더 이상은 빈민선교를 못 하겠나이다!

목사 사모님이 예배를 드리다가 입이 돌아가 병원에 갔다는 소문이 온 동네에 퍼져나갔다. 그런데 성도들은 사모님이 말을 너무 함부로 해서 입이 돌아갔다고 얘기하는 게 아닌가.

사실 우리는 생활이 너무 어려웠고, 그래서 살아도 사는 게 아닌 것 같았다. 그런데 집사들과 성도들이 새로운 냉장고나 TV 같은 것을 구입해 들여놓은 것을 보고는, 아내가 얼마에 구입했느냐고 부러운 듯이 자꾸만 물어보았던 모양이다. 그 때문에 성도들의 물건이 부러워 자꾸만 묻고 함부로 말하는 바람에 사모님 입이 돌아갔다고 수군대는 것이었다.

나는 또 마음이 아팠다. 자신들의 가족이라면 그렇게 함부로 말할 수 있을까. 하나님께 연단 받고 훈련 받느라고 어려운 환경을 힘겹게 살고 있는데, 병원에서는 영양실조와 신경성으로 마비가 왔다는데, 어떻게 믿음을 가졌다는 사람들이 저렇게 함부로 말을 할 수 있을까….

그때는 너무나 가난했다. 매번 끼니를 걱정해야만 했다. 초등학교 다니는 아이들 남매가 공책 한 권을 사달라고 해도 선뜻 사줄 돈이 없었다. 그러니 나 자신은 물론 가족들의 건강에는 신경을 쓸 여유가 없었다. 그런 어려움 속에서도 나보다 더 어려운 이웃들을 도우려고 온갖 아르바이트를 했지만 정작 가족들에게는 신경을 쓰지 못한 것이다.

나는 마침내 아르바이트와 빈민 선교를 하던 모든 사역을 중단하고 기도하기 시작했다.

"하나님! 5년간 빈민 선교를 하겠다고 했으나 저는 더 이상 이런 생활은 못하겠습니다."

몸도 마음도 지칠 대로 지쳐있었다. 기도하는 내 모습조차 기진맥진해 있었다.

"전능하신 하나님이 살아계시고 하나님은 창조주이신데 왜 저는 하나님의 종임에도 불구하고 이렇게 밤새워 아르바이트를 해야만 합니까? 더 이상 이렇게는 못 하겠습니다."

그렇게 기도하기를 일주일, 마침내 나는 응답을 받았다. 나는 성경 사도행전 3장을 읽음으로써 그 응답을 얻었다.

'나면서부터 앉은뱅이 된 자를 사람들이 업어다가 성전 입구에 내려놓고 구걸하게 하였다. 베드로는 은과 금은 내게 없거니와 내게 있는 것으로 네게 주노니 나사렛 예수 그리스도의 이름으로 일어나 걸으라고 외쳤을 때에 앉은뱅이는 걷기도 하고 뛰기도 하며 하나님을 찬미했다.'

하나님은 나에게 은과 금을 주지 말고 예수 그리스도의 이름과 그 생명의 능력을 주라고 하셨다. 어떻게 하면 예수 그리스도 이름의 비밀을 줄 수 있을까? 나는 고민하며 기도하고 묵상하기 시작했다. 전도하고 제자 삼으라는 응답을 받았는데 어떻게 제자 삼아야 하는지 알 수가 없었다.

그즈음 산동네 아래 어느 상가에 있는 붓글씨 학원에 들렀다. 학원 원장은 어느 교회에 나가는 집사님이었는데, 내가 목사라고 하니까 돈은 내지 말고 시간 날 때 와서 무료로 붓글씨를 배우라고 했다.

이후 틈틈이 붓글씨를 배우러 나갔다. 그러다가 이웃 교회에 다니는 초등학교 선생님을 만나게 되었다. 그 선생님은 자신이 출석하는 교회에서 4일간 전도 세미나를 하는데 목사님도 참석해 보라고 제안했다. 나는 마침 전도하라는 응답을 받아놓은 상태였고, 전도 세미나를 한다니 바로 첫 시간에 참석해 큰 은혜를 받게 되었다.

그것은 다시 한 번 내 인생을 송두리째 바꾸어 놓은 은혜의 시작이었다.

인생의 전환점, 류광수 목사님과의 만남

월요일 저녁 집회에 참석해 큰 은혜를 받은 나는 다음날 새벽부터 낮과 저녁 시간에 아내와 함께 계속 세미나에 참석해 은혜를 받았고 충격을 받았다. 세미나에 강사로 오신 분은 부산 영도의 동삼제일교회(현 임마누엘교회)에서 시무하시는 류광수 목사님이었다.

세미나 이름은 '다락방 전도 세미나'였다. 초대 교회 '마가 다락방'에서 예수님의 제자들이 모여서 기도하고 전도를 시작했던 내용을 성경 그대로 전도하자고 붙인 이름이었다.

나는 집회에 참석하면서 큰 충격을 받았다. 난 그동안 밤낮없이 아르바이트를 하며 빈민들에게 육신적인 것을 전해주고 있었다. 하지만 한계에 부딪혀 낙심한 상태였다. 류 목사님의 세미나는 목마른 나의 갈증을 해소해 주었다. 약 20년 동안 무속인들과 학생들을 전도하면서 엄청난 제자 운동을 하신 내용이었다.

세미나가 끝나고 류 목사님을 찾아가 물었다.

"목사님, 저도 전도를 하고 싶은데 어떻게 하면 되겠습니까?"

그러자 류 목사님은 부산 동삼제일교회로 와서 4박 5일간 전도

류광수 목사님과 함께.

를 위한 합숙훈련을 받아보라고 하셨다. 당시 류광수 목사님과의 만남은 곧 바로 내 인생이 완전히 바뀌는 순간이었다.

목사님을 만나기 전에는 새마을 열차 한 번 타보지 못했던 내가 류 목사님을 통해 전도에 눈을 뜨게 되고부터는 세계 40여 개국을 다니며 전도하는 인생이 되었다. 어떤 때는 1년 중 절반가량을 해외에서 보내며 은혜를 전하는 축복 받은 사람으로 바뀌게 되었다.

사람은 누구를 만나느냐에 따라 운명이 달라진다. 가까이 지내는 사람이 사기꾼이면 사기꾼의 영향을 받게 되는 것이 당연한 것이고, 도둑을 가까이하면 도둑의 영향을 받게 될 것이며, 아편쟁이를 가까이하면 아편쟁이의 영향을 받게 될 것이다. 반대로 축복된 사람을 만나면 축복된 사람이 되고, 전도하는 사람을 만나면 전도자가 된다.

그런데 류광수 목사님은 부산에서 전도운동을 일으켜 수많은 사람들이 모여들어 은혜를 받으니 이를 시기한 사람들이 생겨났다. 그들은 이단성이 있는 것 같다는 소문을 퍼뜨리며 류 목사님을 정죄하고 말았다고 한다.

예수님도 당시에는 대제사장과 바리새인들에게 이단으로 누명 쓰고 십자가에 못 박히셨으며, 사도 바울은 이단의 괴수라는 누명을 쓴 채 감옥에 갔다. 영국의 웨슬레와 미국의 무디도 당시에는 이단의 누명을 썼으며, 주기철 목사님도 이단으로 정죄되었다가 몇 년 전에서야 참신앙인으로 회복되었다. 마치 갈릴레오가 지동설을 주장하다 이단으로 몰려 죽게 된 것과 같다.

우리나라의 대표적인 큰 교회인 여의도 모 교회의 목사님도 한때는 이단의 누명을 쓰고 어려움을 겪기도 했으나 지금 그 분을 이단이라고 하는 사람은 없다. 이렇듯 앞으로 시간이 지나고 나면 류광수 목사님과 다락방 전도는 참전도자이자 전도 단체로서,

축구선수 박주영과 함께.

한국 교회사와 세계 교회사의 평가를 받으리라고 믿는다.

우리나라의 역사를 보면 충신들이 누명을 쓰고 역적으로 몰려 한동안 어려움을 겪는 경우가 많다. 하나님은 항상 진짜 이단이 아닌 누명쓴 가짜 이단, 즉 복음 때문에 누명을 쓰고도 믿음을 지키며 순교자적인 믿음으로 복음을 전하는 자를 쓰셨다. 당장은 진리가 지는 듯이 보이지만, 그 누구도 끝까지 진리를 이기지는 못한다. 어둠이 빛을 이긴 적은 없다.

류광수 목사님이 부산에서 전도운동을 본격적으로 일으키고 교회가 계속 부흥하자 시기심을 느낀 이웃의 몇몇 교회들이 정당한 절차도 없이 이단으로 정죄하였다고 한다.

원래는 예수 그리스도를 부인하거나, 삼위일체를 부인하거나, 동정녀 탄생을 부인하거나, 부활을 부인하거나, 재림을 부인할 때 이단으로 규정된다. 그런데도 오직 예수 그리스도와 전도를 가르치고 전하는 자를 정식적인 절차도 밟지 않고 이단인 것처럼 정죄하고 만 것이다.

하지만 그것은 굉장히 잘못된 억지 주장이다. 그런 식으로 트집을 잡으려면 걸리지 않을 사람이 누가 있겠는가!

다락방을 이단인 것처럼 정죄한 어떤 사람은, 다시 '다락방에서는 삼위일체가 아닌 사위일체를 주장하므로 이단' 이란 소문을 퍼뜨렸다고 한다.

나는 대한예수교장로회 합동 측에서 공부하고 안수 받은 보수적인 목사이다. 만약 류광수 목사님이 사위일체 하나님을 단 한 번이라도 주장했다면, 나부터 다락방을 떠났을 것이다. 그런데도 사람들은 있을 수조차 없는 이상한 소문을 퍼뜨린 것이다.

류 목사님은 몇 달에 한 번씩 미국에서 세미나를 인도하신다.

나는 여러 번 그 세미나에 참석했다.

미국의 어느 지역에 세미나를 인도한다고 알려지면, 그곳의 일부 목사님들은 전단지에 '류광수 목사의 다락방 세미나는 이단 집회이므로 절대 참석하지도 말고 듣지도 말라' 고 광고한다. '예수 그리스도와 전도' 만 강조하는 잘못된 단체라는 것이다. 즉, 교회 안에는 봉사도 있고, 교제도 있고, 효도도 있는 것인데 예수 그리스도와 전도만 강조하니까 이단이라는 논리다.

물론 봉사와 교제, 구제와 효도는 당연한 것이며 기본적인 것이다. 예수 그리스도를 강조하지 않으므로 교회는 점점 약화되고, 아이들은 마약에 빠지며 영적 문제가 생기는 것이 아닌가.

2007년 버지니아 공대에서 총기 사건을 일으킨 조승희 군이 우울증에 걸려 힘겨워할 당시, 워싱턴 DC에서 다락방 측 목사를 만나서 복음을 듣고 계속 양육 받기로. 했던 적이 있었다고 한다. 그러나 다른 한인교회에서 '다락방은 이단이므로 절대 듣거나 만나면 안된다' 며 복음을 듣지 못하게 계속 방해를 놓았다고 한다. 자신들은 답을 주지도 못하고 영적인 문제를 해결해 주지도 못하면서 집요하게 방해했다. 그 결과, 끔찍한 일이 벌어진 것이다.

‘예수 그리스도와 전도만 강조하므로 이단’ 이라고 주장하며 방해하니 어찌 통탄할 일이 아니겠는가? 어떤 교회들은 예수 그리스도를 희미하게만 섞어서 증거한 채 복음이 아닌 윤리도덕부터 지나치게 강조하고 있다. 그렇기 때문에 교회가 점점 힘을 잃어가고 영적인 문제에 대한 해결책을 제시하지 못 하는 것이다.

성경은 이단을 규정하기 전에 다음과 같이 행동할 것을 말씀하고 있다. '잘못된 교리를 계속 주장하는 곳이 있으면 우선 찾아가서 진리 편에 설 것을 권면해보고, 그래도 듣지 않으면 2~3명의 증인이 다시 가서 권면해보고, 그래도 듣지 않으면 교회에 불러서 다시 권면해보고, 그래도 듣지 않고 계속 비성경적인 내용을 고집하면 그때에 가서야 이단으로 정죄하라’ 는 것이다. 그러나 류 목사님에게는 한 번도 그런 정식 절차를 밟은 적이 없다고 한다.

부산 동삼제일교회가 지하 35평에 있었을 때, 성도들이 1,000명 넘게 모이자 너무 좁고 복잡해졌다. 따라서 류 목사님과 장로님들은 창원 지역에 있는 큰 교회에 잠시 견학을 다녀오셨다고 한다. 그 큰 교회는 많은 성도들로 인해 공간이 부족하자 대형 천막을 쳐서 예배를 드리고 있었기 때문에 참고할 만했던 것이다.

그러나 당시 그 교회는 이단이라는 정죄를 받고 있던 교회였다 (후에 이단의 누명을 벗고 지금은 큰 교단에 소속되어 있다). 그런데 그 교회를 구경하러 다녀왔다는 이유 때문에 이단이라는 누명을 쓰게 되었다는 것이다.

등산을 갔다가 절간에 잠시 들려보고 왔다고 중이 되는 것인가? 절간 구경하고 왔다고 불교 신자가 되는 것인가? 이단으로 몰려 있던 교회의 천막 시설을 구경하고 왔다고 이단으로 정죄하다니, 참으로 안타까운 일이 아닐 수 없다.

서울 어느 큰 교회의 장로님이 다락방 합숙훈련에 왔다가 은혜 받고 돌아갔는데, 그분이 출석하는 교회의 목사님과 트러블을 겪게 되었다. 자기는 지금까지 예수 그리스도를 잘 몰랐고, 헛되게 산 것 같다라고 하면서, 다락방 합숙훈련의 큰 은혜를 간증했기 때문이었다. 많은 목사님들은 대부분 자신이 전하는 프로그램 외의 다른 곳에서 은혜 받고 왔다고 하면 별로 좋아하지 않는다.

그 장로님이 시무하시는 교회의 목사님은, 류 목사님의 테이프와 교재를 가지고 자신이 소속된 교단의 신학교 교수님들께 류 목사님을 이단으로 조사할 것을 의뢰했다고 한다. 그리고 모 신문에 '류광수 목사와 다락방 전도는 사탄배상설을 주장하는 이단이다' 라는 광고를 실었다.

성경에 '어리석은 자는 그 마음에 하나님이 없다 하도다' 라는 말씀이 있다. 그러나 여기서 앞뒤의 문맥을 잘라버리면 '하나님이 없다' 라는 말로 만들 수도 있다. 류광수 목사님 설교의 앞뒤 문맥을 다 각색해 버린 채 한 마디의 단어를 가지고, 옛날 초대교회 당시 이단으로 정죄를 당했던 사탄배상설과 닮았다는 논리로 이단으로 몰아간 것은 말도 안 되는 잘못이라고 생각한다.

이단은 교주를 강조한다. 예수 그리스도 자리에 교주를 올려놓고 그 교주를 숭배할 것을 강조한다. 다락방과 류 목사님은 단 한 번도 자기 자신을 높인 적이 없고, "억만 죄인인 나를 하나님이 써주셨다"고 하며 언제나 '예수 그리스도와 전도' 를 강조하였다.

10여 년 전 류 목사님과 다락방 전도가 아직 합동 측으로부터 정죄되기 전, 서울 목동의 어느 교회에서 매주 전도 세미나가 있었다. 너무나 많은 목회자들이 모여서 은혜 받고, 힘을 얻었던 다락방 전도는 그 후 정치하는 몇몇 목사님들에 의하여 이단성이 있는 것처럼 정죄를 당했다.

그때 내가 소속되어 있던 노회의 어르신 목사님들이 나를 불러

"류광수 목사님과 다락방은 이단이 아니고 전혀 문제가 없는 줄 우리도 안다. 그러나 총회에서 하지 못하게 하니까 우리는 총회에 소속된 목사로서 총회의 지시를 따라야 한다. 박 목사도 그렇게 알고 '다락방 류광수 목사는 이단이므로 탈퇴한다'고 신문에 광고를 내고 빠져 나오라"고 권면하는 것이었다. 그때 나는 "이단이 아니지만 이단이라고 광고를 내고 탈퇴하라는 것에는 동의할 수 없다"고 잘라 말했다.

정말 이단이라면 하늘이 두 쪽 나도 따라가선 안 되겠지만, 이단이 아닌데 정치적으로 괘씸죄에 걸려서 정죄 당했다면 나는 따를 수밖에 없다고 말했다. 그리고 얼마 뒤 나는 합동 측으로부터 제명 당하고 말았다.

천주교는 성경의 권위보다 교황의 권위를 더 우위에 두고 있다. 그러므로 성경말씀보다 공의회에서 어떻게 판결하느냐를 우선순위에 둔다. 개신교가 점점 천주교를 닮아가고 있다. 이단이 아닐지라도 총회가 이단이라고 하면 총회의 규정을 따라야 한다는 것이다.

과거에 주기철 목사님이 일본의 신사참배를 반대하자 1939년 조선 예수교 장로회 평양노회는 주 목사님을 파면 결의했다. 결국 주기철 목사님은 투옥되었고, 1949년 평양의 감옥에서 모진 고문으로 순교하였다. 예장 통합 평양노회는 2007년에서야 주기철 목사 순교 67년 만에 복권을 결의한 바 있다.

10여 년 전, '류광수 목사님과 다락방 전도를 어떻게 볼 것인가?' 하는 공청회가 서울 종로 5가에 있는 한국 기독교 100주년 기념관에서 열렸다. 정죄하고 난 뒤 처음으로 류광수 목사님을 증인으로 세우고, 과연 이단인지 공개 공청회를 열었던 것이다. 신학교 교수님이 나와서 질의를 하고 류 목사님은 답변하는 식이었다.

류 목사님은 "나는 신학자가 아니고 전도하는 목사입니다. 혹시 전도하다가 실수하여 잘못된 성경 해석이나 교리 전파가 있었다면 지금이라도 지적해주십시오. 바로 고치고 총회의 지도를 따르겠습니다"라며, "한국 교회를 섬기며 겸손히 전도하는 목사가 되겠습니다"라고 하였다. 또한 "전도하는 과정에서 혹시 교인들이 이동하거나 옮겨가는 물의가 있었다면 시정하겠습니다"고 하였다.

공청회가 끝날 무렵, 신학교 교수님은 "이상이 없다"라고 선언

하였다. 아무리 잘못된 이단도, 심지어 통일교나 천부교 같은 단체의 사람일지라도 "내가 과거에는 모르고 틀린 주장을 하였으며 잘못된 교리를 전파하였는데, 나의 잘못을 깨닫고 인정하며 고칠 테니 나를 받아달라"고 하면 받아줘야 하는 게 교회요 총회다. 이단이 이단인 줄 깨달아 회개하고 뉘우치고 돌아오겠다는데 거부할 이유가 없는 것이다.

게다가 류광수 목사님은 그 어떤 것이라도 잘못을 지적해 주고 시정을 요구하면 고치고 지도도 받겠다고 하였다. 그러나 결국 잘못이 없다고 공청회에서 결론을 내리고도 지금껏 복직을 안 시키고 있는 것이다.

몇 년 전, 모 교단의 임원진과 다락방의 임원진이 모여서 류광수 목사님과 다락방은 정치적으로 괘씸죄에 걸려서 누명을 쓴 것이니 회복시키고 복직시키자고 의논했던 것으로 안다. 그러자 지방 교회 목사님들이 극심한 반대를 했다고 한다.

"성도들을 그 쪽으로 못 가게 막아도 가는데, 이단성이 없다고 회복시키면 우리들은 더이상 목회를 못한다"며 반대한 것이다. 지방에서 너무나 반대가 심하자 어르신 목사님들은 아직은 때가 아닌 것 같다면서 복직문제를 그냥 미뤘다고 한다.

다락방에서 전하는 복음은 초대교회의 사도들이 그랬던 것처럼 복음의 색깔이 원색적이고 선명하다. 예수 그리스도를 명쾌하게 전한다. 영적인 문제를 가진 사람들이 들으면 금방 알아듣고 회복되는 복음이다. 그렇기 때문에 사탄은 이 복음을 전하지 못하도록 방해한다. 그러나 진리는 항상 이겼다. 때가 되면 반드시 회복되리라 믿는다.

이단인지 아닌지 간단하게 알아볼 수 있는 방법이 있다. 예수 그리스도만 강조하고 예수 그리스도만 높이는 이단은 없다. 예수 그리스도는 희미하게 언급하며 교주를 높이는 것이 이단이다.

성경은 좋은 나무인지 나쁜 나무인지는 그 열매를 보면 알 수 있다고 말한다. 다락방에는 과거 마약을 하다가 오히려 마약에 빠진 사람을 건져내는 사역자가 된 사람도 있고, 복음을 들은 후 전도자가 된 무속인 등이 수도 없이 많다. 또한 스님을 비롯해 영적으로 시달리다가 다락방의 복음을 듣고 치유 받아 전도자가 된 사람들도 많다.

나는 증인이다. 나의 자녀들이 초등학교에 다닐 때, 노트 한 권 사줄 돈도 없이 어렵게 목회하며 빈민들을 구제하던 내가, 이 원색적인 복음을 전파함으로 인해 받은 응답은 이루 헤아릴 수 없이 많다. 이런 복음을 듣고도 나의 친구 목사들은 총회에서 하지 말라니까 안 한다며 대부분 되돌아갔다.

하지만 나는 이 복음을 만나고 살 길을 찾았다. 그리고 너무 행복하다. 무한히 감사하다. 이 복음을 알아듣고 전할 수 있게 써 주시는 하나님께 무한히 감사드린다.

대한예수교장로회 합동 측에서 류광수 목사님과 다락방 전도에 대하여 이단성이 있는지를 조사할 당시, 조사위원장으로 선출된 대구의 이상강 목사님은 계속 조사를 해 본 결과 이단성이 전혀 없다고 판결한 바 있다. 그러자 이상강 목사님이 뇌물을 받고 잘못 판결한 것처럼 오히려 누명을 쓰게 되었다. 결국 섬기던 교회를 그만두게 되었고, 그 이후 10여 년간 계속 투쟁하여 잘못이 없다는 법적인 판결도 받았다(이상강 목사 저 《대한민국인 잘사는 길》에서 밝힘).

이단 조사위원장이 이상 없다고 판결했음에도 불구하고 온갖 거짓과 루머들이 판을 치는 것을 보면서, 사탄이 복음 전하는 것을 이처럼 싫어한다는 것을 느낄 수 있었다. 교회사 2,000년 동안 사탄은 항상 정치꾼들을 통하여 참 복음을 전하는 전도자에게 이단 누명을 씌워 방해해왔다.

나는 애통한 마음으로 한국교회를 위하여 기도한다. 참 복음편에 서서 올바른 전도와 선교를 통해 민족 복음화, 북한 복음화, 세계 복음화에 앞장설 수 있게 해달라고.

얼마 전 교황이 갈릴레오를 정죄한 것을 사과한 것처럼, 시간이 지나고 나면 반드시 올바르게 전도한 다락방 전도 운동을 정죄한 것은 잘못된 일이라는 것이 밝혀지리라 믿는다.

대제사장의 무리들이 마가 다락방에 모인 예수의 제자들을 죽이려고 했으나, 하나님은 결국 그 마가 다락방의 120명을 통해 로마 전체를 기독교화 하셨다. 중세 교회가 극도로 타락했을 때 마틴 루터와 몇몇 종교개혁자들을 통해 개신교가 탄생되었고, 이 복음이 들어가는 곳곳마다 새로운 역사가 시작되었다.

류광수 목사님을 만난 것은 내 일생의 전환점이 되었다. 새로운 시작을 맞은 것이다. 만약 류 목사님을 만나지 못했더라면 아직도 율법주의와 신비주의와 인본주의에 젖어서 굉장히 어려운 목회를 하고 있었을 것이다. 목사가 되고서도 정말 너무나 힘들게 빈민촌에서 목회하던 나 자신이었는데, 전도를 알고 복음에 눈이 열린 이후부터 내가 받은 축복은 말할 수 없이 많다.

지역을 넘어 국경을 넘어, 은혜가 은혜로 이어지다

공무원에서 탈북자까지, 날마다 새로운 사역의 길

새롭게 눈뜬 성경의 세계

한자로 '사람 인(人)' 자는 사람과 사람이 서로 기대어 있는 모양을 하고 있다. '나' 혹은 '너' 하나만으로는 영위할 수 없는 것이 사람이요, 이 세상에 혼자뿐이면 그건 이미 사람으로서의 존재 가치를 잃는다는 의미를 담고 있다.

'인간(人間)'이라는 말도 마찬가지다. '사람 인(人)' 자에 '사이 간(間)' 자를 씀으로써 사람과 사람이 어우러져 있는 세상이 바로 인간 세상임을 말해주고 있다. 역시 혼자서 이룰 수 있는 인간 세계는 없으며, 서로 인연을 맺고 의지하며 사는 것이 중요하다는 의미다.

그런데 사람과 사람 사이의 만남을 어떻게 해석하느냐 하는 것은 사람마다 다르다. 나는 어릴 때부터 아버님과 형님들과의 인연을 항상 끔찍한 것으로 생각했다. 그래서 차라리 그런 인연이 없었으면 했던 적도 많다. 빈민촌에서 개척 교회를 하면서도 사람들이 내가 베푸는 선을 악으로 갚는 것을 경험했고, 이로 인해 항상 답답하고 억울한 마음이었다.

그러나 생각해 보면 이 세상에 귀하지 않은 인연이란 없다. 아무리 내게 어려움이 되는 인연이라도 분명 가르침이 되는 부분이 있었다. 최소한 나를 더 강한 사람으로 살게 하는, 그래서 더욱 큰 일을 할 수 있도록 만드는 의미 있는 것이었다.

나는 '사람 인' 자의 의미와 '인간' 이라는 말의 뜻을 너무 부정적으로만 생각했다. 그만큼 어리석었던 것이다.

내게 만남의 소중함과 인연의 의미를 뼈저리게 느끼게 해준 이가 바로 류광수 목사님이었다. 다락방 세미나에서 류광수 목사님을 뵌 후, 나는 전혀 새로운 인생을 살게 되었다. 그는 이 세상 어떤 인연도 가치를 지니고 있다는 것을 알게 해주었다. 나는 류 목사님을 통해 '사람 인' 자와 '인간' 이라는 말의 가치를 깨닫게 되었다.

나는 그 권유대로 1993년 12월, 전도 훈련을 받기 위해 부산으로 내려갔다. 태종대호텔에서 열린 4박 5일 동안의 전도 세미나에 참석하면서 마침내 영적인 눈이 열리기 시작했다. 바로 성경을 보는 눈이 열리기 시작한 것이다.

성경은 모든 부분에서 예수 그리스도를 증거하고 있으며, 모든 인생의 문제가 하나님을 떠나는 데서 오게 되었음을 알게 되었다. 우주 만물은 하나님이 창조하신 것이다. 고기는 물 속에서 살아야 하고, 나무는 흙에 뿌리를 박고 살아야 하며, 새는 공중에서 살아야 하고, 사람은 하나님의 형상대로 하나님과 교제하도록 지음 받았다.

고기가 물을 떠나서는 살 수 없고, 나무가 흙을 떠나서는 살 수 없으며, 새가 하늘을 벗어나서는 살 수 없듯이, 인간은 하나님을 떠나면 영적으로 고아 상태가 되고 만다.

고아가 배가 고프면 아무것이나 집어먹듯이 하나님을 떠난 인생은 사탄에게 장악된 상태에 있으며, 하나님이 아닌 타락한 천

사인 마귀와 귀신을 섬기며 고통당한다는 사실을 알게 되었다. 내 눈이 열리게 된 것이다.

어릴 때 아버지는 늘 귀신이 보인다고 하시며 때로 귀신과 대화를 했다. 그런데 당시에 그런 일이 이해가 되지 않았다. 아버지와 세 분의 형님들이 알코올 중독자로 살다 돌아가신 것을 보면서도 나는 귀신에 대해 잘 몰랐다.

하지만 성경에 귀신 애기가 수도 없이 많이 기록되어 있는 것을 새삼 발견하고, 그에 관한 훈련을 받으면서 비로소 영적인 눈이 열렸다. 세상의 수많은 책들은 귀신을 섬기는 법을 알려주고 있지만 성경은 귀신에게서 빠져 나오는 방법을 알려준다.

운명, 사주팔자에서 빠져나오는 이름이 곧 예수 그리스도다.

대구 지하철 화재 참사를 일으킨 사람은 이렇게 말했다.

"내 귀에서 누군가가 불을 지르라고 자꾸만 지시하는 환청이 들렸다."

엉뚱하게 들리던 이러한 말도 성경의 참뜻을 알고 나면 더 이상 엉뚱한 것으로만 들리지 않는다.

성경은 타락한 천사인 사탄, 마귀, 귀신에 대해 자세히 소개해

준다. 사주팔자와 같은 고통스런 운명 한가운데에서 빠져나오는 길이 무엇인지 알려준다. 예수 그리스도의 십자가의 복음을 듣고 또 믿고, 마음에 예수 그리스도를 믿음으로 받아들이면 모든 악한 영에게서 해방된다고 알려주고 있다. 예를 들어, 북한이라는 세계가 분명히 존재하지만 그곳에서 벗어나 대한민국으로 넘어와 버리면 북한에서 해방되는 것과 같다.

나는 합숙 훈련을 받으면서 지금까지 희미했던 복음이 선명하게 정리되었다. 사탄 마귀가 어떤 존재이며, 그 졸개인 귀신이 어떤 역할을 하는지 알게 되었다. 그렇게 영적인 사실에 눈이 열리고 나니 너무나 기쁘고 감사했다. 내가 왜 지금까지 고생하며 힘들게 살아왔는지 알게 되었다.

만약 누군가의 집안에 강도가 들어와 모든 것을 다 빼앗고 훔쳐가서 가난하고 불행해졌다면 그 강도가 얼마나 원망스럽겠는가? 지금까지 나의 가문에 눈에 보이지 않는 강도가 있었음을 나는 알게 되었다.

요한복음 10장을 보면 마귀와 귀신의 세력을 '영적인 강도'로 표현하고 있다. 마귀와 귀신은 우리에게 잘 되게 해준다고 속이

고 결국 모든 것을 빼앗아가는 존재다. 굿하고 점을 보러 가면 모
든 일이 잘 해결되게 해준다고 하면서 실제로는 다 빼앗아 가버리
는 것과 같다. 끊임없이 굿에 의지하는 사람치고 정말 잘된 사람
을 본 적이 있는가?

새로운 영적 세계와의 만남은 곧 새로운 세상, 새로운 사람들과
의 소중한 만남으로 이어졌다. 지금껏 몰랐던 강도의 존재를 알
게 되었으니 더 이상 강도를 당하지 않을 수 있었고, 다른 이들이
강도를 당하지 않도록 도울 준비가 되었다.

나는 '사람' 과 '인간' 의 의미를 가슴에 담았다.

말씀을 전하는 기쁨

나는 이처럼 귀한 훈련을 마치고 다시 본격적으로 성경 공부를
하기 시작했다. 부평의 학교, 백화점, 세무서, 전력회사 등에서
신우회를 만들었다. 그리고 이미 교회를 다니는 사람들과 이전에
다니다가 구원을 받지 못하고 낙심한 사람들을 찾아다녔다. 일주
일에 한 번씩 함께 모여 성경 공부를 했다. 그 사이 복음이 희미한

상태로 교회를 다니던 사람들이 새롭게 은혜를 받고 변화하는 모습을 보면서 큰 행복을 느꼈다.

그렇게 1년 정도 사역하고 있을 때, 몇몇 교회들이 모여 어느 한 교회에서 일주일에 한 번씩 전도학교를 연 적이 있었다. 그때 강사로 온 사람이 바로 안양 동부교회에서 시무하는 김동권 목사님이었다. 목요일 저녁 7시부터 한 시간씩 그분의 전도와 영적인 신앙 생활에 대한 강의를 들었고, 강의 후에는 함께 식사를 하며 다시 영적인 충전을 하게 되었다.

그 무렵 나는 매주 서울신문사 신우회의 예배를 인도하고 있었다. 또 KBS 성우 신우회를 이끌며 일주일에 한 번씩 성경 공부 모임인 '다락방'을 인도하였다. 아울러 서울시청에 근무하는 몇 분을 모아놓고 성경 공부를 했고, 지하철공사에서도 말씀을 전했다.

일주일에 한 번씩 성경 공부 모임인 '다락방'을 통해 그렇게 계속 모이는데, 그 모임 속에서 새로운 사람이 은혜받고 예수를 그리스도로 영접하는 일이 이어졌다. 그렇게 구원의 확신을 갖고 교회에 출석하면서 변화를 받는 모습을 보니 매우 기뻤다.

그때쯤 한 가지 일이 일어났다. 나를 무척 힘들게 만든 일이었고, 세상의 인연과 사람의 도리에 대해 다시 생각하게 만든 일이었다.

빈민촌 산동네에서 개척교회를 열어 빈민 선교를 시작했던 1991년 5월 17일, 그 이전까지 사역했던 인천 주안동 교회의 한 집사 내외가 내 명의를 빌려 안양에 아파트를 구입한 일이 있었다. 이후 그 내외는 아파트를 팔고 서울의 동서가 사역하는 교회로 이사를 갔다고 들었다.

그런데 그때부터 세무서와 구청에서 취득세와 소득세 등의 세금을 내라는 독촉장이 계속 나왔다. 두 곳에서 세금을 내라고 해서 나온 돈을 합쳐 보니 800여만 원 정도였다. 나는 그때마다 그 집사 내외가 사업을 하고 있는 서울 청계천 평화시장의 상점으로 찾아가 세금 납부 독촉 고지서를 갖다 주었다.

"집사님이 아파트를 구입했다가 팔아서 몇 천만 원의 이익이 생겼고, 이건 거기에 대한 정부의 정당한 세금이니 세금 정리를 해야 할 것이 아닙니까? 그러니 빨리 정리를 해주세요."

내가 매번 이렇게 부탁 아닌 부탁을 했지만 그 집사 내외는 이해할 수 없는 말을 했다.

"목사님 앞으로는 아무 재산도 없고 저축한 돈도 없을 테니 독촉장이 나와도 계속 내지 않고 있으면 나중에는 세무서에서 목사님의 재산이 있는지 없는지 조사를 할 겁니다. 그때 아무리 조사해 봐도 재산이 없는 것으로 확인되면 3~4년 독촉하다 스스로 정리해서 말소시킬 겁니다. 그때 가서 우리가 목사님께 몇 백 만 원이라도 드릴게요. 그러면 되지, 왜 쓸데없이 나라에다 800만 원씩이나 냅니까?"

기가 막혔지만 그래도 알아듣게 얘기를 했다.

"아니 수익을 남겼으면 세금을 내는 것은 당연한 거 아닙니까? 나는 공연히 나라 세금 떼먹는 사람이나 신용불량자처럼 남는 것이 싫습니다. 그러니 바로 처리를 해주세요."

그러자 알았다고 대답을 했지만 그때뿐이었다. 2~3개월마다 계속 독촉장과 경고장이 나왔고, 나는 그때마다 직접 갖다 주면서 제발 해결해달라고 요구했다. 그러나 끝내 그 집사 내외는 세금을 내지 않았다.

그 문제를 놓고 하나님께 기도하기 시작했다. 그런데 내 마음속에 이런 확신이 들었다. 그 집사에게 무서운 경고나 책망이 있을 것이라는 확신이었다.

다시 독촉장과 경고장을 가지고 그 집사에게 갖다 주면서 나는 그 확신을 전했다.

"이 문제를 해결하지 않으시면 하나님께서 집사님께 손을 보실 지도 모릅니다. 내게 그런 확신이 왔어요. 그러니 해결해 주세요."

그러나 그들은 어떻게든 세금을 내지 않으려고 버텼다.

"목사님 조금만 더 참으세요. 한참 지나 나라에서 스스로 포기하고 독촉을 하지 않게 되면 그때 목사님께 서운하지 않게 해드리겠습니다."

나는 잘라 말했다.

"그런 돈은 싫으니 내가 세금 떼먹은 전과자로 남게 하지 마시고 제발 해결해주세요."

그리고 며칠 지나자 집사의 조카가 되는 사람에게서 새벽에 전화가 왔다. 그 분 또한 집사로서, 세금을 내지 않고 버티는 그 문제의 집사 내외와 함께 인천 주안동 교회에 있다가 서울로 이사를 갔었다. 그런데 그가 전하는 말이 놀라웠다.

"목사님, 외삼촌 내외분이 어젯밤에 돌아가셨어요."

나는 깜짝 놀라며 물었다.

"무슨 일입니까?"

조카가 전한 집사 내외의 사인은 이랬다. 그들은 상점 앞의 13평짜리 작은 아파트에 세를 들어 살고 있었다. 집사 내외는 인천 송도 옥련동에 큰 아파트가 있었는데, 연세 많은 노모가 거기 계시기 때문에 2~3일에 한 번씩 옥련동 집에 다녀오는 대신 사업상 상점 바로 앞의 작은 아파트를 세내어 생활을 하고 있었던 것이다. 그런데 그 세든 집 옆집의 보일러가 연탄보일러였는데, 연탄가스가 새어 들어와 집사 내외가 같이 죽었다는 얘기였다.

그 날은 일요일 아침이었다. 예배를 다 드리고 오후에 을지병원의 영안실에 들러서 조문을 했다.

그리고 2~3개월 후에 또 독촉장이 나왔다. 나는 독촉장을 들고 그 분의 아들이 경영하는 상점에 가서 세금을 정리해달라고 했다. 그 아들은 상계동에서 목회하는 목사의 부인이 이모였는데, 그 이모에게 전화를 해 한참 통화를 했다. 그러더니 기가 막힌 얘기를 했다.

"이모님이 그러는데 우리 엄마 아빠가 살아계실 때 목사님께 다 보상을 해줬다고 하네요. 그러니 앞으로는 우리 가게에 오지 말아주세요."

정말 화가 치밀었다. 명색이 목사 부인이라는 사람이 언니가 살았을 때 세금을 내지 않은 것을 알면서도 내게 다 보상해줬다며 자신의 조카에게 거짓말을 시키다니, 기가 막힌 일이었다.

나는 어쩔 수 없이 그 가게를 나오면서 이렇게 생각했다.

'그래, 잘 먹고 잘 살아라. 그러나 너희들은 복을 받기 힘들 것이다.'

그리고 10년의 세월이 흘렀다. KBS에서 언론인 월례회 모임을 하는데, 그 목사의 부인이 어느 PD분과 연결되어 내가 인도하는 모임에 간증자로 나왔다. 그녀는 거리의 노숙자에게 밤새도록 밥을 지어 먹인다는 얘기를 하며, 이러한 이야기가 책으로 또는 모 신문에도 연재되었고, 그것 때문에 미국 집회도 다녀왔노라고 간증했다.

나는 그 간증을 들으며 사람의 인연과 도리에 대해 생각했다. 내가 1989년 인천으로 가게 된 것도 그녀의 남편 분의 소개 때문이었고, 그와 나는 총신대학원 동기였다. 그런데 조카에게 거짓

말을 시켜 엉뚱하게 나를 곤경에 빠뜨린 그 사람이 지금은 남을
돕는 일에 대해 간증을 하고 있다니….
그 날 그녀는 나에게 한 마디도 건네지 않았다.
할 말이 없었던 것일까, 할 말이 있어도 하지 못했던 것일까.

공무원에서 언론인까지,
은혜의 기쁨이 이어지다

정부종합청사에서 시작된 새로운 사역의 순간들

내가 성경에 새롭게 눈뜨고 말씀을 전하는 기쁨으로 충만해 있을 때, 전도학교의 강사로 오던 김동권 목사님이 내 한 주간 한 주간의 사역에 관해 물으셨다. 내 말을 들은 그는 나에게 과천에 있는 정부종합2청사의 재경부 및 농림부 신우회에서 매주 말씀을 전해달라고 했다. 재경부와 농림부는 그 목사님이 들어가 예배를 인도하던 곳이었다.

처음에는 좀 망설였다. 나같이 부족한 사람이 고급 공무원들 앞에서 매일 말씀을 전한다는 것이 부담스러웠다. 그러나 그의 부탁을 거절할 수가 없었다.

나는 다른 사람에게 부평의 사역을 부탁하고 정부종합2청사에 가기 시작했다.

화요일 정오에는 재경부 신우회에서 예배를 인도하고, 금요일 정오에는 농림부 신우회에서 예배를 인도했다. 그렇게 말씀 전하기를 계속하자 목요일은 과기부 신우회에서, 수요일은 공정거래위원회 신우회에서 인도해 달라고 요청해왔다. 처음에는 점심시간에만 갖던 모임이 아침 7시 30분 출근시간 기도회 모임으로 이어졌고, 퇴근 후의 모임도 계속되었다.

그렇게 정부종합2청사의 사역을 마치고 집으로 가는 길에 광화문에 있는 세종로 정부종합1청사에 들러 로비에 앉아 커피를 한 잔 마시고 기도하기 시작했다.

"하나님, 여기 1청사에서도 예배를 인도하게 해주시옵소서."

그렇게 기도하기를 몇 달째, 정부종합1청사에 있는 교육부 신우회에서 예배를 한 번 인도해 달라는 부탁이 들어왔다. 곧 정부종합1청사에 가서 예배를 인도했더니 예배가 끝나자 여의도의 한 교회에 다니는 한 직원이 내게 와 손을 잡으며 말했다.

"저는 교육부에 근무한 지 17년째인데, 그동안 목사님같이 매주 오셔서 성경 공부를 해줄 목회자를 보내달라고 기도해왔습니다. 그런데 오늘 그 응답을 받았습니다. 당장 다음주부터 매주 교육부에 들어와 주십시오."

나는 매주 월요일 정오에 정부종합1청사 교육부에 들어가서 '다락방'을 인도했다. 그랬더니 총리실의 직원들도, 행정자치부의 직원들도, 교육부의 직원들도 나와서 성경 공부에 임했다. 하루하루가 너무나 즐거웠다.

국립묘지에서의 기도

그때 농림부의 금요일 성경 공부에는 고위층이 항상 참석을 했는데, 하루는 차관실에서 차 한 잔 하자고 연락이 와 신우회장과 함께 들렀다. 그 자리에서 나는 이런 부탁을 받았다.

"1년 전 차관보님이 과로로 쓰러져 순직하셨습니다. 순직 후 차관으로 승진하고 동작동 국립묘지의 유공자 묘역에 안장되셨는데, 1월 18일에 1주기 추도식이 열립니다. 그때 목사님께서 예배를 인도해 주십시오."

나는 이렇게 물었다.

"농림부에 예배를 인도하러 오는 목사님이 많은데 왜 굳이 저에게 그 중요한 예배를 맡기십니까?"

그러자 이렇게 대답했다.

"고인의 1주기 추도식에는 고인이 되신 차관님의 행정고시 동기생 등 고위직에 계신 여러 명의 불신자가 참석합니다. 그런 자리에서 그 분들에게 단 한 번 복음을 들을 수 있는 기회를 주기 위해 어떤 목사가 좋겠느냐는 회의를 했습니다. 그 결과 목사님께 맡기기로 결론이 난 것입니다."

부탁을 받고 돌아와 걱정스러운 마음에 기도를 하기 시작했다.

"왜 그렇게 중요한 자리에 저를 보내십니까?"

이렇게 계속 기도를 했더니 이런 확신이 왔다.

"그들에게 원색적인 복음을 전하라고 너를 세운 것이다."

그렇게 나는 하나님께서 내게 추도 예배를 맡기신 이유를 알게 되었다.

드디어 추도일인 1월 18일.

고위층과 차에 동승하여 동작동 국립묘지 유공자 묘역의 차관 묘지로 갔다. 유가족들과 고위층에 계신 분들은 의자의 앞줄에 앉았고, 나머지는 그 뒤에 서서 예배를 드렸다. 날씨는 몹시 추웠다.

나는 마이크를 잡고 추도 예배를 인도하면서 유가족들에게 깊은 위로의 말씀을 전했다.

"고인께서는 과로 때문에 쓰러질 정도로 국가에 충성했고 신앙생활도 잘 하셨습니다. 특히 순직하면서 여섯 명에게 장기를 기증해 새 생명을 살리고 천국으로 가셨습니다. 국가를 향한 차관님의 애국심은 영원히 기억될 것입니다."

이렇게 고인을 되새긴 후 나는 '인간은 어디서 와서 왜 살며 어디로 가서 어떻게 될 것인가'에 대한 원색적인 복음을 증거하기 시작했다. 그런 후 모두 함께 머리 숙여 기도드리는 시간에 이렇게 기도했다.

"여러분 중에 교회에 다니다가 낙심하여 신앙생활을 쉬고 있는 분은 안 계십니까? 교회 다니면서도 구원의 확신이 없는 분은 안 계십니까? 지갑 속에 부적을 가지고 다니지는 않습니까? 운명과 사주팔자가 무엇인지 아십니까? 비록 북한의 간첩으로 한국에 왔을지라도 자수하는 순간 한국의 시민이 되듯이, 귀신 섬기던 분들도 예수님을 믿고 영접하면 구원받아 하나님의 자녀가 됩니다.”

그렇게 영접을 초청하였더니 여러 명의 사람들이 영접 기도를 따라하며 구원을 받고 기뻐하는 모습을 보였다.

말씀이 말씀으로, 사역이 사역으로 이어지다

얼마 후 농림부 차관보인 한 집사가 정부종합2청사 앞의 어느 식당에서 같이 저녁식사를 하자고 했다. 그의 차를 타고 식당에 갔더니 농림부 산하 농협중앙회, 수협중앙회, 축협중앙회 등 12개 기관의 신우회장과 총무들을 초청한 자리가 마련되어 있었다.

그가 나를 소개했다.

“박용배 목사님이 우리 농림부에 3년씩이나 들어오셔서 말씀을 전해 주시는데, 우리만 듣기가 아까워서 여러분들도 함께 모시고 성경 공부를 해 보라고 초대를 했습니다.”

소개를 받은 후 내가 간단하게 인사를 하고 나니까, 그 자리에 참석한 모두가 "언제 우리 중앙회에 들어올 수 있느냐"면서 명함을 주었다. 나는 곧 연락을 취하기로 하고 헤어졌다.

그러고는 교회로 돌아와서 하나님께 기도를 드렸다.

"하나님! 문을 조금씩 열어주셔야지 한꺼번에 이렇게도 많이 문이 열리면 제가 어떻게 감당합니까?"

이렇게 기도를 드렸더니 내 마음속의 하나님이 응답하셨다.

"너 혼자서 다 하겠다고 하지 말고 복음을 이해한 목사님들을 같이 들어가게 하라."

그때부터 나는 동료 목사님들과 함께 사역을 하기 시작했다. 그 이후로 나는 조달청 신우회와 특허청 신우회에 가서 예배를 인도하고, 건설회관에도 들어가서 다락방을 열었다. 서초동 법원청사 신우회에도 들어가 예배를 인도하였다.

이어 방배동 지하철 본사에서 예배를 인도하니 여러 지역의 역장들이 자신이 근무하는 역에도 와달라고 요청해왔다. 친구 목사들 몇명과 함께 바쁘게 사역을 계속하기 시작했다. 그러던 중 청와대 신우회 예배에 와달라는 요청이 들어왔고 처음으로 청와대 신우회에서 예배를 인도하기도 했다.

그 즈음, 어느 목사 부인의 소개로 연합통신사에서 근무하는 유성봉 기자를 만나 복음을 전했고, 그가 연합통신 신우회에 들어와 달라고 했다. 이를 계기로 연합통신에 계속 들어가면서 KBS의 손재경 PD와 연결되었고, 그와 더불어 KBS의 여러 PD들이 성경 공부에 응해왔다.

나는 언론사 복음화를 위해 계속 기도했다. 그리고 도매약품 리드팜 주식회사를 경영하는 고진업 회장을 통해 MBC의 조 앵커와 이 앵커 등 다수의 PD와 기자, 직원들이 연결되면서 MBC에서도 말씀을 전하게 되었다. 그때 코리아헤럴드와 내외경제신문사의 장일영 기자와 연결돼, 아예 코리아헤럴드 건물 내에 사무실 한 칸을 얻어 밤마다 언론인들과 함께 성경 공부를 하기 시작했다.

뿐만 아니었다. 도매약품업자들이 모이는 '도약선교회'의 요청으로 종로5가에 있는 한국 기독교 100주년 기념관에서 월례회 예배를 인도하였는데, "매주 이런 말씀을 듣게 해달라"는 요청이 들어왔다. 나는 그들에게 "목요일 오후 3시에 코리아헤럴드 건물 12층에 오면 상주하는 사무실이 있다"며 그곳으로 오라고 했다. 그래서 목요일 오후마다 20~30여 명의 도매약품업자들이 모여 성경 공부를 하게 되었고, 나는 그들을 다락방으로 인도했다.

한편 정부 기관, 공공 기관, 언론사 등 여러 곳을 다니며 계속 사역을 하다 보니 일이 너무 많아졌고 방대해지기 시작했다. 여기저기서 다락방 성경 공부를 인도해 달라는 요청이 쇄도했다. 수원에서 목회하는 정현국 목사님에게 공무원 사역 전부를 맡기고, 새로이 북한 선교 일을 맡으면서 탈북자와 언론인들에게 복음 전하는 일을 계속했다.

이때쯤 CBS 라디오의 '새롭게 하소서'라는 프로그램에 출연하게 되었고, CBS사업단에서 사업단 직원 및 아나운서들과 성경 공부를 하기로 했다. 또 언론사에 들어가 PD모임과 기자모임을 인도하며 제자를 찾아 세우는 일을 계속해나갔다.

주일 예배 외에는, 새벽기도 인도 후 바로 언론사로 달려가 다락방 성경 공부를 계속했다. 기도회를 인도하는 모임은 매일같이 여러 언론사를 옮겨 다니면서 계속되었다.

아이 둘을 잃고 몹시 힘들어하던 KBS의 한재호 기자는 복음을 듣고 전도제자로 세워지면서 큰 변화를 경험했다. 건강한 아이 둘을 새로 얻은 것이다. 지금은 신우회에서 복음을 위해 헌신하는 전도제자로 세워져 전도에 헌신하는 참 제자가 되었다. 한재호 기자는 어떻게 하든지 동료들을 전도하려고 애쓰며 복음을 위하

박상범 기자와 함께.

여 믿음으로 살려고 애쓰고 있다.

또한 그는 복음을 위하여 귀하게 쓰임을 받는 전도제자가 되리라 믿으며 박상범 기자를 소개했고, 그 역시 신앙생활을 잘하고 있다. 한재호 기자는 이처럼 보도국의 동료들 가운데 어려움에 처해 있거나 힘들어하는 사람들을 전도 대상으로 삼고, 성경 공부 모임 때마다 기도해달라고 기도제목을 내놓곤 하였다.

하루는 매일 아침 6시부터 7시 45분까지 'KBS 뉴스광장'을 진행하는 황상무 앵커를 위해 집중기도해 달라고 요청해왔다. 황

황상무 앵커와 함께.

상무 앵커의 둘째 아이가 사고로 서울대학병원 중환자실에서 깨어나지 못하고 있다는 안타까운 사연이었다. 나는 정시기도와 무시기도 때마다 황상무 앵커와 그 아이를 위해서 기도했다. 계속 기도를 하던 중 황 앵커를 만나라는 성령의 감동이 있어서 전화를 해 약속을 잡았다.

내가 황 앵커에게 우리 다락방 성경 모임이 기도하고 있음을 알리고, "하나님의 계획은 황 앵커님께 계시다"라고 하였더니 "그 얘기를 자세히 알려달라"고 물어 왔다. 나는 황 앵커와 커피

민경욱 앵커와 함께.

숍에 앉아서 1시간이 넘는 시간 동안 진지하게 복음을 제시하였다. 그는 예수님을 하나님 만나는 참 선지자로, 죄 문제를 해결하신 참 제사장으로, 사탄을 꺾으신 참된 왕으로 알고 예수를 '그리스도' 즉, '기름 부음 받은 자'로 고백하고 영접하며 그 자리에서 구원의 확신을 가졌다. 그리고 너무나 기뻐했다.

그 이후 뉴스가 끝나면 매주 있는 다락방 성경 공부에 참석하고, 말씀으로 힘을 얻으며 믿음을 키워나갔다. 한참 후, 사고를 당해 중환자실에 있던 둘째 아이를 떠나보내고 지금은 뉴욕 특파원으로 나가 있지만, 나는 지금도 황 앵커를 위해서 기도한다. 앞으로 복음을 가진 최고의 명 앵커로서 언론계를 대표하는 참된 전도제자가 되기를.

한때 손재경 PD를 통해서 만났던 민경욱 기자는 복음을 듣고 예수를 구주로 영접하여 자신의 부모님도 영접시켜 달라고 요청했다. 민 기자의 집으로 가서 부모님께 복음을 전했고, 부모님도 예수 그리스도를 영접하시고 구원을 받았다.

그 후 그는 잦은 해외 출타로 다락방에 잘 참석하지 못했는데, 한재호 기자를 통하여 다시 다락방에 참석하게 되었다. 이후 8시 뉴스 앵커와 워싱턴 특파원으로 바쁜 생활을 하였다. 복음을 사랑하는 믿음의 사람이니, 앞으로도 더욱 귀하게 쓰임을 받으리라 생각하며 기도한다.

말씀이 말씀으로 이어지고, 은혜가 은혜로 이어지는 가슴 벅찬 나날이었다.

그런 가운데서 KBS에서 만난 김덕기 PD와 권혁만 PD는 복음을 정말 순수하게 사랑하는 PD였다. 다큐멘터리 제작의 권위자이신 김덕기 PD는 믿음 좋은 사람으로 소문난 명 PD였고, '추적 60분'의 스타 PD로 명성을 날린 권혁만 PD도 너무나 순수하게 복음을 사랑하는 믿음의 사람이었다. 또한 예능국의 전 PD와 '6시 내고향' 팀의 최 PD 등, 여러 PD들이 복음을 듣고 모임을 갖고 행복해했다.

한편 한재호 기자는 그 후에도 다른 여러 동료·후배 기자들과 PD들을 다락방 모임에 안내해 왔다. 한 영혼이라도 구원받게 하려 애쓰고 간곡하게 기도하는 모습이 너무나도 아름다웠다.

이런 축복된 만남을 주신 하나님께 무한히 감사드린다.

이때쯤 만난 매일경제신문사의 이정근 기자는 매주 만나 다락방을 하며, 사내에서 성경 공부 모임을 계속 가졌다. 2~3명으로 시작한 다락방이 20여 명 규모의 모임으로 확산되었다. 이정근 기자는 편집국장, 상무, 전무, 대표를 거쳐 고문으로 있다가 매일경제를 사직했다. 이후 CTS 부사장을 잠시 거쳐 지금은 RUTC 방송국장으로 세계복음화에 헌신하고 있다.

이처럼 복음 가진 언론인들이 각자 자신이 소속된 부서에서 소금과 빛으로, 그리스도의 향기로 제자운동에 쓰임 받는 모습을 보면서 나같이 모자라는 종을 쓰시는 하나님께 감사와 영광을 돌린다.

내외경제신문의 장일영 기자는 복음을 들은 후 지금은 목사가
되었고, 세계복음화신문사의 국장으로 전 세계에 복음 신문을 발
간하여 문서 선교에 크게 쓰임 받으니, 어찌 감사하지 않을 수 있
을까.

11년 전 KBS에서 만나 복음을 듣고 영접한 후 영적인 시달림
에서 해방받은 성 모 기자는, 지금 뉴스 취재를 지휘하는 KBS 보
도국 간부로 있지만 야간 신학대학원을 다니며 복음을 준비하여
이제 몇 개월 후면 졸업하게 된다. 그리고 목사 안수를 받으면
KBS를 사직하고 본격적인 복음 운동을 하겠다고 하며 준비 중이
다. 이제는 목회자로 준비되어 잠시 후면 안수받고 '언론인 복음
화'를 위한 목사가 되겠다고 하니 어찌 기쁘지 않으랴!

요즘은 가수 2명이 연결되어 복음을 듣고 제자로 양육받고 있
다. 한때 '강병철과 삼태기'의 멤버였던 정태영 씨가 전도제자로
훈련을 받고 있으며, '백퍼센트 남자'라는 타이틀곡으로 음반을
내고 방송활동을 위해 바쁘게 움직이고 있다. 가수 정태영 형제
는 복음을 너무나 잘 알아듣고 사랑하면서 귀하게 영적으로 잘
자라고 있다.

정태영 형제를 통해 연결된 목금숙 가수는 '룰루랄라'라는 노

래로 음반을 내고 가수활동을 하는 자매인데, 복음을 듣고 영접하여 제자로 자라고 있다. 이분들의 앞길에 스타로서 복음을 위하여 귀하게 쓰임을 받는 축복이 있길 기도한다.

또한 이때쯤 일본 선교차 갔다가 만난 양 집사님이 전화를 걸어왔다. 세브란스 병원에 와달라는 요청이었다. 달려갔더니 언니가 수술을 받게 되었다는 것이었다. 이 분이 복음을 듣고 예수 그리스도를 영접하실 때 가족 6명도 함께 영접하셨다. 남편은 검사장이셨는데 그 후에도 계속 다락방 성경공부 모임에서 공부하며 제자로 세워졌다. 하나님께 감사드린다.

남북이 복음으로 하나 되는 그 날을 위하여

국경을 넘어 북녘 땅으로 이어지는 복음

정부 기관, 공공 기관, 언론사 등으로 이어지던 사역의 시간 속에서 어느 날 특별한 기회가 주어졌다. 연합통신의 유성봉 기자가 북한에서 고위층으로 있다가 귀순해 온 '김 선생'이란 분을 모시고 왔다. 그 분은 한국에 왔다가 미국으로 가기로 하고 귀순했지만 정부 당국에서 미국으로 보내주지 않는다고 자살을 시도하는 등 몹시 괴로워한다고 했다.

나는 김 선생에게 복음을 제시했다. 그랬더니 그 분은 "하나님이 어디 있느냐”며 따졌다. 그때마다 비유를 섞어가면서 복음을 제시했고, 약 두 시간 만에 그 분은 예수 그리스도를 영접하면서 흐느껴 울기 시작했다. 체구가 큰 편인 김 선생이 예수를 그리스도로 영접하면서 흐느껴 우는 모습은 참으로 인상적이었다.

하루는 영락교회에 다니는 어떤 경영자가 자기 친구를 데리고 왔다. 지난주에 큰 은혜를 받고 친구에게 꼭 와보라고 했더니 정말 왔다는 것이었다. 그 친구는 정보사령부에 근무하는 대령이었다. 대령 또한 은혜를 받고 너무나 기뻐했다.

귀순자와 정보사 대령을 만난 지 얼마 후, 나는 도약선교회 회원들에게 다락방 성경공부를 인도하면서 탈북자 김 선생의 이야기를 들려주었다.

“귀순한 어떤 분이 자살하려고 유언까지 써뒀는데, 두 시간 가량 따지다가 예수를 영접하고 구원 받았습니다.”

마침 그 자리에는 정보사령부의 대령이 함께 있었다. 그런데 내 말을 들은 대령이 이렇게 말하는 것이 아닌가.

“목사님께서 조금 전에 얘기한 그 탈북자는 제가 데리고 온 사람입니다. 말씀 듣고 은혜를 많이 받았다니 정말 잘됐습니다. 탈북자가 넘어오면 몇 달간 조사하고 적응 시키는 기관이 있습니다.

거기에는 탈북자 수십 명이 로테이션으로 항상 머물다 가는 곳입니다. 목사님께서 매주 거기에 와서 예배를 인도하시고 복음의 핵심이 되는 그리스도를 전해주십시오.”

그 후 나는 대령의 소개로 탈북자들에게 매주 수요일마다 예배를 인도하기 시작했다. 그 새로운 사역을 계기로 탈북자 선교에 관심을 갖기 시작했다.

TV와 신문에 탈북자가 몇 명 넘어 왔으며 일가족 몇 명이 귀순해 왔다는 뉴스를 보고, 수요일 날 그 기관에 들어가면 언론에 나왔던 그들이 자리에 다 모여 있었다. 나는 복음을 제시하며 왜 예수가 그리스도인지, 예수 믿으면 어떻게 되고 믿지 않으면 어떻게 되는지 원색적인 복음을 계속했다. 매주 탈북자가 들어오고 나가는 가운데 그들은 복음을 듣고 영접한 후 밖으로 나갔다. 참으로 복되고 보람을 느끼는 하루하루의 다락방 사역이었다.

나는 기도했다.

“한국에 넘어온 탈북자도 중요하지만 중국에 있는 탈북자도 만나게 해주십시오. 식량을 구하기 위하여 국경을 넘어오는 탈북자들에게도 말씀을 전하게 해주십시오.”

물론 중국에는 평소 알고 지내는 선교사들이 여럿 있어 안내를 받아 국경지대를 볼 수도 있었다. 하지만 나는 자연스럽게 문이 열리기를 기다렸고, 문이 열리면 그때 선교를 위해 들어가리라 마음먹었다. 그렇게 간절하게 기도를 했더니 응답이 왔다.

KBS PD 모임에 갔더니 손 모 PD가 프리랜서 기자인 조천현 기자를 소개하며 복음을 전해달라고 했다. 복음을 전한 후, 대화 중에 조 기자가 이런 말을 했다.

"한국에 들어온 탈북자만 돕지 말고 국경지대로 가서 북한으로 다시 들어가는 탈북자와 중국에서 숨어 지내는 탈북자를 도와주세요."

마침 조 기자는 수년째 국경지대에서 탈북자들을 취재하고 그 내용을 방송으로 알리고, 이미 수십 명이 넘는 탈북자를 돕고 있었다. 나는 그때부터 조 기자와 함께 국경지대에 들어가 본격적으로 탈북자 선교를 시작했다. 북한에도 복음이 들어가도록 기도하며, 그 일을 위해 계속 사역하였다.

조 기자는 주로 탈북자들이 양식을 구한 후 다시 북한으로 들어가도록 도와주고 있었다. 나도 그들이 북한으로 다시 돌아가도록 도왔다.

국경마을 꽃제비들과 함께.

조 기자와 나는 국경지대에서 끊임없이 탈북자를 만났다. 김일성 사망 후 수많은 꽃제비들(북한 어린이들)이 먹을 것을 구하기 위해 중국으로 몰려들었다.

길거리에 나가보면 시장에서 구걸을 하거나 쓰레기통을 뒤지는 꽃제비들을 쉽게 만날 수 있었다. 워낙 씻지도 못하고 아무 데서나 잠을 자 새까맣게 더러워져 있었다.

나는 그 아이들에게 복음을 전하고 먹을 것을 준비해주며 도와주려고 힘썼다. 그러나 탈북자들이 너무 많아 그들 모두를 돕는 것은 경제적으로 한계가 있었다.

한 번은 탈북자 아이들이 국경지대 한 도시의 신축 중인 건물에서 지낸다는 말을 듣고 가보니 6명이 모여 있었다. 추운 겨울에 종이 몇 장을 깔아놓고 서로 엉켜 누워 있는데, 그 모습이 너무도 불쌍했다. 그들에게 먹을 것을 사다주고 복음을 전했다. 또 숨어서 지내는 탈북자 가족들이 많아 방세를 도와주며 믿음 생활을 하도록 이끌었다.

그들은 내가 몇 주 만에 한 번씩 갈 때마다 말씀을 듣고 기록한 것이라며 노트를 펼쳐 보였다. 그리고 "오직 예수 그리스도만 믿는다"고 눈물로 고백했다.

나는 그들에게 류광수 목사님이 제자 훈련을 시키던 비디오테이프를 비롯해 여러 자료를 전해주었다. 그들은 "예수 그리스도의 제자가 되고 류 목사님의 제자가 되겠다"고 했고, 내가 말씀을 전하면 너무나 은혜를 받은 것처럼 보였다.

하지만 막상 그들이 한국에 들어오면 변해버리는 경우가 많았다. 그들은 더 많은 지원을 받을 수 있는 큰 교회를 찾아 다녔다. 그럴 때마다 나는 사역의 시행착오를 회개하지 않을 수 없었다. 그렇다고 탈북자 사역을 중단하거나 포기할 수는 없었다.

그때쯤 '이산가족 찾기' 프로그램이 KBS 전파를 탔다. 밤 10시에 시작하여 자정이 넘도록 계속 진행되는 그 프로에 출연하기 위해 북한에서 강을 건너온 동포들. 그들은 한국에 있는 가족과 친척을 찾기 위해 어느 아파트에서 대기하고 있었다. 난 방송 스텝진들과 함께 그 아파트를 찾아가 탈북자들과 대화했다.

잠시 낮 시간에 혼자 빈 방에 들어가 기도하는데, 성령님께서 내게 탈북자들에게 빨리 복음을 전하라고 지시하셨다. 나는 즉시 한 명 한 명을 방에 불러들여 복음을 전하기 시작하였다. 그들 10여 명은 모두 예수 그리스도를 영접하였다.

드디어 밤 10시가 되자 "제3국의 현지를 연결합니다. 현지 나와 주십시오" 라는 멘트와 함께 '이산가족 찾기' 방송이 시작되었고, 그 아파트 현장이 KBS 전파를 타기 시작했다. 탈북자들은 검은 선글라스와 모자를 써서 얼굴을 가린 채 한국에 있는 친척을 찾는다고 애절하게 호소하였다.

자정쯤 되어 제3국 현지 생방송이 끝나자, 나는 다시 북한으로 들어가는 그들과 포옹하고 기도했다. 그리고 약간의 선교비를 지원하고 또 만날 것을 기약하면서 헤어졌다.

탈북자 가운데는 지금도 생명을 걸고 국경을 넘나들며 복음을 위해 사역하는 사람도 여러 명 있다. 그러나 그들의 신원을 보호해야 되기 때문에 이름을 밝힐 수는 없다.

난 위험하지만 죽을 각오를 하고 복음을 전하러 다니며 나와 우리 팀에게서 훈련을 받고 사역하는 그 사역자들을 가슴 깊이 새기고 있다. 그들을 훈련시키고 도우면서 늘 하나님께 감사드리고 있으며, 우리 단체와 교회와 후원자들에게도 진심어린 감사를 드린다.

지금은 제3국에 신학교를 세워 그들을 더욱 강하게 훈련시키고 있다. 2000년 2월 '그것이 알고 싶다' 라는 프로그램에서 '꽃제비들의 강 타기' 라는 제목으로 나의 탈북자 사역을 소개하기도 했다. 탈북자에게 복음을 전하는 내용은 사정상 방영이 안 되고 그들을 도와주는 내용만 소개되었다.

탈북자들의 끝없는 고통을 함께 나누며

국경도시 곳곳에 숨어있는 탈북자들에게 복음을 전하고 생활비와 방세를 지원하는 일은 계속됐다. 탈북자 중에는 양식을 구하고 다시 북으로 들어가는 사람이 많았다. 그러나 어떤 사람은 계속 숨어 지냈으며, 어떤 사람은 중국 사람과 살고 있었다.

한번은 13세 된 탈북 소녀 하나가 병원에 입원해 있다기에 달려갔다. 북한에서 맹장염에 걸려 마취도 없이 수술을 받고 봉합했는데, 수술하면서 창자를 잘못 건드려 오물이 새어나오는 등 부작용이 심각했다. 게다가 부모는 모두 굶어죽고, 여동생 하나와 함께 강을 건너다가 여동생은 떠내려가고 자신만 겨우 강을 건너 왔다는 것이다.

소녀는 우리 사역자에게 연결되어 미션 홈에 도착했는데, 너무 배가 아파서 배를 움켜쥐고 방안을 데굴데굴 굴렀다. 수술로 꿰맨 부위가 터지면서 창자가 밖으로 빠져나오기 시작했다. 예수를 믿는 조선족 의사가 있는 병원으로 급히 업고 갔다. 의사는 아이의 상태를 살펴보더니 "죽을 아이라서 손대지 못 하겠다"고 했다. 탈북자이기에 당국 몰래 수술을 해 주는 것도 위험한 일인데, 만약 아이가 수술을 받다가 죽어버리면 자신의 신변까지 위험해진다는 것이었다.

우리 사역자가 의사에게 부탁했다.

"죽을 아이라면 하나님께서 저 아이를 우리에게 붙여주셨겠습니까? 만일 죽으면 우리가 몰래 산에다 묻을 테니, 병원 문을 닫고 밤에 수술 좀 해주십시오.”

간곡한 요청 끝에 의사는 수술을 해주었다. 소녀의 배를 열어놓고 보니 200여 마리의 회충이 엉켜 있었다고 한다.

내가 병원으로 갔을 때는 이미 수술이 끝나고 병실로 옮겨져 회복 치료를 받고 있을 때였다. 소녀가 겪었을 고통을 생각하니 눈물이 쏟아질 것 같았다.

나는 이처럼 수많은 탈북자들을 만나서 복음을 전하고 그들의 아픔을 함께 나누었다.

고통으로 신음하는 탈북자들에게 복음을

한번은 조 기자가 16세 된 한 소년을 데리고 와 복음을 전하고 며칠 같이 지내게 되었다. 소년의 어머니는 병으로 죽었고 병든 아버지가 홀로 북한 시골 마을에 계시는데, 먹을 것이 없어 양식을 구하러 나왔다고 했다.

우리가 양식과 의복을 비롯해 필요한 것을 구입해주고 약간의

중국 돈을 주었다. 그러자 소년은 중국 돈을 담배 말듯이 말아서
비닐에 넣고 라이터 불로 비닐을 완전히 밀봉시키고는 꿀꺽 삼켰
다. 중국 돈 500원을 전부 그렇게 먹어버린 것이다.

왜 돈을 먹느냐고 물었더니 소년은 대답했다.

"국경을 넘다가 군인에게 붙잡히면 모든 것을 다 빼앗깁니다.
이렇게 먹고 가서 나중에 대변을 봐서 찾아내야 합니다."

너무 마음이 아프고 눈물이 나왔다.

소년을 데리고 국경지대까지 택시를 타고 약 한 시간가량 가서
해가 질 때를 기다렸다. 우리는 한동안 말없이 부둥켜안고 울면
서 다음에 반드시 다시 만나자고 약속했다. 그리고는 꼭 하나님을
믿고 예수 그리스도 이름으로 기도하라고 당부하고 기도를 해준
후 강으로 들여보냈다.

소년은 옷을 벗어 음식과 함께 머리에 인 후 강을 건넜다. 3월
초였지만 강물은 차갑고 아직도 얼음이 남아있었다. 게다가 두만
강 깊은 곳은 물이 가슴까지 차오르는데, 소년은 눈물을 흘리면
서 목숨을 걸고 어두운 강물을 건너가기 시작했다.

나는 너무나 속이 상하고 마음이 아파 호텔로 돌아와 하나님께
눈물의 기도를 올렸다.

"하나님! 길거리에 나가면 이렇게 많은 탈북자들이 도와달라고 아우성인데 제가 돕는 것은 극히 일부분입니다. 마치 바다에 돌을 던지는 기분입니다. 이래가지고야 무슨 도움이 되겠습니까? 너무 마음이 아픕니다. 제가 어떻게 저 사람들을 제대로 섬길 수 있을까요?"

이렇게 기도하며 한참 동안 울면서 엎드려 있는데, 조용히 하나님의 음성이 들려왔다.

"나의 사랑하는 아들아! 너 혼자 이 일을 한다고 생각하지 마라. 엘리야가 나 혼자만 남았다고 했을 때 하나님은 7,000명을 남겨 놓았다고 하셨듯이, 7,000 제자들이 북한 복음화를 위하여 곳곳에서 이 일을 하고 있다."

위로의 음성이었다. 나는 "아, 그러셨군요!"하며 또한 감사드렸다.

백두산 밑에는 장백현이라는 곳이 있다. 그 강 건너편에는 북한의 해산시가 있는데 인구 20만이 넘는 큰 도시다.

장백현에서 가까운 산 속에서 중국인 남자와 살고 있는 탈북 여성을 만나 복음을 전하고, 또 어느 예수 믿는 조선족 집에 숨어 지내는 탈북자 다섯 명을 만나 성경을 가르치면서 그들과 일주일가량을 보내고 있었다. 그러던 어느날 그곳의 전도사님이 나에게 급히 같이 갈 곳이 있다기에 따라나섰다.

택시를 타고 한참을 갔더니 국경지대의 어느 처소교회에 북한에서 방금 건너왔다는 20세가량의 청년이 있었다. 부모는 굶주리다가 돌아가셨고 자신도 너무 배가 고프고 힘이 들어 기차를 타고 해산까지 오려고 했다는 것이었다. 차표도 없이 기차를 타는 바람에 차표 검열 때 달리는 기차에서 뛰어 내렸는데, 외투가 바람에 날리면서 기차 바퀴 안으로 휩쓸려 들어갔고, 끝내 다리가 기차 바퀴에 잘려나갔다고 한다.

겨우 목발을 짚고 눈 속을 헤쳐서 왔는데, 얼마나 안 씻었는지 연탄공장에서 일하다가 온 사람 같았다. 손은 터져서 피가 군데군데 새어나오고, 옷에는 이가 득실득실했다. 나는 따뜻한 물로 씻겨준 후 밥을 주고 옷을 갈아입혔다. 그리고 복음을 전하면서 끌어안고 기도해주었다.

또한 국경지대 곳곳에서 인신매매를 당하여 팔려온 탈북자들을 만나 그들을 구출해 미션 홈으로 옮겨주고, 성경을 가르치며 치유 받게 해주었다. 너무 굶주려 질병을 갖게 된 사람을 병원에 입원시켜서 수술을 해주기도 했다.

그렇게 돌봐주던 탈북자들이 현재는 국내에 들어와 외국어대학에 다니는 사람도 있고 신학교 다니는 사람도 있다. 또한 미국에서 돈을 벌며 북한의 문이 열릴 때를 대비하는 사람들도 있다.

나는 지금도 여러 명의 탈북자를 돕고 있으며 북방지역에서 신학교를 운영하며 신학 공부를 도와주고 있다. 또 국경지대에서 탈북자로 하여금 탈북자 사역을 하도록 돕고 있다. 그들은 한국으로 가기를 거부하고, 북에 두고 온 가족을 위해 국경지대에서 생활하며 통일될 날을 위해 준비하고 있다. 때로는 붙잡혀 북으로 끌려갔다가 다시 나오는 경우도 있었는데, 어떤 탈북자는 너무 심한 고문을 당해 손가락이 썩어 들어가자 손가락 3개를 잘라내기도 했다.

나 또한 그들을 도우며 통일의 그 날을 준비하고 있다.

평양에서의 기도, 그리고 통일의 그날을 위해

나는 2001년에 금강산 관광을 다녀왔다. 북한 땅을 밟고 기도하고 싶었었다. 금강산은 정말 아름다웠다. 우리 일행은 금강산

여행 중 수십 명이 모여 손에 손을 잡고 "북한이 복음으로 통일되게 해 달라"고 합심 기도를 드리곤 하였다.

2006년에는 북한을 지원하는 단체와 함께 3박 4일 일정으로 평양과 숙청군을 방문하게 되었다. 중국 심양에서 고려항공으로 갈아타고 평양의 순안공항으로 향했다. 우리 일행은 61명이었다.

고려호텔에 여장을 풀고 북한 안내원의 안내에 따라 여러 곳을 둘러보았다. 우리는 일반 민간인들과 대화하는 것이 금지되어 있었고, 사진 촬영도 그들이 허락하는 곳에서만 가능했다.

그때 칠골 교회에 들러 예배를 드렸다. 한 때 '동양의 예루살렘'이라고 했던 평양이 공산화되면서 교회가 없어졌다. 주민들은 굶주림에 죽어가고 있었다. 그런 가운데서도 한국의 병원 원장과 의사들이 의료 장비를 가지고 와 평양의 병원에 지원하여 의술로 헌신하고 있었다. 그 모습이 참으로 귀하고 아름답게 보였다. 나는 차를 타고 평양의 거리를 다니거나 숙청군의 농장을 견학하면서 간절히 기도했다.

"주여! 어느 때까지입니까? 언제까지 이 백성들이 죽어가야 합니까? 언제쯤 이 민족이 복음으로 통일이 됩니까?"

당시 난 통일될 날이 멀지 않았으리라 생각하면서 돌아왔다. 밤

평양 방문 때.

이 깊으면 새날이 밝아오기 마련이다. 북한의 새날도 서서히 밝아오고 있음을 알 수 있었다.

내가 지원하는 탈북자 중에는 조선족 신분증을 가지고 북한을 드나들며 지하 교회를 섬기는 사역자도 있다. 지금도 그들은 생명을 걸고 국경을 넘나들고 있다.

한 번은 국경지대의 중국 산 속에 북한 지하 교회 성도들이 숨어 있다는 연락을 받고 탈북자 사역자와 함께 산 속으로 달려갔다. 산 속의 나무를 베어내던 인부들이 거주하는 움막이 있었는데, 추운 겨울이 되자 모두 떠나고 비어 있었다. 임시로 건너왔다가 다시 건너갈 북한 지하 교회 성도들이 그곳에 모여 성경을 읽고 있었다. 나는 그들에게 복음을 전하고 약간의 선교비를 전달한 후 다시 만날 것을 약속하고 헤어졌다.

그렇게 나는 국경지대에서 북한 지하 교회의 여러 성도들을 만났다. 그들은 성경책을 가지고 있다가 붙잡히면 죽는 줄 알면서도 생명을 걸고 신앙생활을 하고 있다.

나와 우리 '사랑의 교회'는 통일되는 그날까지, 아니 통일된 이후에도 북한 복음화를 위하여 계속 헌신할 것이다. 나 하나의 힘은 보잘 것 없지만, 국경지대에서 통일을 대비하며 일꾼을 훈련시키고 있다.

머지않아 조국이 통일되리라 믿는다. 기원전 586년, 이스라엘의 남조 유다는 바벨론의 포로가 되어 70년간 있다가 해방되었다. 이처럼 분단 70주년이 될 때쯤엔 우리나라도 통일이 되리라 믿는다.

물론 내 생각이 틀릴 수도 있다. 하지만 우리 모두 북한을 넉넉히 품을 수 있는 마음의 자세로 그 날을 준비했으면 좋겠다.

단동 북한식당에서.

나는 지금도 한 달에 1~2주씩 국경지대를 다녀온다. 숨어서 신학을 공부하며 사역하는 탈북자들과 그 일을 맡아 하고 있는 사역자들이 나를 기다리고 있기 때문이다. 나는 그들과 만날 때마다 한 결 같이 '예수 그리스도만이 당신들의 모든 문제를 해결할 수 있는 분'이라고 그들의 마음속에 그리스도를 심으며, 복음으로 무장하도록 훈련시킨다.

그들은 정말 의지할 곳 없는 어려운 상황 속에서 복음을 받고 있다. 북한 복음화와 통일을 위해 기도하며 복음 공동체인

'Oneness' 의 은혜를 나눈다. 난 그들에게 말한다.

"일제시대 때 핍박 속에서 죽을 각오로 독립 운동과 해방 운동을 했던 선조들이 있습니다. 마치 그 선조들처럼 당신들은 한국으로 갈 수 있으나 가지 않고, 통일될 그 날을 믿음으로 바라보면서 북한 복음화를 위하여 애쓰고 있습니다. 당신들이야말로 진정한 주의 종들입니다."

나는 정말 행복한 목사이자 전도자이다. 이렇게 소외되고 어려워하는 사람들을 가슴으로 품고 섬길 수 있기 때문이다.

Part7

세계를 향해
네 날개를 펴라

자장면 배달부가 목사가 되기까지

스타 앞의 목사

방송 출연과 교회 이전

어느 날 CTS 기독교 TV의 '42번가의 기적' 이라는 프로그램에서 출연을 해달라는 요청이 왔다. 제목은 '자장면 배달부가 목사가 되기까지' 였다. 나는 이 프로그램에 출연해 지난 내 인생을 돌아보았다. 이어 경인 TV의 '게릴라 리포트' 라는 프로그램에도 출연했고, 한국사회방송의 라디오 프로그램과 복음방송 등에도 출연하여 틈틈이 간증할 기회가 있었다.

CBS 기독교방송의 '새롭게 하소서' 라는 프로그램에 출연한 후 미국에서 연락이 왔다. 미국 오래곤 주의 포틀랜드시에 사는 박

장로라고 자신을 소개하며 그곳에 와서 집회를 인도해달라는 것이었다. 나는 포틀랜드에 가서 은혜로운 집회를 하고 돌아왔다. 한국에서 출연한 간증 방송이 미국 라디오방송에도 나와 많은 한인들이 은혜 받을 수 있었다고 했다.

한 번은 류광수 목사님이 인도하는 미국 워싱턴 DC의 세미나에 갔다가, 오후 쉬는 시간에 15명의 목사들이 모여서 말씀을 전해달라고 하기에 두세 시간 정도 간증을 했다.

그랬더니, 워싱턴 한인교회의 송 목사님이 자신이 시무하는 교회에 담임목사로 와달라고 진지하게 부탁을 해왔다. 만약 오겠다고 하면 한인교회 목회자들 중 최고의 대우를 해주겠다는 말도 덧붙였다.

그 교회는 크고 아름다운 교회였다. 사택은 별장 같은 집이었고, 최고의 차와 사택 그리고 처우를 제의해왔다. 그러나 나는 국내에서 할 일이 있다며 거절했다.

내가 살던 산동네는 도시 빈민들이 옹기종기 모여 살고 있다. 무허가 집들이 빼곡히 들어서 있다. 제멋대로 엉켜있는 집들과 무덤이 있는 그런 곳이다.

하지만 내가 하루 종일 사역하는 곳은 화려하기 그지없는 여의도의 방송국들이었다. 그곳은 TV에 늘 출연하는 앵커들과 기자, PD들과 화려한 스타들이 있는 곳이다. 그곳에 있다가 전철에서 내려서 봉고차를 타고 산동네로 올라와보면 최악의 환경이 기다리고 있었다.

나는 하나님께 기도드렸다.

"하나님! 제가 언제까지 이런 빈민촌에서 살아야 합니까?"

그곳은 공동 화장실을 사용하고 밤이 되면 수돗물이 나오지 않는 곳이었다. 아내는 산동네가 너무나 싫다며 다른 지역으로 이사 가자고 했지만 나는 그때마다 "내가 지금 하나님께 점수 따고 있으니 기다리라"고 하며 위로하였다. 쥐가 뚫고 들어오는 방이었다. 그런 곳에서 7년 반을 살았다.

그러자 교회가 부흥하였다. 서른 평이 채 안 되는 공간에서 강대상 뒤에 방 한 칸을 넣었으니 교회당이 얼마나 작은지 짐작이 가리라 생각한다. 젊은 성도들 100여 명이 모이고 아이들까지 북적거리니 공간이 너무 협소하여 옮길 수밖에 없는 환경이었다. 집사님들의 발품으로 부개동에서 갈산동으로 이사가 결정되었다. 갈산역 근처 3층 상가 70여 평 되는 곳을 계약했다. 그리하여 교회당은 좀 더 넓은 공간으로 이사했고, 나 또한 아파트를 세 얻어 이사하게 되었다.

교회가 돈이 없어 사택은 신경을 못 써주었다. 그때 고진업 회장님의 소개로 서울 효창동 어느 은행 지점장에게 복음을 전했는데 이분이 복음을 받아 영접하고 양육 받으면서 말했다.

"합법적으로 돈이 필요하면 말씀하세요."

그 말에 아파트 전세를 얻도록 융자를 해달라고 했더니 흔쾌히 3,000만 원을 융자해주었다. 그 융자받은 돈으로 아파트를 세 얻어 이사했는데, 때마침 그 다음달에 외환위기가 터져서 더 이상 일체 융자가 안 되었다. 나는 매달 50만 원씩 갚아나갔다.

그렇게 융자를 받아서 지긋지긋하던 산동네 생활을 청산할 수 있었다. 빈민촌에 살다가 아파트에 이사 와서 살아보니까 그렇게 좋을 수가 없었다. 상가 교회당 역시 마찬가지였다.

안양동부교회 김동권 목사님은 나를 무척 아껴주셨는데, 봉고차를 타고 종합청사에 들어가지 말라고 하며 중고 소나타 승용차를 구입해 주셨다. 아울러 김 목사님과 고진업 장로님이 교통비를 몇 년간이나 지원해주셨다. 다시 한 번 감사 드린다.

특히 고진업 장로님은 수년 동안 사역비를 지원해 주셨고, 매달

받은 지원금으로 탈북자를 섬길 수 있었다. 나는 그분의 사업을 축복해달라고 하나님께 날마다 기도드린다.

고 장로님은 지금도 자신을 전혀 드러내지 않고 어려운 여러 사역자들을 묵묵히 돕고 계신다. 왼손이 하는 것을 오른손이 모르게 하라는 성경말씀처럼 그렇게 신실하게 실천하면서도 전혀 자신을 드러내지 않는 그 분의 모습에 머리가 숙여진다.

국방부 장관 앞에 선 방위병 출신 목사

방송국에서 언론인 성경공부 모임을 가지고 있을 때, 연기자 최 모 씨가 PD 모임에 참석했다. 나의 활동 소식을 들었다며 "TV 연기자 신우회에 와서 예배와 성경공부를 인도해 달라"는 신우회 회장 장로님의 부탁을 가지고 왔다.

증권거래소 앞 월드비전 건물 6층에 가니 TV 연기자 신우회 예배실이 있었고, TV에서 늘 볼 수 있었던 낯익은 연기자들 몇 십 명이 모여 있었다. 나는 예수 그리스도가 어떤 분인지 증거했다. 예배가 끝난 후 둘러보니 모두 은혜 받은 눈치였다. 신우회 회장

장로님은 "21년간 신앙생활하면서 늘 안개 속을 헤매는 듯 했던 의문이 오늘 싹 걷히며 해답을 얻었다"고 간증하며 좋아했다.

나는 TV 연기자 신우회의 담임목사를 맡아달라는 부탁을 받았고 그날부터 1년 반 동안 매주 목요일마다 예배를 인도하며 메시지를 전했다. 우리나라 최고의 스타들 50여 명이 모여 있는 신우회에서 복음을 전하고, 그들의 집에도 초청 받아 예배를 드리곤 했다.

그때 어느 장로님이 부탁을 했다.

"저는 강남의 큰 교회 장로이며 연기자 생활을 수 십 년째 하고 있지만 동생들은 전부 다른 종교를 가지고 있습니다. 고인이 되신 아버님 기일에 제사를 지내려고 가족이 다 모이는데, 그때 오셔서 복음을 전해주십시오."

금요일 밤 10시에 뚝섬의 그 장로님 댁에 갔더니 15명 정도의 직계 가족들이 모여 있었다. 그 장로님의 조카 되는 사람은 미국 프로야구 메이저 리그에서 뛰고 있는 선수였다.

그 날 인사를 드리고, 제사가 무엇이며 예배와의 차이가 무엇인지 알렸더니 가족 모두가 예수를 영접하고 구원을 받았다. 그리고 이후 제사를 추도 예배로 하게 되었다. 그날 저녁은 가족 모두

축제 같은 분위기로 파티를 했다. 나는 최고의 스타들을 영적으로 돕고 그들과 교제하면서, 나를 써 주시는 하나님께 깊이 감사드렸다.

하루는 우리 교회 최성하 집사님이 사업을 하면서 동업하게 된 분의 사무실에 갔다. 그는 육군사관학교 출신으로 군에 있다가 전역하신 분이었다. 같은 기수들 중 믿음 생활 하시는 사람들이 압구정동에 있는 큰 교회에서 한 달에 한 번씩 모임을 갖는데 나에게 예배 인도를 해달라고 부탁해왔다.

교회로 갔더니 예비역 장성들이 여러 명 나와 있었다. 얼마 전까지 국방부 장관이었던 분을 위시하여 여러 명이 부부 동반으로 모였다. 교회 식당에서 같이 식사한 후 교육관에서 예배를 드리기 시작했다.

나는 "방위병 출신으로 국방부 장관님 앞에서, 그리고 수십 명의 장군님들 앞에서 메시지를 전하게 된 것을 영광으로 알겠습니다"하면서 메시지를 전했다. 그들은 은혜를 받고 한 달에 두 번씩 성경 세미나를 인도해달라고 요청해왔다. 그렇게 모임을 인도하면서 그들과 두루 인간관계도 가지게 되었다.

나로 하여금 탈북자들에게 복음을 전하게 해주었던 대령은 나와 다락방을 하면서 장군으로 승진하였다. 그 장군 댁에서 다락방을 하며 교제를 하기도 했다.

그 외에 의사, 법조인, 교수들과의 모임도 가졌다. 그러다가 여러 곳을 다 챙기려고 하면 하나도 제대로 안 될 것 같아서 북한 선교와 언론인 선교에만 주력하고 나머지는 친구 목사님들에게 맡기게 되었다.

나는 KBS와 매일경제신문사에서 특히 오랫동안 다락방 성경공부 모임을 이끌어왔다. 매일경제신문사의 이정근 기자를 위시하여 KBS의 기자와 PD들을 중심으로 '코리아 저널리스트 크리스찬 클럽(CJCK)' 이라는 모임이 결성되었다.

CJCK는 몇 년 전에 언론인 신우회로 결성되었다가 흐지부지 중단된 채 몇 년간 모이지 않던 것을 신문과 방송에 종사하는 분들 중심으로 다시 부활시킨 것이다. 한 달에 한 번씩 KBS에서 모임을 갖고, 내가 매번 메세지를 증거하다가 나중에는 각 교회에서 목사님을 초청하여 말씀을 들었다.

해마다 CJCK의 송년 모임에는 100여 명이 넘는 언론인이 모였고 그 모임에는 한국 교회의 유명한 스타 목사님이 와서 말씀을 전해 주셨다. 3년 전 송년 모임에는 대전의 장모 목사님이 말씀을 전해주셨고, 이명박 당시 서울시장이 축사해 주어 자리가 더 빛났다. 나는 한두 사람으로 시작된 언론인 모임이 100여 명의 모임으로 확산되면서 언론인 복음화의 열의가 확산되는 것을 보면서 하나님께 감사드렸다.

무속인과 스님과의 만남- 누구에게나 열려있는 복음의 길

나는 시간 나는 대로 무속인의 집에 들어가서 그들과 대화했다. 그들이 신내림 굿을 하고 무속인이 되기까지의 과정과 무속인 생활을 하면서 겪는 어려움에 대하여 대화하면서 교제를 해왔다.

사실 무속인들은 불쌍한 사람들이다. 지금까지 수많은 무속인을 만나봤지만 스스로 무속인이 되고 싶어서 된 사람은 아무도 없었다. 모두가 몸이 너무나 아픈데 병원에 가면 증세가 나타나지 않는 경험을 했다.

교회를 찾아가도 뚜렷한 답을 주지 않는다. 그들은 하는 수 없이 점쟁이를 찾아가서 상담하게 되고, 점쟁이들은 신병이 왔다며 내림굿을 하고 신어머니의 제자가 되라고 요구한다. 그렇게 무속인이 되면 그들은 법당을 차려놓고 손님들을 받으며 굿을 하는 무속인으로 살아가게 된다.

그들은 이렇게 말한다.

"귀신들이 나를 선택했고 그 길을 가지 않으면 가족들이 병들거나 죽고 망하기 때문에 가족을 대신하여 신내림 굿을 하고 그 길을 간다."

그들은 할아버지신을 받았다고도 하고 장군신을 받았다고도 한다. 동자신을 받은 사람은 애기 음성을 내기도 한다.

성경은 이렇게 알려주고 있다.

하나님의 심부름을 하도록 지음 받은 천사가 있는데 그중 3분의 1이 타락하여 하나님께 도전하게 되었고, 그 타락한 천사를 하나님은 저주하셨다. 그들은 하늘에서 공중으로 쫓겨나 눈에 보이지 않게 이 세상의 풍조를 통하여 인간들을 미혹하며 속이는 악한 영이다.

사도행전 16장 16절에는 '점하는 귀신 들린 여종' 이라고 기록하고 있다. 무속인들은 '신을 받았다' 고 하지만, 성경은 '귀신 들

려서 점을 하는 무속인' 이라고 정의하고 있다. 귀신 들려야 점을
할 수 있다는 얘기이다.

사도행전 8장 7절에는 '귀신이 사람에게 붙었다' 라고 했으며,
사도행전 10장 38절에는 '마귀가 많은 사람을 누르고 있다' 라고
증거해 주고 있다. 또한 마가복음 5장에는 군대 귀신 들린 사람을
증거하면서 '귀신 들리니까 집을 뛰쳐나가고 무덤 사이에서 거처
하며 밤낮으로 소리 지르고 돌로 자기 몸을 상하며 옷을 벗고 지
내다가, 예수 만나고 귀신이 떠나자 정신이 온전해지고 옷을 입
고 정상인으로 되었다' 고 밝히고 있다.

빛이 들어오면 어두움이 사라지듯이, 귀신에게 시달리고 있다
면 성경을 읽고 주 예수 그리스도를 마음속에 영접하여 예수 그리
스도 이름으로 기도해보라. 즉시 효과가 있을 것이다.

우울증에 시달리고 있는가? 불면증으로 괴로워 하고 있는가?
노이로제 현상이 있는가? 의처증, 의부증에 시달리는가? 불안하
고 초조한가? 환상이나 환청에 시달리지는 않는가?

무속인들은 굿을 해 귀신을 쫓아내 준다고 하면서 오히려 더 큰

귀신을 들게 한다. 귀신이 귀신을 쫓아낼 리가 없다. 예수께서는 마태복음 12장 25절에서 '귀신이 귀신을 쫓아낼 리가 없다'고 하셨다. 무속인의 자녀들은 거의 정신병에 시달리게 된다.

나는 무속인들에게 복음을 전하여 여섯 명을 전도하였고, 법당 여섯 곳을 걷어내어 주었다. 그 중의 한 명인 조미일 무속인은 현재 신학 공부를 하면서 우리 교회의 전도인으로 사역하고 있다. 또한 스님과도 교제를 활발히 하고 있다.

4년 전, 안산의 예전교회에서 합숙훈련 중이었다. 잠시 상록수역 앞에 있는 문구점에 갔었는데 스님 한 분이 택시를 타려고 차도에 서 있었다. 나는 차를 세우며 "스님, 택시 기다립니까?" 하고 물었더니 그렇다고 하였다. "제가 모셔다 드리겠습니다. 타십시오" 하고 정중하게 말했더니 차에 타셨다.

스님은 충청도의 어느 사찰에 주지 스님으로 있었는데, 안산에 사는 동생집에 다니러 가는 중이라고 했다. 6~7분 정도 거리를 모셔다 드리면서 나는 스님의 명함을 한 장 받았고 짧은 시간에 몇 마디를 전했다.

"예전 일제시대 때 한 사람이 있었는데, 그는 너무나 가난하고 배경도 없었습니다. 그런데 상민이 돈을 많이 벌면 양반이 될 수 있다는 얘기를 듣고 돈을 벌기 위해 보따리 장사를 다녔습니다. 그러다가 어느 지역에 갔더니 안창호 선생이 대중들을 모아놓고 연설하는 것을 듣게 되었지요. 그리고 그 연설에 감명을 받아 보따리 장사를 그만두고 도산 안창호 선생을 따라다녔답니다. 그분의 영향을 받아 많은 학교를 세우고 독립운동가가 되어서 교과서에 나올 정도로 유명해졌습니다. 그가 바로 남강 이승훈 선생입니다. 그것은 도산 안창호 선생을 만났기 때문에 가능한 일이었습니다. 무식했던 한 청년이 안창호 선생을 만나서 운명이 바뀌었듯이 저와 스님과의 만남도 축복된 만남이었으면 좋겠습니다.”

내 얘기를 듣고 그 스님도 “그랬으면 좋겠다”고 했다.

그리고 일주일쯤 후에 나는 그 스님이 계시는 사찰을 찾아갔고 반갑게 만나서 차를 마시며 다섯 시간 가량 대화를 했다. 그제야 나는 내가 목사라고 밝히고 깊은 대화를 나누게 되었다.

대화하는 중에 스님은 종종 법당에서 밤새워가면서 목탁을 두드리며 운다고 하였다. 왜 우느냐고 물었더니 “어쩌다가 내 팔자가 이렇고 운명이 안 좋아서, 이렇게 목탁이나 치다가 죽어야 되는지 너무너무 속상하고 기가 막혀서 그런다”는 것이었다. 나는

스님을 전도시키고 나서.

그 스님에게 운명 사주팔자에서 빠져나오는 길이 예수 그리스도라고 알렸다.

"원래 인간은 에덴동산에서 하나님과 더불어 행복하게 살도록 지음 받았습니다. 그런데 우리 조상 아담과 하와가 마귀에게 속아서 하나님과의 약속을 깨고 선악과를 따먹어 하나님을 떠나게 되었습니다. 그 결과 마귀에게 장악되었고 그때부터 불안과 고통과 저주가 인간에게 닥쳤습니다. 그 불안과 저주를 해결해보려고 종교를 찾아보기도 하고, 지식으로 해결하려고 철학을 연구해보기도 하고, 선행하면 되는 줄 알고 선행을 행하기도 합니다. 또한 과학적으로 해결해보려고도 노력했습니다. 그러나 해결책은 없었지요. 하나님은 하나님의 아들 예수 그리스도를 보내어서 그 문제를 해결하시기로 하셨습니다. 그분은 원죄가 없어야 했기 때문에 하나님의 아들이라는 표시로 처녀의 몸을 빌려서 하나님의 성령으로 잉태하고 하나님의 아들로 오셔야만 했습니다.”

나의 말에 그 스님은 결국 복음을 받았다. 지금은 하나님의 자녀가 되어 신학교 3학년에 재학 중이며, 전도사로 사역하고 있다.

그렇다. 무속인도, 스님도 예수 믿고 예수 이름 부르면 구원을 얻고 하나님의 자녀가 되는 것이다.

또 내가 아는 사람 중에 한의원을 운영하는 권진혁이라는 분이 있다. 나는 그 한의원에 들렀다가 그 위가 절이기에 올라가서 스님을 뵈었다. 내가 목사라고 밝히자 “아이구, 목사님께서 절간에 웬일이냐”고 반갑게 맞아주었다.

차를 마시며 얘기해보니 30년 전에는 교회에서 재정부장을 맡았던 집사였는데, 무슨 일로 시험에 들어 교회를 떠나 스님이 되었다고 하였다. 나는 그 스님에게 말하기를 “스님은 교회를 다녀본 것이지 구원받았던 것이 아니다”라고 했다. 그렇게 복음을 전했더니 그 스님은 나의 말을 들으면서 믿음이 생긴다며 반가워했다. 결국 그도 예수 그리스도를 영접한 것이다.

그 스님의 모친은 현재 권사이고 동생은 장로이며 매형은 목사로 서울에서 교회를 담임하고 계신다고 하였다. 그 스님은 현재

절을 정리 중에 있으며 정리되면 내게 와 신학을 공부해서 목회자
가 되겠다고 한다. 나는 그 스님이 돌아오면 목회자로 섬길 계획
이다.

스님이든 무속인이든 교회에 오면 새로운 길이 있다. 나는 그런
이들을 동역자로 섬길 것이고 한 가족으로 세계복음화를 위하여
손잡고 일할 것이다.

나는 얼마나 행복한 목사인가

나는 현재 다락방 전도의 1차 합숙훈련 세미나 강사와 전도 신학원 강사로 사역하고 있다. 또한 국내외에서 틈나는 대로 전도와 관련된 세미나를 인도하고 있다.

말을 잘 못했던 내가 류광수 목사님을 만나 전도를 이해하고 복음에 눈이 열렸으며 세미나와 집회를 인도하는 강사가 되었다. 너무나 감사하다.

나는 귀신에게 고통당하며, 굿을 해도 문제가 해결되지 않고, 신내림 굿을 하고 무속인이 되어야 한다고 하는 절박한 상황에 빠져있던 여러 사람들을 만났다. 그들이 복음을 듣고 귀신에게 시달리던 환청이나 환상으로부터 치유받고 영적으로 건강한 사람이 되어 삶을 살아가는 모습을 보면서, 영적인 지도자가 된 것에 대해 하나님께 무한한 감사를 드린다.

아울러 전도 세미나를 인도하기 위해 세계 40여 개 국의 50여 도시를 다니면서 복음을 전하는 목사가 되었으니 나는 정말 행복한 목사다.

러시아 상트페테르부르크와 옴스크, 미국 LA, 스페인에서 100여 명씩 모이는 전도 합숙훈련을 4박 5일씩 했다. 훈련을 하고 나면 그들은 나를 껴안으며 은혜를 받았다고 감사해 한다. 그럴 때마다 나는 부끄럽고 송구하고 몸둘바를 모르겠다.

나 같은 죄인을 쓰시는 하나님께 감사할 뿐이다. 나를 만나 복음을 듣고 행복해하는 사람들을 보면서 나는 목사가 된 것이 너무나 기쁘고 보람을 느낀다.

이 땅의 부모라면 누구나 자신보다는 자녀들이 더 잘되기를 바랄 것이다. "저 집은 자녀들이 공부도 잘하고, 그 부모보다 자녀가 훨씬 더 희망적이구나" 하면 기분이 좋다. 그러나 "저 집은 부모는 훌륭한데 자녀들은 왜 그 모양이지" 한다면 자녀 농사에 실패했다는 의미다.

후대가 중요하다. 우리나라 국민들은 후대에 대한 관심이 대단하다. 자녀 교육을 위해 기러기 가족도 불사하고 조기 유학으로 자녀들을 교육시키고 있는 경우도 많다. 자녀를 유학시키는 것은 자녀에게 투자하는 것이니 '자(子) 테크'인 셈이다.

성경의 신명기 6장 4절부터 25절까지를 보면 '하나님 사랑하거든 그 사랑을 가지고 네 자녀에게 부지런히 가르치라'고 했다. '마음을 다하고 뜻과 힘과 정성을 다하여 하나님의 말씀을 자녀에게 가르치되, 누웠을 때에도 앉았을 때에도 일어날 때에도 길을 행할 때에도 가르치고, 이마에도 손목에도 옷깃에도 문빗장에도 하나님 말씀을 붙여놓고 가르쳐서 믿음의 사람으로 양육하면 네가 건축하지 아니한 성읍을 줄 것이며 아름다운 보고가 가득한 집

왼쪽부터 아들 박요셉, 아내 이경희, 나, 딸 박한나, 사위 김흥환 목사.

을 줄 것이며 네가 파지 아니한 샘물을 주고 네가 심지 아니한 과일을 먹게 하리라’ 고 말씀하신다.

이스라엘의 유다 지파가 바벨론에 포로로 끌려가게 되었을 때 이사야 선지자가 하나님께 기도드렸다.

"주여! 어느 때까지니이까?"

이때 하나님은 말씀하셨다.

"다 포로로 끌려가고 그 중에 십분의 일이 남아 있을지라도 그들도 끌려가서 고난당하게 될 것이다. 그러나 밤나무, 상수리나무가 베임을 당하여도 그 그루터기는 남는 것 같이 그 그루터기가 다시 일어날 때까지 어려움을 당하게 되리라(이사야 6장 13절).”

그 그루터기가 다시 자라서 나무가 될 때까지 어려움 당한다고 하셨고, 유다 지파는 바벨론에 끌려가서 70년간 포로로 있다가 돌아왔다. 그루터기를 영어로는 ‘렘넌트’ 라고 한다. 렘넌트를 키워야 한다. 인구가 감소하는 경향도 있지만 특히 한국 교회는 렘넌트들이 줄어들고 있다. 우리의 희망은 렘넌트들이 일어나는 것이다.

요한복음 21장 15절 이하를 보면 부활하신 예수님이 승천하시기 전에 베드로에게 다짐하시기를 “네가 나를 사랑하거든 내 어린양을 먹이라”고 하셨다. 옛 말에 ‘세 살 버릇 여든까지 간다’는 말이 있듯이 성경 잠언 6장 22절에는 ‘마땅히 행할 일을 아이에게 가르치라. 그리하면 늙어도 그것을 떠나지 아니하리라’고 하셨다.

조기교육이 필요하다. 어린 꿈나무들을 키워야 한다. 나는 교회 안에서 렘넌트들을 잘 양육하고, 미래를 대비하며 글로벌 인재로 키우기를 간절히 소망한다.

교회는 주일날 예배드릴 때를 제외하고는 많은 공간들이 비워져 있다. 그래서 우리 교회는 영어마을과 중국어마을, 일본어마을을 개설하여 아이들을 가르쳐 글로벌 인재로 준비시키고 있다. 유학도 보내지 못하고 학원에도 보낼 형편이 안 되는 우리 자녀들에게 교회에서 공부할 기회를 제공해 주어야 한다고 생각한 것이다.

교회 안에서 찾아보니, 한국 사람과 결혼하여 한국말도 잘하면서 학교와 학원에서 중국어를 가르치는, 중국 한족이 이미 와있었다. 그리고 조선족들도 여러 명 와 있었기 때문에 중국어를 가르치기에 아무런 문제가 없었다. 중국의 시대가 오고 있다. 중국어는 영어와 더불어 반드시 자녀들에게 가르쳐야 한다.

조선일보가 세계의 석학들을 초청하여 연 세미나가 2008년 2월에 있었는데, 세계적인 투자의 귀재인 '짐 로저스'가 남긴 투자의 조언은 "자녀에게 중국어를 가르치라"는 것이었다. 이제 중국어는 필수적으로 가르치고 배워야 한다.

또한 일본에서 한국으로 시집 온 성도도 교회 안에 있었다. 일본 원어민 교사인 셈이다. 또한 일본에서 유학하거나 일본에서 살다가 온 사람들도 몇 명 있었다. 그 분들을 중심으로 자녀들에게 일본어를 가르치도록 했다.

흔히들 우리나라를 일본과 중국 사이에 낀 샌드위치 신세라고 말한다. 그러나 나는 그렇게 보지 않는다. 오히려 기회라고 생각한다. 중국으로 뻗어나갈 수도 있고 일본으로 나갈 수도 있다. 언어를 배우고 문화를 이해하면 도전해 볼 만하다. 일본에 가서 돈을 벌어 중국에 투자를 하는 것도 좋은 방법이다.

또한 교회 안에는 음악을 하는 사람들도 있어 기타교실을 열어서 원하는 자들을 중심으로 기타를 배우게 하고 있다. 그리고 바이올린이나 오르간, 드럼 등의 악기교실도 운영 중이다. 특히 렘넌트들이 배우고 있어서 더욱 감사드린다.

또한 어린이집에서는 어린 렘넌트들이 신앙과 세상 학문을 배우며 자라고 있다. 방학 때가 되면 단기 선교여행을 다녀오기도 한다. 우리 선교사들이 사역하고 있는 외국에 나가서 세계를 보며 글로벌 마인드를 가지도록 기도하고 있다.

나는 밤낮으로 기도하고 있다.

'어떻게 하면 렘넌트들이 글로벌 시대에 맞는 인재로 커나갈 수 있을까.'

프로 골퍼를 길러내라

교회 교육관 건물에 실내 골프연습장을 만들어 프로 골퍼 선수를 강사로 기용할 예정이다. 우리 렘넌트들에게 골프를 가르쳐서 프로 선수로 기르고자 준비하고 있다. 우리의 꿈나무들 사이에서 타이거 우즈와 최경주, 박세리, 미셸 위 같은 선수들을 키우고자 지금 골프교실을 계획 중이다.

꿈은 반드시 이루어진다.

어릴 때부터 목장에서 양을 치던 다윗은 사자나 곰이 나타나서 양을 해치는 것을 보고, 사자나 곰을 물리치기 위하여 돌 던지는 연습을 했다. 그 결과 블레셋 군대의 장관 골리앗이 쳐들어왔을 때, 다윗은 물맷돌을 던져서 골리앗을 쓰러뜨려 나라를 위기에서 구원할 수 있었다. 다윗이 목장에서 돌을 던지며 준비하고 있을 때, 하나님께서는 왕궁을 준비하고 계셨던 것이다.

강철왕 카네기는 "언어든 기술이든 무엇이든지 준비하라. 그리하면 머지않아 쓰임 받을 때가 속히 오리라"고 했다. 미래는 준비하는 자의 것이다.

앞으로 우리나라에서도 골프가 대중화가 될 것이므로 렘넌트들이 골프를 준비하면 더욱 좋을 것이다. 선진국에서는 이미 골프가 대중화되어 있다. 골프는 사치스런 스포츠가 아니다. 글로벌 인재라면 반드시 기본은 알아야 할 일이다. 골프를 배우면 취직할 곳이 많아지고 수입도 적지 않다.

우리들의 사랑스런 렘넌트들이 글로벌 시대에 맞는 기본적인 자세를 갖추는 데 교회가 역할을 다하기 위해 준비를 하고 있다. 우리는 의지를 가지고 재능이 있는 자를 지속적으로 훈련시켜서 프로 골퍼를 여러 명 길러내야 한다. 그들이 세계대회에 나가서 국익을 드높인다면 국가에도 큰 도움이 될 것이다.

최경주 선수는 전남 완도에서 농사 짓는 집안의 3남 1녀 중 장남으로 태어났다. 그는 중학교를 입학하면서 역도를 했다. 운동을 하면 학비를 면제해 줬기 때문이다. 골프는 완도 수산고 1학년 때 체육 선생님의 권유로 시작했고 한서고 김재천 재단이사장의 눈에 띄어 서울로 전학했다.

군복무 후 서울시장배에서 우승한 뒤 프로테스트 준비에 들어갔다. 그 무렵 부인 김현정 씨를 만났고 김 씨 부모로부터 "우승하면 결혼해도 좋다"는 허락을 받아낸 뒤, 2년 만인 1995년 팬텀 오픈에서 우승해 그 해 12월에 결혼했다.

국내에서 8승, 일본에서 3승을 올린 최경주 선수는 'Q 스쿨'을 통해 2002년 미국 PGA 투어 풀 시드를 따냈고, 컴팩 클래식에서 우승하며 한국인으로는 처음으로 미 PGA 투어 챔피언이 됐다. 2007년 클라이슬러 챔피언십 우승으로 아시아 선수로는 첫 4승 기록을 세웠다. 그리고 얼마 후 메모리얼 토너먼트 제패로 1승을 추가했다.

그는 '최경주 재단'을 만들어 장학 사업과 자선 사업에 앞장서고 있다. 가난하게 태어났으나 불굴의 의지와 신앙심으로 훈련하여 세계적인 선수로 우뚝 섰다.

제2의 최경주, 타이거 우즈, 박세리 선수를 기대하며 꿈나무들을 키워내고자 다짐해본다.

송도 신도시에서의 새로운 도전

인천 송도에 국제도시를 건설하고 있다. 앞으로 대단한 도시가 탄생되리라 믿는다.

그런 송도 신도시의 미래를 바라보며 지교회를 세우기 위해 2년 정도 기도했는데 그 응답이 왔다. 지금은 상가 건물을 분양 받아서 지교회로 사용하고 있지만 앞으로 세계복음화하는 일에 발판이 될 교회가 되리라 믿고 있다. 송도에서 참된 그리스도의 제자들을 세우고 모델적인 교회를 세워서 세계 각 나라에 선교사를 파송하여 세계복음화를 하리라 다짐해본다.

그리고 앞으로 송도 지교회가 발전하면 교회당과 문화센터를 세워 예수 믿지 않는 사람들까지 쉬어갈 수 있는 문화 사역을 할 것이다. 스포츠 교실과 문화센터를 통하여 불신자들도 교회를 가까이 이용하면서 자신을 충전할 수 있는 공간으로 만들어 갈 것이다. 나는 이 꿈을 가지고 송도 신도시에 교회를 세워서 제자운동을 하고 있다.

그리고 나의 최대의 희망은 민족사관고등학교처럼 엘리트 인재를 길러내는 사립기숙학교를 세워 세계적인 후진 양성에 정열을 쏟는 것이다. 기성세대는 머지않아 떠나야 한다. 살아있는 동안에 후대들을 위하여 도약의 발판을 마련해 놓고 가야 한다.

나의 사무실 책장에는 민족사관고등학교를 사진 찍어 확대해놓은 액자가 있다. 나는 그 액자를 밤낮으로 바라보면서 "저 학교와 같은 엘리트 학교를 세워서 인재를 기르고 싶다"고 마음으로 소원하며 기도하고, 그리고 꿈을 꿔본다.

꿈이 있어야 이루어진다. 잠언 29장 18절을 보면 '묵시가 없으면 방탕하게 된다'고 했다. 꿈이 없는 사람은 희망이 없다. 꿈이 있어야 밝은 미래가 있다. 엘리트들을 길러내는 학교를 세우고 그들이 세계적인 꿈과 희망을 갖도록 훈련시키고 준비시키리라 다짐해본다. 그 꿈은 앞으로 반드시 이루어질 것이다.

또한 형편이 되면 일반 사립 중·고등학교를 세워 어린 렘넌트들을 양성하며 섬기고 싶다. 하나님이 은혜 주시고 응답 주시면 충분히 가능한 일이다.

나는 3년 전에 중동의 허브인 아랍에미레이트의 두바이를 견학하러 갔었다. 사막이 세계 최고의 도시로 탈바꿈하고 있는 모습을 생생히 보고 돌아왔다. 사막에 기적이 일어났듯, 믿음과 희망이 있고 하나님이 원하시는 일이라면 반드시 성취된다고 나는 믿는다.

돈이 없는데 어떻게 할 것이냐고 흔히 말한다. 그러나 '어떻게'

는 문제가 되지 않는다. '왜 해야만 하느냐?' 여기에 대한 확실한 답이 있다면 하나님은 언젠가 반드시 응답하신다.

성경 이사야 60장 22절에는 '나 여호와가 때가 되면 속히 이루리라'고 하셨다. 하나님의 시간표가 있는 것이다. 그 꿈이 현실이 되기까지 기도하고 소원하고 정시(定時), 무시(無時) 기도를 하라. 눈을 감아도 눈을 떠도 그림으로 보여지되, 칼라 그림으로 선명해지기까지 상상하고 바라보라.

성경 히브리서 11장 1절을 보면 '믿음은 바라는 것들의 실상'이라고 증거한다. 믿음은 보이지 않는다. 그러나 믿음에 대한 증거는 실제로 온다는 것이다. 실제 상황과 현실이 되기까지 바라보고 상상하고 이루어지도록 기도하라.

믿음으로 바라보라.

그리하면 반드시 이루어질 것이다.

세계를 향해 네 날개를 펴라

― 세계의 주인공, 미래의 주인공인 그대에게 주는 메시지

세계는 이웃 마을이다

《너의 무대를 세계로 옮겨라》의 저자인 안석화 씨는 '세계는 동대문시장보다 조금 더 큰 시장'이라고 했다. 이는 세계에 대해 두려움을 가지지 말자는 뜻으로, 나 또한 전적으로 공감한다.

나는 아프리카와 중동을 다녀왔다. 그리고 동남아 각지도 다녀보았다. 세계는 이웃이다. 따라서 해외를 다녀오는 것을 그저 이웃 동네에 다녀오듯이 생각해야 한다.

단, 세계를 다닐 때는 그들의 문화를 알고 가야 시행착오를 줄

러시아 모스크바 붉은광장에서.

일 수 있다. 우리 자녀들에게 방학 때 해외여행을 다녀올 수 있도록 더욱 많은 기회를 주어야 한다. 형편이 여의치 못하여 보낼 수 없다면 세계 지도를 보면서 희망과 꿈을 심어주자. 가난하다고 희망마저 포기할 필요는 없다.

내가 성경학교와 신학교에 가게 되었을 때 전도사인 나의 장모는 눈물로 기도하셨다.

"우리 사위가 비행기를 타고 오대양 육대주를 다니면서 복음 전하는, 능력 있는 사람이 되게 해주십시오."

그때만 해도 나는 속으로 이렇게 생각했다.

'새마을 열차도 한 번 못 타봤는데, 무슨 이루어지지도 않을 기도를 저렇게 하실까…'

그런데 20여 년의 세월이 흐른 뒤 그 기도는 응답으로 돌아왔다. 이처럼 간절한 기도는 놀라운 능력과 응답으로 성취된다.

요즘 세계 각국 선교지에서 세미나를 인도해달라는 요청이 줄을 잇는다. 나는 매달 해외를 다니고 제자를 양육하면서, 우리 자녀들을 세계적인 마인드를 가지도록 가르쳐야 되겠다고 생각했다.

가까운 일본이나 중국은 배를 타고도 다녀올 수 있다. 경비도 많이 들지 않는다. 청년들에게는 아르바이트로 조금씩 경비를 준비해서라도 이웃 나라 여행을 다녀오라고 권하고 싶다. 여행을 다녀오되, 사전에 그 나라와 가고자 하는 지역에 대한 충분한 공부를 통하여 효과를 높여야 한다.

가능하면 민박을 통해 현지인과 교제하고 안내를 받아서 최저의 경비로 최고의 효과를 누렸으면 한다.

지금 세계는 IT 산업의 발달로 모두가 이웃이 되었다. 지구촌

시드니 오페라 하우스에서.

그 어느 곳에서 어떤 일이 일어나든 실시간으로 소식을 접할 수 있다. 이런 시대에 세계무대를 보면서 세계적인 생각을 갖는다면 앞으로 할 일도 많아지고 활동 무대도 훨씬 더 넓어지리라. 영국의 웨슬레는 "세계는 나의 교구다"라고 말하지 않았던가.

글로벌 마인드를 가져라

외국인이라고 배타적인 생각이나 편견을 가지지 말자. 우리나라는 하나님의 축복과 선조들의 희생 덕택으로 세계 무역 규모 11위권에 드는 축복받은 나라가 되었다. 물론 물가가 비싸고 실제 생활수준은 그에 훨씬 못 미치지만, 그래도 대단한 성공을 이룩한 나라인 것만은 분명하다. 한국은 한강의 기적을 비롯한 산업화와 정보화, 그리고 민주화를 이룩한 나라다.

외국에서 꿈을 가지고 돈을 벌기 위해 우리나라를 찾아온 사람들이 많다. 종종 언론에서 악덕업주가 구타를 하거나 임금을 제때 주지 않아 그들이 너무나 고통받고 있다는 소식을 접할 때마다 마음이 아프다. 한 때 우리 국민도 중동에 돈 벌러 나가지 않았던가. 왜 우리의 가난과 아픈 시절은 생각하지 못하는가!

그들은 대부분 3D 업종에서 일을 하고 있다. 그들이 인간다운 대접을 받지 못하고 원한을 가지고 고국으로 돌아가면 그건 곧 우리나라의 손해가 된다. 외국인을 같은 민족처럼 사랑하고 아끼고 귀하게 여기자. 우리 대신 적은 인건비를 받으며 힘든 일을 대신 해주는 사람들이 아닌가.

더 나아가 외국인과 자매결연도 맺고 가정에 한 번씩 초대하기도 하면서 형제로, 자매로 교제하며 섬겼으면 좋겠다. 그렇게 관계를 잘 맺어놓으면 훗날 우리가 그들 나라를 두루 방문할 수도 있을 것이다.

요즘은 베트남 신부들이 국제결혼으로 우리나라에 많이 들어와 있다. 그 외 필리핀이나 기타 외국인과 국제결혼을 하는 가정들도 많다. 알게모르게 국제화가 이루어지고 있는 것이다.

우리의 뿌리를 거슬러 올라가보면 아담의 후손들이고 노아의 후손들이다. 피부색은 달라도 한 민족, 한 뿌리라는 시각으로 한국을 찾아온 외국인들을 따뜻한 가슴으로 맞이하자. 그들이 코리아 드림을 가지고 왔다가 실망하고 떠나지 않게 해야 한다.

어려운 국가에서 돈을 벌기 위해 찾아온 외국인들이 성공해서 돌아갔으면 좋겠다. 또한 교회가 외국인 근로자들에게 더욱 관심을 기울이고 다가가 섬겨서 선교도 하고 교류도 하는, 두 마리 토끼를 잡는 축복이 있었으면 좋겠다.

피부색이 다르다고 배타적인 자세를 가지는 일은 없어야 한다. 외국인 근로자 가운데에는 그 나라에서 대학 교육을 받고 온 엘리트들이 많다. 그들은 결코 무식하거나 야만적인 사람들이 아니다. 형제자매 같은 심정으로 사랑하고 아끼고 더불어 살아가는 자세야말로 세계화 시대에 갖추어야 할 우리들의 자세가 아닐까?

독일이나 멕시코, 러시아 등지에서 외국인이 테러당한다는 소식을 접할 때, 우리의 마음이 얼마나 무겁고 답답하던가. 우리부터라도 마음의 문을 열어야 한다. 우리나라가 세계화의 주인공으로 세계인의 중심에 서려고 한다면 편견적이고 배타적인 자세는 금물이다.

세계화를 수용하면서도 우리의 전통을 지켜나가는 그런 자세가 필요하다. 무한경쟁 시대에 빗장을 닫아걸고는 세계의 주인공이 될 수 없다. 세계를 향해 문을 활짝 열어놓고 당당히 경쟁하자. 우리나라 사람들은 능력이 뛰어나고 성실하므로 세계 어느 나라 어떤 무대에 서도 곧장 선두그룹에 설 수 있다. 그것은 우리 민족의 자랑스러운 특성이다.

아랍에미레이트 항공사는 우리나라 승무원들이 일을 제일 잘해 해마다 우리나라 직원들을 계속 보강하고 있다고 한다. 우리나라 사람들이 세계 기능올림픽에 나가면 곧잘 금메달을 따내고 종합

우승도 여러 번 하지 않던가. 이처럼 우리는 근면하고 뛰어난 민족이다.

글로벌한 마인드를 가지고 세계화의 주역으로 세계를 이끌어 갈 수 있도록 자세를 갖추자.

준비하면 바로 기회가 온다

기회는 준비된 사람에게 찾아온다. 그러므로 항상 준비해야 한다. 언어든 기술이든 준비하는 자에게 기회는 찾아오게 된다. 기왕이면 큰 그릇으로 준비하자. 작은 그릇에는 많이 담을 수가 없다.

10여 년 전에 우리 교회 남전도회 회원들 열 명 정도가 공휴일 날 유료 낚시터에 간적이 있다. 3만 원씩 회비를 내고 하루 종일 낚시를 했는데 단 한 마리도 낚지 못하였다. 다른 사람들은 잘도 잡아내는데 우리 팀은 하루 종일 한 마리도 잡지를 못했다.

그러던 차에 내 앞에 큰 고기 한 마리가 와서는 가지 않고 가만히 떠 있는 것이었다. 나는 "여기 큰 고기가 나타났다!" 소리쳤다.

우리 팀은 모두가 가까이 와서 구경을 하고 있었는데, 물고기 입 앞에 먹이를 갖다 대도 도무지 물지를 않았다. 그때 다른 사람이 뜰채를 가지고 와서는 건져가버렸다. 우리는 그냥 바라볼 수밖에 없었다. 왜냐하면 아무도 뜰채를 안 가져갔기 때문이었다. 준비하지 않으면 기회가 와도 잡지를 못한다.

어느 전방의 군부대에서 실제로 있었던 일이다. 전방부대 안의 군인교회에서 시무하는 군목 목사가 여가시간을 이용하여 양봉을 했다. 해가 거듭할수록 벌이 많아져서 제법 많은 꿀을 채취하였다. 그중 절반은 팔아 교회의 운영비로 쓰고 절반은 사병들에게 나누어 주기로 했다. 어느 날 저녁식사 후 쉬는 시간에 맞추어 행정반에서 각 내무반 앞으로 방송을 했다.

"장병 여러분! 군 생활에 얼마나 수고가 많으십니까? 저는 교회의 군목입니다. 지금 이 방송을 들으시고 빈 그릇을 준비하여 교회로 오시면 꿀을 나누어 드리겠습니다."

그러나 생각 외로 꿀을 얻으러 오는 병사들이 적었다. 어떤 병사는 박카스 병을 들고 와서 채워갔다. 다른 병사는 사이다 빈 병을 들고 왔기에 채워서 보냈다. 어떤 병사는 링거병을 들고 와서 가득 받아갔다. 어떤 병사는 빈 그릇이 없다며 한 말짜리 말통을 들고 와서 가득 받아갔다.

그 다음날 빗발치게 항의가 들어왔다고 한다.

"목사님! 꿀을 골고루 나누어 주셔야지요! 왜 어떤 사람은 박카스 병에 채워주고 어떤 사람은 한 말짜리 물통에 채워주십니까? 공평하지 않잖아요?"

그때 목사님은 이렇게 말했다고 한다.

"이 사람들아, 내 잘못은 없다네. 왜냐하면 모두가 다 듣도록 공평하게 방송했고, 골고루 나누어 주려고 했는데 방송을 듣고도 오지 않은 것은 자네들 잘못이지. 작은 그릇을 가지고 온 것도 자네 선택이지 내 잘못이 아니야."

그렇다. 결국은 그릇대로 쓰임 받는다. 결국은 준비한 만큼 쓰임 받는 것이다.

내가 담임하는 교회에도 여러 명의 직원들이 있지만, 일할 기회를 주었으나 스스로 준비하지 않아 일을 감당치 못하고 사퇴하는 직원을 종종 보게 된다. 자신의 전공 분야만큼은 확실하게 준비해야만 쓰임 받게 된다. 걸인이 밥 얻어먹으러 가도 밥그릇이 커야 많이 얻는다. 작은 밥그릇에는 조금밖에 담지 못한다. 우리의 마음 그릇이 병 뚜껑 만해서는 많이 담을 수 없다.

지금은 세계화 시대다. 앞뒤 좌우를 살펴보며 재치 있고 순발력 있게 움직여야 한다. 많은 사람과 조직을 이끌고 나갈 수 있도록 준비하는 사람이 되자.

인생은 외발자전거와 같다. 이만하면 됐다고 현실에 안주하는 순간 퇴보해 넘어지고 만다. 항상 5년 후를 생각하고 10년 후를 내다보며 다음 세대를 준비하자. 내일 죽는다고 해도 오늘 사과나무를 심는 심정으로 미래를 대비해야 한다.

2008년 2월에 우리나라에서 있었던 아시안 리더십 컨퍼런스에 참가한 에스코 아호 전 핀란드 총리가 이렇게 말했다.

"국가 위기의 순간 지도자는 후손이 따먹을 과실을 준비해둬야 한다. 인기에 연연하지 말고 변화와 혁신을 통해 정치, 경제, 사회 전반에 생존 유전자를 퍼뜨려야 한다."

아호 전 총리는 1991~1995년 핀란드 총리를 지냈다. 당시 핀란드는 소련 경제 붕괴로 수출길이 막히면서 1990년부터 4년간 내리 마이너스 성장을 기록했다. 국민소득은 2만 7,000달러에서 1만 7,000달러로 추락했다.

그러나 그 핀란드가 지금은 국민소득 4만 달러, 교육 경쟁력 및 국가 경쟁력 세계 1위 국가로 올라섰다. 후대를 위해, 후손이 따 먹을 과실을 준비하는 리더십이 필요하다는 말에 귀를 기울이자.

파도를 타듯이 인생을 즐겨라

잔잔한 물에서는 파도타기를 하지 못한다. 뉴질랜드나 호주, 미국의 바닷가를 가보면 파도타기를 즐기는 사람이 상상 외로 많다. 그들은 파도가 일지 않으면 바닷가에서 휴식하며 기다리다가 파도가 밀려오면 바다로 달려 들어가 파도타기를 즐긴다.

바다는 잠잠하다가 어느 날 어느 순간에 파도가 거세게 몰아친다. 그러다가 또 언제 그런 일이 있었느냐는 듯이 아주 잔잔해진다.

우리의 인생살이도 그와 같지 않은가. 항상 편안하기만 하고 아무 걱정도 없고 힘든 일도 없다면 나태해지고 지루해지지 않을까. 인생에는 긴장감이 있어야 한다. 하루하루 치열하게 살아가는 맛이 있어야 한다. 낮이 있으면 밤이 있고 오르막이 있으면 내리막도 있다. 추위와 더위가 공존하고 슬픈 일과 즐거움이 공존하는 것이 인생이다.

비 오는 날이 없다면 대지는 타들어가서 식물이 죽고 말 것이다. 우리는 항상 따스한 햇살을 좋아하지만, 먹구름과 비 오는 날이 있어 삼라만상이 푸르고, 식물이 열매를 맺는다는 것을 알아야 한다. 항상 낮만 있고 밤이 없다고 생각해보라. 항상 여름만 있고 겨울은 없다고 생각해보라. 얼마나 삭막하고 재미가 없겠는가.

인생을 살면서 어려움을 지나야할 때는 좋았던 날들을 생각하자. 그리고 잠시 뒤에 올 좋은 시간들을 기대하며 잘 이겨내자.

내가 아는 사람 중에 매사에 부정적이고 신경질적이며 짜증으로 가득한 삶을 사는 사람이 있다. 그 사람은 봄은 나른해서 싫고, 여름은 덥고 모기가 물어서 싫고, 가을은 쓸쓸해서 싫고, 겨울은 추워서 싫다고 한다. 그 사람은 더워도 탈이고 추워도 탈이다.

나는 봄은 따뜻하고 만물이 긴 추위의 고통을 이겨내 새싹을 피워서 좋고, 여름은 뜨거운 햇빛으로 식물들이 자라고 열매들이 익어가니까 좋다. 가을은 수확하고 풍요로워서 더욱 좋고, 겨울은 차가운 바람이 피부에 닿아 상쾌해서 기분이 좋다.

나는 나이가 쉰 살이 되었지만 아직도 한겨울에 내의를 입지 않는다. 감기도 잘 안 걸린다. 활동을 왕성하게 하고 있으며 일을 즐긴다. 일거리가 많은 것이 신나고 즐겁기만 하다. 한 눈 팔 시간이 없다. 일을 하는 것이 재미있다. 신난다. 사람을 만나고 대화하고, 상담을 하고, 성경적인 답을 주는 것이 좋다. 사람을 만나 그가 인생을 살아가는 동안 겪은 '사람 사는 얘기'를 듣는 것이 즐겁고 감사하다. 끊임없이 성취해 가는 사람의 땀 냄새가 좋고, 사람 사는 향기가 좋다.

혼자서 고립되어 우울한 삶을 살지 말고 사람과 부대끼며 대화하자. 마음을 열고 가슴을 열자. 서로 신뢰하고 아껴주고 기뻐해주며, 같이 걱정해주고 사람의 정을 나누며 살아가는 것이 나는 좋다.

파도타기하는 사람이 파도를 즐기듯 인생살이에서 일어나는 모든 만남과 일들을 짜증과 불만, 스트레스와 원망으로 맞이하지 말고 즐기며 살자. 이보전진을 위해서는 일보후퇴도 할 줄 알아야 한다.

때로는 생각한 대로 일이 잘 안 풀리고 기대했던 것이 실망스러움으로 끝날 수도 있다. 그러나 비관하지 말고 나 자신의 연약함을 고백하자. 절대자이신 하나님께 무릎 꿇으며 겸손을 배울 수 있으니 얼마나 감사한 일인가. 항상 앞으로만 전진해 이익만 챙기려 하고, 나 자신밖에 모르면 그 주변에는 사람이 없으리라.

사람 사는 것은 시소와 같다. 밀고 당기기가 있으며 오름과 내림이 있다. 이기기도 하고 져주기도 해야 한다. 파도타기처럼 일을 즐기자. 파도타기처럼 인생을 즐기자. 파도타기처럼 사건과 문제도 즐기며 해결하자. 일과 문제를, 더 나아가 인생을 파도타기와 같이, 시소게임과 같이 즐기며 살자.

세계 최고의 축구스타 베컴이 한국에 왔다. 2008년 2월 27일 TV에서 그의 인터뷰가 나왔다. "어떻게 연습 하길래 그렇게 축구를 잘하고, 프리킥을 잘하느냐"고 묻자, "즐기면서 하기 때문"이라고 했다.

그렇다. 축구를 즐기듯이 인생도 즐기자. 삶을 즐기자. 일을 즐기자. 공부도, 노동도 즐기면서 할 때 더욱 큰 효과를 얻게 된다.

인생에서 실패하기를 원하는 사람은 아무도 없다. 모두가 원만한 대인 관계를 유지하기를 원하고, 성공하는 인생을 살기를 원할 것이다.

성공하기를 원하면 먼저 주변 사람을 대접하고 먼저 섬겨라. 마태복음 7장 12절을 보면 '남에게 대접을 받고자 하는 대로 너희는 먼저 남을 대접하라'고 써있다. 이것을 기독교의 황금률이라고 한다.

그렇다. 이것은 모든 인간관계에서 필수적으로 적용되는 말씀이다. 섬김을 받기를 원하는가? 그렇다면 먼저 섬기는 자가 되어라. 높임 받기를 원하는가? 먼저 남을 높여줘라. 칭찬받기를 원하는가? 그렇다면 먼저 남을 칭찬해줘라.

이와는 반대로 원수 맺기를 원하는가? 돌아다니면서 남을 비방하고 욕하고 나쁜 소문을 퍼뜨리고 다니면 원수가 되리라. 항상 섬김을 받기만 하고 섬길 줄 모르고 내 이익만 챙기고 남에게 손해를 끼친다면 주변에 사람이 없고 전부 멀리 피해 갈 것이다.

성공은 결코 어렵지 않다. 먼저 다가가고 먼저 숙이고, 먼저 낮추고 먼저 손 내밀고, 먼저 양보하고 먼저 섬기면 된다. 그러면 더 많은 것이 돌아온다. 더 풍성한 것이 돌아온다. 더 높은 자리가 돌아오고 더 귀한 것이 되돌아온다.

직장생활을 하고 있는가? 직장에서 성공하려면 한 시간 먼저 출근하고 한 시간 늦게 퇴근하면서 직장 일을 내 일같이 하면 된다. 그리고 자기가 맡은 일에 전문성을 가지도록 연구하고 개발하라. 자신만의 달란트로 성실하게 일한다면 성공도 상상 외로 쉽다.

다시 한 번 강조한다. '먼저 대접하라'는 황금률을 잊지 말라. 먼저 양보하고 먼저 수고하고 먼저 희생하고 먼저 도와주면 된다. 그리하면 하나를 먼저 줘도 받을 때는 두 개가 되어 되돌아오는 것이 인생사의 법칙이다.

가끔 교회나 주변에서 보면, 친척이나 동료들, 선후배의 집에서 경조사가 있을 때 축하나 위로는커녕 찾아가지도 않고 부조금도 보내지 않는 사람이 있다. 그런데 자신의 집안에 큰 일이 있을 때는 일일이 다 연락하면서 꼭 참석해달라고 부탁하는 경우를 종종 보게 된다.

가지 않으면 오는 것도 없다. 내가 베풀지 않으면 타인도 나에게 베풀지 않는다. 심지 않으면 거둘 것도 없는 것과 같다.

주변에 사람이 없어서 고독하고 외로운가? 내가 지금까지 잘못 살지는 않았는지 자신을 살펴보라. 지금부터라도 가슴을 열고 먼저 다가가고 먼저 낮추고 먼저 섬기면 되돌아온다. 산에 가서 소리 지르면 메아리가 되어 되돌아오는 것과 같다.

성공하기를 원하는가? 먼저 대접하라. 이것이 성공의 '키' 다.

내가 결혼을 하고 얼마 지나지 않아 큰아버님이 내게 편지를 써 보내셨다. "족보에 네 처랑 네 가족을 정리해 올리려고 하니까 이름과 자료를 적어 보내라"는 편지였다. 그 걸 보고 아내는 '입법 혼인신고' 라는 제도를 얘기하며 답장을 보내지 말라고 했다. 입법혼인신고를 하면 태어날 아이들의 성은 나의 성을 따라 박 씨가 되지 않고 외가의 성을 따라 이 씨 성이 된다는 것이었다. 나는 그렇게 하겠다고 했다. 엄마의 성을 따라 아이들 성을 이 씨가 되도록 한다는 것이었다.

그리고 세월이 흘러 아이들이 태어났다. 그런데 아내는 갑자기 아이들이 엄마 성을 따르게 하지 않겠다며 나보고 혼인신고와 출

88서울올림픽 때 한강변에서.

생신고를 하라고 했다. 내가 왜 마음이 변했느냐고 물었더니, "요즘 아이들은 똑똑하게 자라는데, 자라면서 너는 왜 아빠와 성이 다르냐고 물으면 아이들이 상처받게 될 것 같아서 그런다"고 했다.

아빠는 박용배 목사인데 아이들은 이요셉, 이한나라고 하면 다른 아이들의 놀림을 받게 되고, 그렇게 되면 아이들이 상처받을 것 같아서 내 이름으로 해야 한다는 것이었다. 언제는 절대 친정 성을 따라야 된다고 고집 부리더니 말이다.

아내가 그때 입법혼인신고해서 태어날 아이들이 엄마 성을

따르도록 하겠다고 했을 때 내가 절대 양보 못한다고 했으면 어
찌 되었을까 생각해봤다.

먼저 주어라. 먼저 대접하라. 먼저 양보하라. 먼저 섬기라. 그
리하면 많은 것이 되돌아온다.

취미가 전공이 되게 하라

사람들은 여가 시간을 활용하여 취미 활동을 한다. 사람의 생긴
모습이 각각 다르듯이 취미 생활도 각기 다르다.

그러나 가능하면 취미 활동으로 이것저것 하는 것보다는 한 가
지를 집중적으로 하는 게 좋다. 예를 들면 그림 그리기를 좋아하
는 사람은 그림 공부를 심도 있게 계속해 전시회나 작품전을 열
기도 하고, 언젠가 취미가 전업이 될 만한 수준에 이르면 좋을
것이다.

요리가 취미라면 학원이나 학교에서 공부를 해 주방장으로 나
갈 만큼 전문성 있는 취미로 만들어야 한다. 골프가 취미라면 깊
이 배워서 프로골퍼가 될 만큼 전문가가 되었으면 한다. 악기 연

주가 취미라면 계속 배우고 팀을 결성하여 연주자로 활동하고, 또는 발표회나 공연을 다닐 만큼 전문성을 가지라고 하고 싶다.

그래야만 세계를 향해 날 수 있지 않겠는가.

러시아 상트 페테르부르크에 갔을 때, 유적지마다 거리의 악사들이 있었다. 우리 일행이 가까이 다가가니 애국가와 고향의 봄 그리고 아리랑을 연주해주었다. 우리는 너무나 신기하고 놀라워서 연주자들과 사진도 찍고 그들의 연주를 감상했다. 그들은 그렇게 연주한 후 돈을 달라고 요구했고 기분이 좋아서 우리 일행은 팁을 주었다.

잠시 후 그들은 일본 사람이 나타나자 일본 노래를 연주했고, 중국인이 다가오자 중국 노래를 연주하고는 얼마간의 돈을 받았다. 이들처럼 취미 생활에 전문성을 살렸으면 좋겠다.

나는 목사로서, 목회하는 일이 내 전문 분야다. 목회를 하면서도 체력 관리를 위해 운동을 한다. 취미 삼아 낚시도 가끔 한다. 영화도 본다. 그러나 나는 주로 독서를 한다. 독서하고 느낀 부분을 정리하면서 내 것으로 삼는다. 꾸준히 독서를 하고 독후감을 쓰면서 좋은 부분은 나의 것으로 소화시킨다.

프로야구 이상훈 선수가 악기를 연주하고 가수 활동을 하며, 음반도 내고 공연도 다닌다니까 너무나 반가웠다. 평소에 취미로 기타를 연주하고 노래하던 일이 전공이 된 것이다.

한비야 씨는 세계의 오지를 여행하며 다녀본 것을 책으로 냈다. 지금은 NGO 활동을 하며 세계에서 우리의 국익을 높이는 위대한 일을 하고 있지 않는가. 역시 취미 활동이 전공이 된 것이다.

프로 마니아가 되어 세계를 향해 날자

세계는 프로를 요구한다. 세계무대에서는 학연이나 지연, 혈연 같은 게 없다. 세계무대에서는 나이도 상관없고 대학도 따지지 않는다. 오직 능력과 업적으로 평가된다.

그러므로 글로벌 시대를 맞이하여 세계를 향하여 날개를 펴려면 프로 근성을 가져야 한다. 프로는 아마추어와 달라야 한다. 프로 근성이 있어야 한다. 노래자랑에서 아마추어가 노래하는 것과, 프로인 직업 가수가 출연하여 노래하는 것은 다르다.

아마추어는 너무나 많다. 자신의 전공 분야에서는 그 누구도 흉내 낼 수 없는 자신만의 전문적인 캐릭터를 가지고 자신만의 브랜드를 가질 만큼 프로의 근성으로 준비하는 마니아가 되자. 그리하여 세계무대에서 자신의 꿈을 마음껏 펼칠 수 있게 하자.

두바이의 칠성급 호텔인 '버즈 알 아랍 호텔'의 주방장이 된 권영민 씨는 프로 마니아가 된 사람이다. 그의 프로 정신과 꿈을 가슴에 담자.

나는 조천현 기자와 함께 국경지대를 많이 다녔다. 조 기자는 위험한 곳에서도 항상 비디오카메라를 가지고 촬영을 했고, 밤낮을 가리지 않고 사람을 만나러 다녔다. 춥거나 덥거나 비가 오나 눈이 오나 상관없이 취재거리가 있으면 항상 달려가서 취재해오는 모습을 보면서, 역시 프로는 다르다는 것을 느꼈다.

프로는 다르다. 프로 근성을 가지자. 프로 마니아가 되자.

프로가 되는데 2% 부족한 것이 무엇인가 살펴보고, 그것을 채우자. 복음 가진 사람이라면 복음의 프로, 복음 전문가가 되면 된다. 세계가 우리의 활동 무대이며 어장이다. 세계무대를 활보할 수 있는 프로 마니아가 되자.

그러기 위해서는 항상 스스로를 갱신해야 한다. 또한 전문가가 되어야 하는 것은 당연한 일이다.

내가 어릴 때는 보릿고개라는 말이 있었다. 보리농사를 추수할 때까지가 가장 먹을 것이 없는 힘든 시기였다. 그러나 "새벽종이 울렸네. 새아침이 밝았네"라는 노래 가사처럼, 새벽종이 울리기 시작한 때부터 가난은 물러갔다. 새벽종이 언제부터 울렸는가? 시골 마을마다 교회가 세워지고부터 새벽종이 울리기 시작했다.

사람은 누구를 만나느냐가 인생의 전부다. 사람은 태어나면서 부모를 만나고 친구를 만나고 스승을 만나고 배우자를 만나게 된다. 부모도 친구도 스승도 배우자도 다 잘못 만나서 인생을 실패했다고 생각하는 사람이 있는가?

예수 그리스도를 만나보라. 예수 그리스도를 인격적으로 만나면 그동안 꼬였던 모든 인생 문제가 해결된다.

요한복음 4장에는 이스라엘 사마리아의 수가성에 살던 여인이 소개되고 있다. 그 여자는 결혼을 다섯 번씩이나 실패하고도 또 다른 남자와 살고 있었고, 사람들로부터 따돌림을 당했다. 그래서 대인 기피현상이 나타났다.

그리하여 사람들이 물 길러 나오지 않는 시간인 정오에 혼자서

물을 길러 나왔다. 예수님께서는 그 심령이 병들고 실패한 여인을 만나주시려고 남조 유다에서 출발하여 몇 시간을 걸어서 그 여인을 찾아오셨다. 그리고 병든 부분을 치유해 주셨다.

그 여인은 예수님을 만나서 대화하다가 자기 자신의 모든 과거를 너무나 소상히 알아맞히는 예수님이 곧 그리스도라는 확신이 서자 물동이를 버려두고 동네로 뛰어가서 집집마다 사람들에게 "당신들도 나와서 예수 그리스도를 만나보라"고 증거했다.

그 결과 동네 사람들이 나와서 이틀간이나 예수님에게 직접 말씀을 듣고 은혜를 받고 동네 복음화가 이루어졌다. 예수를 만나면 이와 같이 전도자가 되는 것이다.

마가복음 5장 1절에서 20절을 보면 거라사 동네에 군대 귀신이 들려 영적인 문제를 심각하게 가지고 있는 광인이 소개된다. 그는 집을 뛰쳐나가 무덤 사이에 거처하면서 옷을 벗고 밤낮으로 소리를 질렀다. 사람들이 여러 번 쇠사슬에 묶어놓아도 다 끊어버리고 통제가 안 되었으며, 돌로 자기 자신의 몸을 계속 상하게 했다.

예수님은 그 사람을 찾아오셨고 귀신을 내쫓아주셨다. 귀신이 그 사람에게 들려 있다가 돼지에게로 들어가니 2,000마리의 돼지가 바다에 들어가 몰사하였다고 기록되어 있다. 귀신이 떠나고 나니 그 사람은 정신이 온전해졌다.

그렇다. 예수를 만나야 제정신이 돌어온다. 예수가 그리스도이 심을 믿게 될 때 온전한 정신이 된다. 그 사람은 정신이 온전하게 된 후 예수님을 따르기를 원했지만 예수님은 허락치 아니하시고 "네 가족에게로 돌아가서 주께서 네게 어떻게 큰일 하셨는지를 알리라"고 하셨다. 그렇듯 예수 그리스도를 알리는 것은 중요한 일이다. 후에 그 사람은 데가볼리라는 곳에서 예수 그리스도를 증거하는 전도자가 되었다.

하나님의 소원은 예수 그리스도를 증거하는 참된 전도 제자가 되는 것이다. 예수님은 한 사람의 귀신들린 자를 살리시기 위하여 시간과 물질을 투자하셨다. 돼지를 2,000마리나 희생시켜가면서 그 사람을 치유해주셨다. 결국 예수 그리스도를 만나고 나니 수많은 사람들을 살리는 전도 제자가 된 것이다.

나 역시 불행한 사람인 줄 알고 한때는 고통스럽게 살았었다. 나는 부모도 잘못 만났다고 생각했었다. 형제도 잘못 만났고 배우자도 잘못 만났다고 생각했던 사람이었다. 그러나 류광수 목사님을 통해 복음의 눈이 열렸고 영적인 사실에 눈이 열렸다. 예수 그리스도에 대한 눈이 열리고 보니 많은 사람을 살리는 사람으로 바뀌게 되었고 진정한 전도자가 될 수 있었다.

이처럼 그리스도를 만나면 인생의 근원적인 문제는 해결된다.

여러분은 지금 운명이나 사주팔자로 고통당하고 있지는 않은가? 그러면 예수 그리스도가 어떤 분인지, 그 이름의 뜻이 무엇인지 알아보라. 그리하여 영적으로 운명과 사주팔자에서 벗어나 참된 자유로움과 축복을 받길 바란다.

세계를 향해 날기 위하여 네 날개를 펴라

나는 내게 날개가 있음을 몰랐다.

파리나 매미는 날개를 달고 날아다니기 전, 구더기로 기어 다니던 시절이 있었다. 그러나 언젠가는 부화하여 날개를 달고 창공을 훨훨 날아다니는 시절이 온다.

나는 가난하게 태어났고 견디기 힘든 불행이 어린 나에게 닥쳐왔다. 네 살 때 갑작스런 어머니의 죽음을 겪은 후 아버지의 방탕

속에서 눈물과 외로움으로 살아왔다. 그러는 동안 가난과 실패가 내 운명이고 팔자인 줄 알았다.

그러나 영의 세계를 알게 되었고 믿음을 가지게 되었다. 하나님의 성령과 축복의 영의 세계가 있는가 하면, 악한 영인 귀신의 세계가 있음을 알게 되었다. 나는 결국 예수 그리스도의 이름으로 악한 영의 세계에서 빠져나왔다. 그것을 가리켜 '구원의 복음'이라고 한다.

구원 받고 신앙생활을 하고 또 신학 공부를 해 목사가 되었어도, 솔직히 말하면 귀신의 세계에 대해 확신이 없었다. 예수 그리스도에 대해서도 선명하지 못했었다.

그러나 류광수 목사님을 만나고 복음을 들으면서 희미했던 영적 세계가 확실하고 선명하게 정리가 되었다. 복음이 정리되고 나서부터 응답과 축복의 길이 열리기 시작했다. 세계를 향하여 나갈 수 있는 길들이 계속 열리기 시작했다.

나는 나에게 이런 길들이 열리고 세계를 향하여 날 수 있는 날개가 생길 것임을 알지 못하였다. 그러나 복음을 알고 예수 그리스도를 누리면서부터 날개가 있음을 알게 되었고 세계를 향하여 날 수 있는 날개가 펴지기 시작했다. 내게 날개가 있는 것이 사실이고 내가 날아다니듯이 활동하는 것이 사실이라면, 여러분도 분명히 날개를 활짝 펴고 날 수 있다.

나는 배경도 없고 가진 깃도 없고 아는 것도 없다. 다만 예수 그리스도에 대한 믿음을 가지고 있을 뿐이다. 그런데도 국내외 선교지에서 세미나를 인도할 만큼 날아다니게 된 것이다.

여러분도 세계를 향하여 날개를 활짝 펴기 바란다.

나는 아직 성도들이 수백 명에 불과한 조그마한 교회를 담임하고 있다. 그러나 1,000명 이상 모이는 교회가 되어가는 중이다. 그리고 송도 지역의 국제도시 내에 새롭게 교회를 시작해 부평과 송도를 오가며 참된 그리스도의 제자들을 세우고 있다.

국경지대와 여러 곳의 해외 선교지에서 선교를 하며 전도 제자를 세우고, 선교사들을 파송하여 선교사역에 주력하면서 통일을 대비하고 있다. 그리고 틈틈이 세계 여러 나라를 다니면서 세미나를 인도하고 있다.

나같이 부족한 종을 써주시는 하나님께 무한히 감사드린다. 계속 쓰임 받기 위하여 겸손히 더욱 낮은 자세로 배우고 섬기고자 한다. 처음처럼, 개척 교회를 시작할 때의 그 처음처럼, 날마다 새롭게 시작하며 내가 달려온 길을 계속 달려가려고 한다.

　나같이 부족한 사람도 쓰임 받는데 여러분들도 조금만 준비하면 반드시 쓰임 받을 것이다. 세계를 향하여 준비된 날개가 펴질 것이다. 세계를 향하여 날기 위해서는 끊임없는 준비와 절제된 생활을 통한 자신과의 싸움에서 승리해 나가야 할 것이다.

　퍼스트 클래스 멤버(First Class Member)의 리더인 여러분.

　글로벌 시대를 이끌어가는 주인공인 여러분.

　세계를 향해 날개를 펴라.

에필로그

나는 어릴 때 항상 슬펐다. 그래서 늘 울었다. 나의 가정환경이 어린 나에게는 너무나 힘겨웠다. 왜 친구들에게는 엄마가 계신데 나는 왜 엄마가 안 계실까? 친구들은 잘 사는데 왜 나는 굶주려야 할까?

그냥 슬펐고 소리 없이 눈물을 많이 흘렸다. 나는 부끄럼이 많고 말도 할 줄 몰랐다. 내성적이며 소극적인 사람이었고, 매사에 자신이 없는 패배주의자처럼 살았다.

그러나 지금은 슬프지 않다. 탄식과 슬픔이 바뀌어 감사와 감격의 눈물, 기쁨의 눈물이 되었다.

예수 그리스도께서 나를 바꾸신 것이다.

난 지금 행복한 전도자다.

오늘이 있기까지 밤낮으로 눈물의 기도로 후원해주신 장인 장모님께 감사드리고 나의 사랑하는 아내 이경희에게 감사드린다. 어려운 세월동안 묵묵히 나를 따르고 도와주었기에 오늘의 내가 있을 수 있었다.

상가교회의 전세금 4,000만 원 밖에 없었는데도 많은 분들 덕에 50억 원이 넘는 교회를 건축할 수 있었다. 임점동 장로님은 융자받은 돈으로 건축헌금을 해주셨고 여러 성도들도 정성껏 헌금해 주셨다. 이성구·이시종 집사님 내외분과 최성하·이한나 전도사님 내외분이 각종 패물을 헌물해 주셨고 김은희 권사님은 오랫동안 시어머님을 모시고 효도한 결과 시어머님이 운명하시기 전에 주신 금반지를 받아 건축헌금으로 주셨다. 김미희 집사님은 아이들의 돌반지를 전부 건축헌금으로 헌납하였다. 그 외에도 여

러 성도님들이 정성껏 헌금해 주셔서 큰 교회당을 건축하고 오늘에 이르도록 발전할 수 있었다.

특히 교회를 건축하는 과정에서 은행 융자 받는 일과 없는 돈을 빌리는 데 헌신해주신 오정이 목사님께 깊이 감사드린다. 또한 교회 건축에 수고비도 받지 않고 레미콘 차의 시멘트를 뒤집어쓰면서 눈물겹도록 수고해주신 이병세 집사님께 깊이 감사드린다.

밤낮을 가리지 않고 여러 권사님들이 모여 부족한 목사를 위해 눈물로 기도하시는 모습을 보면서 감사했고 행복했다. 나를 위하여 성도님들이 이렇게도 눈물과 기도로 아껴주고 사랑해준다. 나는 행복한 전도자다.

강남 역삼동에서 오정이 목사님이 시무하는 사랑의 교회와, 군산에서 목회하는 사위 김흥환 목사가 시무하는 후대교회에도 무궁한 발전과 하나님의 축복을 기원하며, 북방 처소교회의 식구들에게도 감사와 사랑을 전한다.

송도 지교회를 위하여 무명으로 1억 원의 헌금을 해주신 사역

자에게도 감사드린다. 또한 부족한 나를 위하여 영적으로 늘 조언해 주시는 영적 아버님이신 김동권 목사님께 감사드리며, 서일대학교의 박철우 교수님과 매경출판의 김석규 사장님, 고원상 팀장님, 권병규 PD님께 감사드린다. 마지막으로 원고 정리를 하느라 수고해 주신 유세진 전도사님께도 진심어린 감사의 말씀을 전한다.

박 용 배

내가 만난 박용배 목사님

박용배 목사님을 처음 뵈었던 것이 벌써 5년 전이다. 그 시절 나는 KBS 아침뉴스 앵커로, 방송기자로 한창 물이 오르던 중이었지만, 동시에 인생에서 가장 혹독하고 참담한 좌절과 시련 속에 빠져 있었다. 첫째를 낳고 7년 만에 얻은 둘째가 한창 재롱을 꽃피우던 때, 뜻하지 않은 사고로 한순간에 식물인간이 되어서 사경을 헤매고 있었기 때문이다.

집사람은 24시간 병원에 있어야 했고, 나는 나대로 새벽 3시면 일어나 회사로 출근해야만 했다. 뉴스를 끝내고 병원에 가 파

김치가 된 아내를 잠시 눈 붙이게 하고, 의식이 없는 중에도 극심한 고통으로 온 몸에 경련을 일으키는 둘째를 보고 있노라면, 차라리 그 아이를 안고 창문으로 뛰어내리는 게 낫지 않을까 하는 생각이 들 정도였다.

밤이 깊어 불쌍한 모자를 병원에 두고 혼자 집으로 돌아갈 때면, 참았던 눈물은 기어이 강물이 되어 흐르곤 했다. 그래도 혼자서 집을 지키고 있는 초등학교 3학년 큰 아이를 위해 집에 들어갈 때면 애써 웃음을 지어냈다. 그리고 다음날이면 또 천근같은 몸을 끌고 새벽길을 나서야 했다.

그 절망과 고통의 시간 한 가운데서 만난 분이 박용배 목사님이다. 어디선가 나의 처지를 들으시고, 기도를 해주시겠다며 무작정 찾아오신 것이었다. 처음 한두 번으로 그칠 줄 알았던 목사님의 방문은 그 후 무려 1년 동안 이어졌다.

목사님은 언제나 나의 영혼을 위로해주는 기도를 해주셨으며,

성경을 가르쳐 주셨다. 30여 년을 교회에 다녔지만, 그저 '나이롱' 신자로 만족하던 나는 그때 처음으로 성경에 대해 체계적인 교육을 받았다. 구약성경의 일관되게 흐르는 주제가 '메시아 곧 예수님이 오신다는 약속'이며, 신약은 '예수님의 복음을 전하고, 그리고 세상 종말이 올 때까지 그 복음을 전파하라는 당부의 말씀'이라는 것을 깨달을 수 있었다. '주는 곧 그리스도요, 살아계신 하나님 아버지의 아들'이라는 베드로의 고백이 어떻게 그를 열두 제자의 우두머리로 만들 수 있었던 것인지도 알게 됐다.

목사님으로부터 말씀을 배우며, 동시에 나는 그의 무엇보다 성실하고 진실 된, 그리고 남의 아픔을 자신의 고통으로 여기는 참된 목회자로서의 인품을 엿볼 수 있었다. 사실 목사님은 너무나 바쁘신 분이셨다. 그러나 그가 필요로 하는 곳이면 전국 어디나, 심지어 일본과 중국에도 수시로 나가셔서 나처럼 고통과 절망에 빠진 분들을 위로해 주셨다. 또한 그들을 위해 기도하고, 한 사람 한 사람에게 구원의 메시지를 불어 넣으셨다.

나처럼 하잘 것 없는 사람들에게까지도 성심을 다해 기도해 주시고 가르쳐 주시는 모습은, 내게 '세상 끝까지 복음을 전하라' 는 예수님의 마지막 당부를 몸소 실천하는 사도의 모습 그 자체로 보였다. '헌신' 과 '희생' 이라는 말은 그런 점에서 박 목사님을 표현하는 가장 적절한 표현이 아닐 수 없었다. 박 목사님으로 인해 나는 극단적인 좌절과 고통에서 위로받을 수 있었고, 다시 일어설 수 있는 힘을 찾을 수 있었다.

박 목사님의 그런 힘은 어디서 오는 것일까?

무엇보다 성경의 말씀, '복음을 전파' 하는 것을 자신의 사명으로 알고 모든 것을 바치려는 지극히 겸손한 마음에서 오는 것이라 할 수 있다. 그리고 또 하나, 박 목사님은 내가 겪었던 좌절보다 훨씬 더한 어려움과 고통을 겪고 이를 극복해 오면서 선험적으로 그 놀라운 힘을 만들어 냈다고 할 수 있을 것이다.

박 목사님이 시련과 고통을 극복하며 오늘에 이르기까지 살아

온 과정과 현재의 삶, 그리고 앞으로의 사명과 비전을 담은 책을 냈다. 나는 그 분의 삶을 보아왔기에, 이 책을 읽는 것만으로도 그 분이 겪어온 삶에 대한 진지한 성찰을 배울 수 있고, 또 그 분이 전파하고자 하는 하나님의 축복을 얻을 수 있을 것으로 확신한다.

2007년, 난 KBS 뉴욕특파원으로 부임하면서 하늘나라로 먼저 보낸 둘째와 똑 닮은 셋째 딸아이와 함께 올 수 있었다. 그것은 다름 아닌 박 목사님이 기도해 주셨던 그대로 좌절을 딛고 새로 얻은 하나님의 축복이었다. 나처럼 많은 사람들이 박 목사님으로 인해 구원의 메시지를 들을 수 있기를 바란다.

황상무 KBS 뉴욕특파원

박용배 목사님을 만난 이후

박용배 목사님의 이력을 볼 때, 자신의 과거를 들추어내긴 쉽지 않으셨을 것이다. 그런 분이 자서전을 내셨다. 누구라도 이 책을 읽어보면 처음부터 그러한 느낌을 받지 않을 수 없을 것이다. 이 책은 어렸을 때부터 생의 밑바닥을 헤매던 분이 그리스도를 만나서 어떻게 그렇게 변화된 인생을 살 수 있었는지를 분명히 알려주고 있다.

박용배 목사님은 겸손하신 분이다. 또 깨끗하시고 순수한 분이다. 나는 PD들을 대상으로 한 KBS의 소그룹 성경공부 모임에

서 그분을 처음 만났다. 박 목사님을 만나기 전 나는 영적으로 '그로기 상태'였다고 해도 과언이 아닐 정도로 피폐해 있었다.

사실 나는 어렸을 때부터 신앙생활을 해왔다. 장로교 통합교단 소속의 교회에서 초·중·고 시절을 보내다가, 대학에 입학한 이후로 장로교 합동교단 소속에서 수십 년 신앙생활을 해왔다. 구원을 받았다는 확신도 있었고 남들에게 복음을 증거하여 예수님을 영접시킬 수도 있었다. 대학 시절엔 네비게이토 선교단체에 참여하기도 했다.

그런데 그러한 겉모습과 달리 나에겐 고민이 있었다. 하나님과 교회와 신앙생활로 살아가고는 있었지만 그것이 내 인생의 해답이 되지는 못했던 것 같았기 때문이다. 프로그램을 만드는 방송국에서의 생활은 몰려오는 과중한 업무와 스트레스 항상 평안치 못했고 무엇인가 갈급했다.

지금 생각하면 영적인 문제가 많았다고 할 수 있다. 그래서 틈만 나면 저명한 목사님들의 메시지를 접하며 참된 신앙생활을

하려고 몸부림을 치고 있었다. 그러는 과정에서 건강상태는 물론 영적인 상태도 무척 안 좋아졌다.

KBS 내 어느 동료 PD를 통해 박용배 목사님이 인도하는 성경공부에 참여하면 어떻겠느냐고 제안을 받았을 때, 이 성경공부 모임이 '다락방' 성경공부 모임임을 알게 되었다. 당시 내게 전문적인 식견은 없었을지라도 '다락방'이란 단체가 한국교회로부터 '이단'으로 규명되었다는 사실을 알았기 때문에, 경계심을 가지고 참여하였던 것도 사실이다. 오히려 '다락방'이란 단체가 이단이거나 이단성이 있다면 동료 PD들이 그러한 성경공부에 참여하는 것을 막아야겠다는 생각을 갖고 있었다.

하지만 그런 생각은 순식간에 바뀌고 말았다. 교재나 성경공부 내용이 복음(그리스도)을 중심으로 한 것이며, 성경 전체를 그리스도 구속사역의 관점에서 풀어갔기에 오히려 내 관심을 끌었다. '다락방'은 성경 전체 속에서 복음의 영적인 사실과 능력

을 깨닫게 만들고, 영적 기도의 비밀을 누리게 만들었으며, 결과적으로 내 영적인 상태를 평안한 상태로 변화시켜 '참 행복이란 이런 것이구나' 하는 것을 보여주었다.

말하자면, 예수를 정말 사실적으로 믿게 만들어갔다는 것이다. 그리고 주님의 지상명령인 세계복음화를 위해 남은 인생을 어떻게 살아야 하는 것인가를 깨닫게 만들었다.

10여 년 전, 내가 성탄특집 KBS 특별기획 4부작 '바이블 루트'를 제작할 때의 일이다. 당시 난 수많은 기독교 서점을 돌아다니며 성경 전체를 '구속사적인 관점' 즉, 그리스도를 중심으로 해석해 놓은 서적을 찾으려 애썼는데 결국 발견하지 못했다. 그런데 그렇게 궁금해 했던 신, 구약성경 속 복음(그리스도)의 비밀을 훗날 박용배 목사님의 성경공부 속에서 발견하게 되었다.

그때부터 다락방 전도운동을 시작한 류광수 목사님의 설교 테이프를 매일같이 듣기 시작했다. 메시지를 접하고 시간이 지나면 지날수록 갈급했던 나의 영적인 문제가 치유되어 갔다.

박용배 목사님의 인생 역시 마찬가지였다. 목사님은 신학을 공부하고 빈민사역을 종교적으로 열심히 하시다 극도로 지쳐있을 때, 진정한 복음의 의미를 깨닫고 복음과 언약에 근거한 사역을 하게 되면서 응답을 받기 시작하였다.

난 목사님의 고백이 내 인생의 신앙행로와 비슷하다는 사실을 발견했다. 궁극적으로는 복음의 진정한 의미를 깨닫지 못하고 신앙적, 종교적 열심에 몰두해 있는 크리스찬들이 얼마나 힘든 것인가 하는 사실도 동시에 깨닫게 된 것이다.

초대교회 제자들이 곳곳에 다니며 예수가 그리스도라는 복음을 설명하고 전하는 장면이 사도행전 곳곳에 나온다. 다락방 전도운동은 이러한 초대교회 제자들이 했던 그 전도운동을 이 시대에도 다시 회복하자는 것이다.

난 박용배 목사님과 성경공부를 하면서 '예수를 그리스도로 사실적으로 믿게 만드는 이 전도운동이 어떻게 이단으로 규정되

었을까?' 라는 언론인 특유의 궁금증이 발동했다. 그래서 다락방 이단 정죄 과정을 낱낱이 찾고 복사해 검토해봤다. 결국 한마디로 말해서 '전혀 이단성이 없는 내용을 교인이 이동한다고 해서 교권이 정치적으로 묶어 놓은 것이다' 라는 결론에 도달했다.

오죽했으면 다락방 이단규정 당시 이단규명위원장의 역할을 맡았던 목사님이 10여 년이 지난 다음 뒤늦게 '다락방은 이단성이 없으며, 이단규정은 정치적인 문제' 였다고 양심선언을 할 정도였겠는가. 과거 교회사를 돌이켜보면 전도를 열심히 하는 단체 중엔 기존 교권으로부터 핍박을 받지 않은 단체가 없을 정도였다. 물론 하나님의 특별한 계획이 있었겠지만 '다락방 이단규정사건' 은 수십 년 신앙생활을 해왔던 평신도가 보기에 참 안타깝다는 생각이 든다.

나는 박용배 목사님의 인생을 보면서 '하나님은 분명히 살아 계시다' 라는 것을 본다. 아무런 조건 없이 복음을 위해 전국과

세계 어디에서든 요청이 오면 달려가는 그 열정. 만나는 사람마다, 틈이 나는 순간마다, '예수가 그리스도'임을 설명하는 박용배 목사님께 하나님의 성령이 24시간 함께하시는 임마누엘을 나는 늘 보고 있다.

박용배 목사님의 인생역정을 소개하는 이 책을 통해, 수많은 영혼이 그리스도에게로 돌아와 영원한 생명을 소유하며 인생의 참된 행복을 발견하는 결실이 넘쳐나기를 기도해 본다. 또한 다락방을 접하고 행복한 인생을 살기 시작한 부족한 평신도인 내가 감히, '하나님 앞에서, 그리고 세계복음화라는 사명 앞에서 한국교회가 다락방 전도운동을 다시 한 번 재평가해 주실 것'을 간절히 기도할 뿐이다.

아울러 박용배 목사님의 사역에 하나님의 지속적인 인도하심이 있기를 기원한다.

김덕기 KBS 프로듀서(제작본부부장)

못난이 목사
벼랑 끝에서 날다

초판 1쇄 2008년 6월 10일
  4쇄 2012년 5월 10일

지은이 현혜수
펴낸이 윤영걸 **담당PD** 권병규 **펴낸곳** 매경출판(주)
등 록 2003년 4월 24일(No. 2-3759)
주 소 우)100-728 서울 중구 필동1가 30번지 매경미디어센터 9층
전 화 02)2000-2610(편집팀) 02)2000-2636(영업팀)
팩 스 02)2000-2609 **이메일** publish@mk.co.kr
인쇄 · 제본 (주)M-print 031)8071-0961

ISBN 978-89-7442-511-1
값 12,000원